魅丽文化 花火工作室

月升迢迢

Yue sheng tiao tiao

舒虞 著

江苏凤凰文艺出版社
JIANGSU PHOENIX LITERATURE AND ART PUBLISHING, LTD

图书在版编目（CIP）数据

月升迢迢 / 舒虞著. —南京 : 江苏凤凰文艺出版社, 2020.6
ISBN 978-7-5594-4845-3

Ⅰ. ①月… Ⅱ. ①舒… Ⅲ. ①长篇小说－中国－当代
Ⅳ. ①I247.5

中国版本图书馆CIP数据核字（2020）第077688号

月升迢迢

舒虞 著

责任编辑　张　倩
特约编辑　黄　欢　胡　蓉
封面设计　苏　荼
出版发行　江苏凤凰文艺出版社
　　　　　南京市中央路165号，邮编：210009
网　　址　http://www.jswenyi.com
印　　刷　湖南天闻新华印务有限公司
开　　本　880mm × 1230mm 1/32
印　　张　9.5
字　　数　190千字
版　　次　2020年6月第1版，2020年6月第1次印刷
书　　号　ISBN 978-7-5594-4845-3
定　　价　39.00元

CONTENTS • 目录

CONTENTS · 目录

♥ 第一章 ♥ 你认错人了

深夜。

医院急诊大厅灯火通明。

三个小时前，一位病人被送至急诊室。因为车祸，脾脏破裂。

手术结束后，易胭跟着陈主任回办公室。

讨论了一下刚才那台手术，陈主任朝易胭摆摆手："行了，回去吧，再过个把小时你可以下班了。"

这几天气温骤降，流感肆虐，易胭不小心也染上流感，连续工作十几个小时，她的脑袋发沉。

她跟陈主任打了声招呼后离开办公室回诊室。

医院凌晨看诊病人少，走廊冷清。

诊室里两个小护士看易胭进来，打了声招呼："易医生。"

蓝色医用口罩遮住易胭大半边脸，她应了一声，声音发闷。

"易医生，你是不是感冒了？昨晚看你晚饭也没怎么吃，需不需要去拿点药吃？"

易胭拉开椅子坐下："没事，不严重。"

"那多喝点热水，最近急诊接的流感病人真多。"

"嗯。"

吃晚饭的时候没食欲，几个小时过去，易胭终于感到一点儿饥饿感。

她掏出白大褂兜里的手机，手指划拉几下屏幕，问："我点外卖，你们点不点？"

两个护士值夜班早就饿了，急诊科里这两个护士跟易胭关系好，当即跑过去蹭外卖。

点完外卖也没见病人进来，易胭起身接热水喝。

坐回桌边时两个小护士还在聊天。

“再过不久，假期一到，来看急诊的人又要变多了，最近又有流感，真是连轴转，忙死了。”

“是啊，我们这种职业哪有那么多轻松时间，别人放假的时候都没我们的份，每次看身边朋友周末双休，我羡慕得不行。”

“唉，”小护士叹了口气，看向窗外，“这天气还变冷了，每天起床都得磨蹭好久。”

“现在唯一能安慰我们的，就是再过三个小时我们就下班了。”

易胭今天身体不适，话少，喝了口热水后重新戴上口罩，自己患了流感，以防传染给别人。

过了一会儿，外面有护士经过，敲了敲门。

“易医生，陈主任让我叫你再去趟办公室，他有事跟你说，说给你打电话没人接。”

易胭下意识地摸了下兜，手机静音，点完外卖她也没看手机，不知道有电话打进来。

“嗯，好，”易胭合上病历，“我马上过去。”

陈主任叫易胭过去交代一些事情。

半个小时后，易胭才从主任办公室出来，经过楼梯间时走到窗边，摘下口罩吸了口空气。

整座城市还在沉睡，空气中透着股寂寥和清醒。

一整天戴着口罩很闷，易胭站了几分钟，洗手后径直去办公室。

半个小时前点的外卖已经到了。

“刚才送外卖的小哥好帅啊。”易胭一进去就听见护士小娜说。

易胭对长得帅的男性一向有兴趣：“多帅？”

小娜立马来了兴致，“啪嗒”一声拆开一次性筷子：“可帅了，高高的，身上还有肌肉，皮肤是健康小麦色，简直荷尔蒙爆炸，我刚才出去拿外卖差点儿丢魂。”

另一个护士没出去拿外卖："好可惜，早知道我就出去拿了。"

易胭脱下白大褂放在一边，在桌边坐下，接过递过来的筷子："也不是很帅吧。"

小娜："易医生，你都没看过就说不帅。"

易胭摘下口罩，笑了："因为不是我喜欢的类型。"

不是她喜欢的，长得再好看也没用。

对面两人一听立马来了兴趣："啊，这么一说，我还不知道易医生你喜欢什么类型的男人。"

"上次那个来缝脑袋的追上你没？上次请假一周，回来我都忘了这事了。"

小娜回答另一个护士："怎么可能，连易医生手机号码都没要到。"

易胭拆外卖盒的手一顿，才抬眸："或许要到了呢。"

易胭的面相好看又妖冶，两个小护士盯着易胭那张脸，信了她的话，微讶："真的要到了吗？"

易胭勾唇笑："骗你们的。"

小娜："我就说，易医生你怎么可能喜欢那种小混混，看着就不是一个好人。"

旁边另一个护士听到这话立马撞了下小娜的手肘，冲她使了个眼色。

小娜瞬间噤声。

她们听过八卦，易医生读书时是小太妹，也就是大家口中的小混混。

这八卦是跟易医生同批进来的实习生传开的，真假无从分辨，但总不是空穴来风。

办公室一瞬间沉寂下来。

几秒过去，易胭突然打破沉默："的确。"她慢慢嚼着嘴里的东西，漫不经心地说，"我不喜欢小混混。"

两个小护士松了口气，气氛有点尴尬。

易胭没在放心上："我喜欢的类型……"她微眯眼，似乎在回忆什么，"长得好看、白净。"

"哦，还有，"她玩味地勾起嘴角，"还不爱说话。"

这不像是形容喜欢什么类型的男人，倒像是具体到某个人。

两个护士讶异性格颇为冷静强硬的易医生喜欢的居然是这种，一听便是小白脸。

当她们还在震惊之时，那边的易胭已经迅速结束话题，抽了张纸巾擦手，仿佛刚才那个笑着说喜欢什么类型的男人的人不是她。

她一生病胃口便不好，吃几口就有饱腹感，外卖扔进垃圾桶里。

天边泛起鱼肚白。

吃完外卖，易胭回到诊室，陆续有病人来急诊看病。

看完两位病人后，易胭吸吸鼻子，指尖揉了下太阳穴，感冒头晕比之前更严重了。

门口有病人进来，易胭轻微晃下头，继续工作。又给一位病人缝合处理完伤口，她摘掉口罩，起身到窗边透气。

窗户开了一条缝，冷气渗进来，窗外整座城市在逐渐苏醒，人气渐现。

离开这座城市八年，还是回来了，说不清为什么，或许只是因为这座城市的空气比其他城市好闻。

恍然间，不远处一个人经过，穿着长风衣，身材颀长。

易胭瞳孔骤然一缩。

刚才晨光熹微，她只看到小半边脸颊。

太阳穴还发胀，易胭终是摇摇头。

那里已经没人，也许是看错了吧？

回来两年都没见到的人，怎么可能凭空出现？

这时诊室有病人进来，易胭没再多想，戴上口罩继续工作。

天一亮，急诊病人愈来愈多，易胭连续忙碌十几个小时，终于快到下班时间。

易胭转了转笔，想着下班要赶紧回家睡一觉，头晕到快爆炸。

正出神间，门扉被轻叩了一下。

“你好。”

易胭仍是手撑额头，盯着桌面缓神，直接问：“哪里不舒服？”口罩后的声音有点闷。

门口寂静一瞬。

没听见回答，易胭放下手中的笔，抬头看向来人。

诊室门口，站着自己刚才见过的“长风衣”。男人脸色有点苍白，却掩盖不住清秀眉目，甚至有一种病态美。

易胭整个人一怔。

分手多年，他成熟不少。长高了，头发短了些，五官也随着年月硬朗不少，深邃眼眸清冷无波。除了还是很白，很安静，还跟以前一样好看，易胭竟再也找不出一点似曾相识。

易胭脸上还戴着口罩，门口的人只是淡淡地看着她的眼睛，目光继而落在她别在白大褂前的胸牌上。

普外科住院医师——易胭。

易胭注意到他这举动，整颗心忽然提起，口罩挡住下半边脸，仅凭一双眼睛，他认出自己了。

但面前的人只是再次看向她的眼睛，情绪毫无波动，像看一个陌生人。

“看病。”

两个字，全是冷淡的距离感。

易胭心脏往下坠，眼眶酸涩涨痛，一开始只看到他薄唇微掀，几秒后才意识到他在回答自己方才的问题。

分明对话时间间隔不长，易胭却觉得仿佛过了一个世纪，心头微微发酸，但易胭很快就敛住心神。

门口的人没再说话，径直走进来坐到旁边病床上，不待医生开口，便沉默地脱下身上衣物。

屋里一片安静。

易胭也沉默地收拾好器具，看向背对自己坐在病床上的人。

最后一件衬衫脱去，男人背部瘦劲，线条清晰，从侧面还能窥见腹肌线条。

易胭有一瞬间诧异，苏岸真的变了很多。

但看到他背部血肉模糊的伤口，易胭的注意力瞬间被扯走。

易胭这才注意到苏岸衬衫上也糊了血，方才脸色苍白估计是因为受伤了。

易胭面色微肃，走了过去。

“怎么弄的？”

病床上的人没说话。

年少时候苏岸就不爱说话，现在长大气质越发冷淡。易胭也没再说什么，迅速戴上手套，察看伤势。

玻璃碎片嵌进血肉里，一片模糊，还裂了口子。

易胭明白有多疼，但身前的人面色无一分波动，眉头都不皱一下。

一向工作冷静的易胭从打麻药那刻开始手便微微发抖，感冒的头晕症状被放大百倍。

易胭无声深吸一口气，稳下心神，认真处理伤口。清理消毒，缝合伤口，上药包扎，一切有条不紊。

雪白的诊室里一片寂静，直到伤口处理结束，两个人从头到尾没说一句话。

易胭看了一眼苏岸，他除了脸色有点苍白，全程仿佛受伤的人不是他自己，面色依旧冷淡，绷带缠在肌理紧实的肩膀上，禁欲又勾人。

易胭视线落在上头，有一瞬移不开。

不管过去多少年，苏岸还是能轻而易举吸引她，并且勾人而不自知。

视线被遮挡，他一扬衬衫穿好，抬手系袖扣。

易胭低下眼，转身去洗手。

洗手后易胭坐回桌前开药，上面服药时间和药量都写了，但易胭还是开口：“药饭后吃，一天三次，防止发炎。”

或许是出于礼貌，苏岸接过药单，疏离冷淡地说：“谢谢。”

易胭心头微酸。

面前的人已经转身朝外走去，易胭嘴唇张合半晌，终是再也没忍住。

“苏岸……”

苏岸已经走到门口。

半晌，易胭看见他拉门离开，声音冷漠：“你认错人了。”

他没再看她一眼。

有点发晕，易胭狠狠闭上眼睛。

他骗她，病历本上，明晃晃写着“苏岸”两个字。

他就是不想理她，连谎言都编得敷衍，不再像以前那样纵容她在他的世界里为所欲为，看她的眼神也只剩下淡漠。

半晌，易胭眼睫轻颤，睁开眼。

他的眼睛，再也不会对她说话了。

城市日光渐亮，上班族挤地铁、挤公交，马路上交通繁忙，车流汇成长河，易胭的黑色奔驰堵在半路。

上班高峰期车鸣笛声此起彼伏，易胭却不急，别人上班，她下班，只是这喇叭声让感冒头晕的她莫名焦躁。

易胭手倚在车窗上撑着脑袋，有点不耐烦地拧了下眉。

两分钟后车流缓缓移动，易胭行驶了一会儿，到分岔路口的时候脚一踩油门离开繁忙的主干道。

回家后，易胭到浴室冲了个澡，感冒不能洗头，但她受不了，湿着头发从浴室里出来。

好在高档小区冬天暖和，易胭只穿一件浴袍都不觉得冷，高层落地窗外整座城市的车水马龙宛如蝼蚁。

她光着脚丫在地板上走，来到床边坐下，浴袍没系紧，松垮着隐约露出胸前半弧浑圆。

易胭手撑在身后，捞过床头柜上的烟盒抽出一根烟，点燃烟头，将打火机扔回床头柜，缓缓吐出口烟。

一根烟的工夫过去，易胭仍保持这姿势。

等到香烟燃尽，她抬手，将烟碾灭在床头柜烟灰缸里。

头发晾得差不多，易胭一拉系带脱了浴袍扔地板上，赤裸身子躺进被窝里睡觉。

睡到中午十二点多，床头手机铃声大响，一遍又一遍，锲而不舍。

易胭即使生病了睡眠也没变好，被吵醒后睁眼盯着天花板，好一会儿才有动作，手摸索着伸出被窝拿手机。

屏幕上是一串座机数字，这个号码虽没有备注信息，但易胭格外熟悉。

她皱眉，挂断电话直接关机。

生活日复一日，晚上值夜班，白天睡觉，仿佛游离主流人群的孤魂野鬼。

自从那天医院见过一面后，易胭没再见过苏岸。

生活好像没什么影响，易胭照常上班、吃饭、睡觉，是再正常不过的一个上班族。

这天上白班，易胭下午六点多下班，回去路上毫无意外又碰上下班高峰期。

车排成长龙，喇叭声此起彼伏。

易胭正百无聊赖，有电话打进来。

易胭瞥一眼屏幕，接通电话。

“下班了没？我记得你今天上白天班来着。”男生朝气的声音夹带着喧闹的背景音一股脑挤进易胭的耳朵里。

易胭手指无意识一下一下地敲着方向盘：“没啊，临时有事加班了。”

“你撒谎也先把你那边车窗关了，我都听到鸣笛声了。”

易胭其实也就说着玩，问道：“怎么？找我有事？”

纪糖是易胭朋友，除了有钱、脸长得好看，其他一无是处，性格暴躁还娇气。

他说：“其实也没什么事，就问你今晚出来不？”

易胭：“不去。”

“看给你能的，当个医生都快成仙了，简直清心寡欲、无欲无求。”

易胭：“闭嘴，以为人人跟你一样游手好闲啊。”

纪糖回击：“我哪儿游手好闲了？我好歹是个有工作的富二代。”

前方车流缓缓移动，易胭挂了前进挡：“哦，你还挺骄傲。”

纪糖继续刚才的话题：“你上夜班不出来玩我能理解，晚上休息还不出来玩我就不理解了，大晚上的不出来玩你干吗去？”

易胭回答得理所应当：“睡觉。”

“你说你这是不是自己找罪受呢，好好的当什么医生？医生那活儿是人干的吗？天天累得要死要活，还得看病人脸色。”

视野渐渐开阔，易胭车速渐快，两旁建筑物迅速倒退。

听着耳机里纪糖的话，易胭无声勾起嘴角，带了几分嘲讽，话出口也不知几分真假。

“为了活命啊。”

易胭最后没回家，纪糖本想找个餐厅一起吃饭，易胭拒绝了，两人约在芳吟街。

芳吟街不是商业街，遍布小摊小贩和老式居所，阁楼木窗还能朝两边打开。

到芳吟街，易胭一下车就看见纪糖蹲在路边上吃煎饼。

纪糖本来就白，冷天气一冻，脸色更是苍白。

易胭手插风衣兜里，往路对面走去。

街道两旁树叶掉光了，枝杈光秃，枯枝灰败。

纪糖冻得发抖，看到易胭便埋怨："干吗要来这破街啊，冷死人了。"说着塞给易胭买好的煎饼。

纪糖被冻得牙齿咯吱响："高中毕业后我就没回来过，这里好多老建筑没了，煎饼倒还是跟以前一样好吃。"

易胭看向路尽头的二中："也没变多少，喏，学校就一点儿变化都没有。"

路灯昏黄，二中校门口依稀还是以前的样子。

纪糖看了一眼："哪里没变，学校翻新了，都快十年过去了，怎么可能一点儿变化都没有？"

快十年了，人或物，不可能没有变化，就如前几天见到的那个人。

易胭静默，不知道在想什么，过了一会儿突然问。

"你还记不记得苏岸？"

纪糖还在吃煎饼，闻言抬头口齿不清地问："苏岸？谁啊？"

"没什么，"易胭轻踢了下纪糖的脚，"起来，找个店吃饭。"

纪糖虽是富二代，但很多时候根本没有富二代作风，他站起来："正好煎饼吃完了，一个根本不顶饱，我想吃老汤记的牛肉面。"

老汤记是芳吟街的一家汤粉店，开了十几年，口碑良好，回头客爆满。店就开在二中校门旁，学生一放学都往这里挤。

现在是学生晚修时间，天气冷上班族也躲家里去了，店里人不多。

易胭和纪糖在墙边一张桌子坐下，两人都要了牛肉面。

不久牛肉面便上桌了，料很足，清汤油花，手工面、牛肉片上撒着葱花。

纪糖呼噜一筷子面，两腮鼓着："你吃完是不是要回去睡觉了？"

易胭："回去干吗？好不容易出来一趟，当然通宵啊。"

纪糖："这位易医生，两个小时前你怎么说来的，要回家睡觉。你精力有点旺盛啊，明天六点多还要上班呢。"

易胭突然问："今天又被你学姐拒绝了？"

正吃牛肉的纪糖一阵无语。

易胭和纪糖当年都在二中上学，易胭算是纪糖学姐，她高三的时候纪糖高一。纪糖喜欢跟易胭同届的一位学姐，但这都追了快十年学姐还是没答应他。

他白了易胭一眼：“你能不能不哪壶不开提哪壶？”

易胭眼风轻飘飘一扫，耸肩：“不能。”

纪糖摔了筷子：“易胭，我跟你讲，今天你就是要回去睡觉我也不让你回去了！困死你。”

易胭笑了声：“小屁孩儿。”

凌晨。

夜店喧闹，彩灯流转。

易胭和纪糖从夜店出来，在里头被高分贝音乐震久了，出来耳朵里还一阵阵耳鸣。

纪糖走路都有点打飘：“我是不是老了，蹦迪蹦没一会儿就不行了，头重脚轻。”

易胭：“是你喝醉了。”

纪糖：“我没醉。”

由于明天得上早班，易胭没喝酒，冷风一吹脑子格外清醒，心情却愈加烦躁。

今晚的一草一木熟悉得她喘不过气，关于那个人，那个年纪。

两人是开车来的，车停在收费区，走过去得穿过小巷。刚走进巷里，那头有几个流里流气的男人倚在墙壁上。

易胭看都没看一眼。

纪糖喝醉话更多，在易胭身边叽里呱啦没停过。

“哎？”纪糖凑到易胭身边，迷瞪着眼看前方那几人，“他们是不是在看我们啊？还朝这边走过来了。”

易胭还是没抬眼。

纪糖毕竟醉了，没放心上，又继续说别的。

直到几人快擦肩而过，为首一人忽然伸手摸了易胭的手。

紧接着几个人停下来笑作一团：“还真摸了。”

易胭插兜转身，脸上看不出任何情绪，只看着他们。

最后笑闹的几个人声音渐小，虽然对方只是个女人，但还是被她的目光看得发怵。

纪糖没见易胭跟上来，走回来：“怎么不走啦？”

他看向眼前几个男人，问易胭：“你想干架啊？”

说完看热闹不嫌事大，故意提醒：“别啊，我们就两个人，他们好几个人，我们怎么打得过他们？”

对方果然上钩，心想对方就两个人，更何况其中一个还是女人，怕什么。

为首那个人说道：“不过就摸了下你的手，怎么？不让摸？”

“还是……”

“想跟我们睡一晚？”

话落，一群人笑作一团，有人附和：“大晚上还在外面晃荡，根本就不是正经人，不过就摸了下你的手。”

纪糖瞬间炸了：“搞什么歧视，女的出来玩怎么了？多比别人长了点东西就了不起啊。”

易胭插兜里的手伸出来拦住纪糖，忽然笑了，缓步上去。

老巷幽深，墙边零零散散堆着几个绿酒瓶。

“不过就摸了下我的手？”易胭尾音微扬，停在这群人面前。

她还是笑着：“那你有没有听过，先撩者贱啊。”

下一瞬，易胭忽然脸色一变，抄起墙边一个酒瓶迅速砸在男人头上。

中行路大排档，一行人勾肩搭背从海鲜档里走出来。

“连续半个月吃泡面，我真的受够了，”一个大概二十岁的男生伸了个懒腰，“海鲜真好吃啊，没有案子好幸福啊。”

后面上来一个年长一些戴眼镜的男人，踢了他一脚：“你闭嘴，出来玩别给我提办案。”

“案子是办不完的，”另一边一个寸头的男人勾住眼镜男的肩膀，“搞不好几秒后就打电话让我们归队了。”

一群人哈哈笑：“去你的。”

这时有人问：“苏队呢？”

“在里面结账，马上就出来。”寸头男人道，“今晚周队在家陪嫂子，没人管我们喝酒了，可以喝个爽。”

“你以为苏队不管呢。”

“苏队虽然不苟言笑，工作上也严格，但喝酒这事还真不管我们。”

年龄最小那个男生说道：“我不信，苏队这几天明显看着心情不好，要是不让我们去呢？”

寸头男笑道：“来打赌啊。”

苏岸从店里出来，那个二十岁男生凑上来问。

“苏队，能去喝酒吗？”

刚才在里头吃饭热，苏岸脱下来的外套搭在臂间，这会儿苏岸穿着一件衬衫，微扬起下巴单手解开一颗衣扣透气：“可以。”

戴眼镜的男生闻言吹了声口哨：“感谢苏队。小屁孩，给钱。”

“给就给。”

一行人哈哈笑着聊着天往酒吧方向走。

街上空旷，毫无人烟。这里头大多数男生年纪都比苏岸小，此时正打打闹闹。

某一刻，中间的苏岸像是察觉到什么，脚步顿住，忽然眉心微皱。

几个人见苏岸停下来，瞬间警备，声音骤停。

暗夜里，不远处人声混乱。

年龄最小的那个男生喊道：“有人打架！”

几人齐刷刷地看向苏岸。

苏岸点头：“走。”

所有人瞬间拔腿朝声源处跑去。

纪糖不会打架，但他知道易胭打架厉害。

从高中开始，这两人就有一个规定，打架的时候易胭负责打，纪糖负责躲。

但这次纪糖没躲起来，喝醉的纪糖才不管自己会不会被打，趁乱踹了对方一脚。

易胭又拿酒瓶抡了一个人脑袋，手上沾了血红，易胭不耐烦地皱眉。

一群人都没听见不远处的脚步声。

突然巷子里响起一阵暴喝：“都给我住手！”

易胭挑眉，正想转身看是谁多管闲事。

下一秒，另一道冷淡严肃的声音响起。

“警察。”

这道熟悉的声音仿佛一盆兜头浇下的冷水，易胭浑身血液顿时冻住。

她抡着酒瓶的手僵了僵。

半晌回头，对上了苏岸的目光。

暗巷冷风呼呼而过，双方都没了声息。

本来怒气冲冲呵斥这帮打架斗殴群众的几名警察，在看到殴打者是一个女人而被殴打者是一群男人的时候瞬间噤声。

但毕竟是见过世面的人，几人很快反应过来。

“大半夜的打架斗殴，想到派出所过年是吧？”

几个毛头小子本来就被打到差点岔气，见到警察更加安分。

有的偷瞥旁边的女人一眼，他们中任何一人之前都料想不到眼前这个女人有多睚眦必报，如果他们知道，一早也不会去招惹对方。

奇怪的是，刚才那个抡酒瓶又狠又毒的女人，此时却安静本分。

难不成是怕警察？

巷口路灯昏黄，薄光打进巷里。

手心的血渗出指缝，易胭垂下手里酒瓶，目光对上了几步之远的苏岸。换作以前，那人怎么会如此无动于衷，她在这里，他早就过来了。

可是现在，他没有。

男人穿着白衬衫，挺拔干净，看向她的目光无波无澜。

易胭心里一刺，酒瓶顺着掌心往下滑，她攥住了。

“苏队，这几个人怎么解决？”几个便衣警察中有人出声。

寸头男说道：“当然是交还给我们相亲相爱的民警同志，术业有专攻知道不？打架斗殴我们处理不来。”

“你就是想去喝酒！”

“嘿，你还真说对了。”

说是这么说，但他们还是听苏岸的，等着他开口。

这时，旁边从头到尾很安静的纪糖突然出声：“苏岸！”

苏岸眉心微皱，目光从易胭脸上移开，看向旁边的男生。

“你是苏岸，对不对？”

说完不等苏岸回答，奔到易胭身边：“我想起来了！你今晚问我的时候我没印象，现在一看到人我就想起来了！”

那张脸，好看又独特，让人过目不忘，再见面纪糖就什么都记起来了。

易胭没回答，目光从始至终没离开苏岸。

不知道是不是错觉，在纪糖说到她今晚提起他的时候，苏岸脸上很不明显地白了一瞬。

当易胭想再去仔细分辨，却发现那只是一瞬眼花，他仍旧神色冷淡。

这时旁边有人迟疑开口：“苏队，你们认识啊？”

纪糖虽是酒醒了大半，但神经仍处于活跃状态，勾住易胭的肩，指指她再指指苏岸，口无遮拦：“认识啊！他俩以前还好过！”

现场当即一片寂静。

震惊、难以置信，到最后空气里全是尴尬。

两位当事人却从头到尾一语不发。

脱口而出后纪糖也瞬间反应过来自己做错事了，这下酒彻底醒了。

同时不知面前的苏岸为什么一直看着他揽着易胭肩膀的手，纪糖被盯得手无处安放，不自觉地松开垂下来。

“那个……呃……”

许久，苏岸冷淡疏离的声音响起：“不熟。”

易胭的心脏顷刻间往下坠，摔得四分五裂。

苏岸目光清冷，转身离开：“送派出所。”

打架斗殴的一大帮人被送进派出所。

易胭和纪糖从里面出来的时候已经是一个多小时后了。

纪糖出来时还往回看了眼那群站墙边的小混混：“奇怪，我们都可以走了，他们为什么还不可以走？我们只是来派出所喝了杯茶吧，竟然都不用写检讨交罚款，里面那群人却要交罚款。你说，会不会是苏岸知会的啊？”

凌晨，空气冷飕飕。

易胭穿着长风衣，一截白皙脖子露在外头，像是感觉不到冷，双手插兜木然地往前走。

纪糖被冻得一个激灵，瞥一眼易胭："你不冷啊？"

易胭突然冷不防地说一句："你打电话给你爸了吧？"

"啊？"纪糖把脖子缩回去，无趣道，"你怎么什么都知道……"

刚才两人在派出所里，纪糖在民警的同意下离开了一会儿。

易胭自然知道他去做什么。

纪糖父亲有钱有权有势，一个电话让他们脱身轻而易举。

虽然易胭早已猜到，但是在得到纪糖肯定的时候，心里还是忍不住一阵失望。

半晌她低头，轻呼出一口气："果然不会是他啊。"

易胭声音很小，况且风大，纪糖听不清她说什么，问："你说什么？"

"没什么。"

另一边，派出所里白炽灯晃眼。

一个黄毛看着外面远去的人影，不满地埋怨："凭什么他们可以走？"

这话给坐旁边的民警听见了，斥责道："你们先骚扰的人家，本来就是你们不对。"

"她也打我们了。"

"来派出所还想讨价还价？都给我闭嘴，平时你们就闹事，现在还嫌进派出所次数不够多是吧？"

说着桌上手机响起，那个民警接起电话，脸上换上一副笑容，叫了声"苏队"。

黄毛旁边同伙撞了撞他手臂，示意他闭嘴："别说了，人家有背景。"

那人啐了一声："真晦气，惹了不该惹的，巷子里那警察跟她一伙的。"

环市北路，天际将亮，橙红破出灰白云际。

纪糖坐副驾驶座上，几个小时前发生的事还是让他难以置信。

他憋了很久，还是忍不住问出口："你俩当年分手，是闹得鱼死网破吗？"要不然再见面双方怎么会如此不留情分。

凌晨五点，整座城市尚在苏醒，马路上车流稀少。

易胭脚虚虚踩在脚刹上，黑色奔驰稳稳向前。

她没说话。

纪糖是个急性子，易胭不说话他就浑身不自在。不过他能说，即使易胭不说话，他都能自己说出一大箩筐。

“这人怎么变化这么大啊，虽说人总是会变的，但总不会变得这么彻底吧？我记得他以前笑起来甜甜的，眼睛大大的，唇红齿白。”纪糖似乎在脑海回忆高中时候的苏岸，想到哪儿说到哪儿，“虽然不会主动跟人说话，但很乖，性格很温柔。”

纪糖百思不得其解：“怎么现在人变这样了啊？不爱说话，也不笑，性格一看就冷，跟别人欠了他几百万元似的。”

高中的苏岸存在感很低，性格没什么大特色，要不然纪糖也不会在昨晚易胭提到苏岸的时候想不起这个人。

但现在的苏岸，性格冷冰，处事强硬，让人不记得都难。

“不过没想到他居然是警察，就他以前那性格怎么可能当警察，而且看起来还是个不简单的警种，个个人高马大的。”

纪糖一提起过去，易胭也难免想起那时的苏岸。

他……真的变了很多。

以前从不打架的人，现在却成了警察，易胭想起苏岸上次来医院，那伤口估计是执行任务受了伤。

易胭一晚上没睡，身体疲惫，思绪却格外清醒。

纪糖也一晚没睡，絮絮叨叨说了几句话后声音越来越小，在副驾驶座睡了过去。

纪糖家在价格昂贵的别墅群里，易胭把纪糖送回家后开车去医院。

一夜没好好休息，还是得照常上班。

六点半交班，易胭到医院的时候还没到交班时间。

值班护士看到易胭，惊讶：“易医生，今天怎么来这么早，才六点，还有半个小时才交接班。”

谁都恨不得晚点上班，不是逼不得已，提前上班的人的确少见。

易胭：“嗯，起早了。”

“吃了吗？”

易胭拿上衣服去更衣室："吃了。"

其实易胭没吃，她一向不习惯吃早餐，从小饮食就不规律，改不过来，但她懒得解释。

易胭白大褂上身，回了诊室，开始工作。

冬天是灰白色的，一天一寒，一场大雪过后，转眼又是半个月。

临近春节，灰白色的城市添上几分喜庆颜色，马路两旁树上挂满红灯笼，上面落了雪。

天色将暗，环卫工人在清扫路面，鸣笛喧嚣。

半路纪糖打电话过来，易胭接听电话。

"今年过年来不来我家？"

易胭："不了，你好好过你的年。"

"你这人，每次团圆饭都一个人吃，来我家好歹有人气，怎么就不过来？"

易胭笑了："团圆饭是跟家人吃的。"

纪糖这人粗脑筋，话不过脑："可是你没……"

说到一半，他立马闭嘴，觉得这话说出来不适合。

易胭倒是没觉得有什么，替纪糖把话说出来："你想说我也没什么家人，到你家吃饭也没什么事吧，"易胭笑了下，"你就别担心我了，我都习惯一个人了，跟人一起待着反而不自在。"

除夕没排到易胭上班，纪糖提前几天给易胭打电话本来就是想让她先考虑一下他这个提议。

但易胭话说到如此地步，纪糖也不劝了。

"那你好好开车吧，我不打扰你了，"纪糖说，"今晚师姐不用加班，我约了她吃饭。"

"争气点啊，今年要还是追不上，我看不起你。"

纪糖："去你的。"

说到这，纪糖忽然问了句："你没想过去找他吗？"

易胭嘴角的笑忽然凝固了一下，这是那天过后纪糖第一次提起苏岸。

"虽然是他提的分手，但是你可以回去找他啊。"

易胭没对纪糖的建议发表意见，而是说道："是……我提的分手。"

"什么？你提的？"

纪糖似乎听到了什么震惊的事，通话瞬间安静，几秒后纪糖的声音才重新出现："这……怎么回事啊……"

以前上高中，整个二中谁都知道二中小太妹易胭在追隔壁一中的好学生。

追了很久也没追上，直到后来毕业那年暑假追上了，很多人说，苏岸根本不喜欢易胭，只是被她感动才接受。

大家都断定过不久苏岸会跟易胭分手。

可竟然是易胭提的分手？

纪糖没听见易胭答话，觉得自己不该挑起这个话题，没再问了。

"算了，算了，你好好开车，挂了。"

等电话挂断，易胭已经恢复自然，脸上丝毫不见刚才的茫然。

开车回家，洗完澡叫外卖，外卖照旧没吃完，收拾完就上床睡觉。

这样的生活似乎已经重复很多年，规律平静，没有意外发生。

唯一出现的意外再次从生活里消失，像前几日的大雪，悄无声息地来，悄无声息地走。

易胭不知道自己什么时候睡过去的。

梦里，八年前的阳光懒洋洋的，空气里有篮球击打地面的声音。

她看到了苏岸，他坐在树下看书。

梦里的易胭似乎变成了旁观者，她知道自己在做梦，可是却不想醒来，想努力朝那边走过去。

可是……

易胭眼睛一睁，满室黑暗瞬间涌进眼眶。

她就这样一动不动躺了许久，半晌才动了动身子，从被窝里坐起来。

那天巷子里见了一面后，易胭当天晚上没有梦见苏岸，后来也没再见过他，生活照旧进行，她以为不会再想起他了。

黑暗中易胭眨了下眼睛，好像不是这样。

很想。

还是好想啊。

人在极度绝望之时，总想抓住那么一根稻草，即使这根稻草又细又枯，根本承受不住欲望。

易胭想起今晚纪糖说的话。

——你可以回去找他啊！

纪糖的话就是稻草，给了易胭一个找人的理由。

易胭在黑暗中坐了几秒，终是掀开被子下床，拿起手机到落地窗边坐下。

这么多年来，她还一直记得苏岸的号码，十一位数字烂在她的血肉里，不用想都能脱口而出。

可是她记得，并不代表苏岸不会换号码。

高楼落地窗外，凌晨的城市灯光未熄。

易胭按下手机号码，手机放到耳边。

短短几秒寂静，就像被凌迟了一个世纪之长。

易胭以为那边会传来空号提示，却没想到几秒寂静过后——电话接通了。

♥ 第二章 ♥ 你为什么就不能对我好点

嘟——

嘟——嘟——

耳边传来的声音机械又冰冷。

易胭盘腿坐在地板上，凉意攀上腿根。黑暗里，只有屏幕幽幽发光。每响一声，易胭的心跳便慢一分。

寒凉冬夜，湿冷火柴棒好不容易点燃，又快要熄灭。

就在易胭以为电话快挂断的时候，那边竟然接通电话："你好。"

易胭心跳静止一拍，随即心脏疯狂地跳动，像狂长的野草，给一阵风，长满整片草原。

苏岸没有换号码，也没有不接电话。

苏岸上高中没用手机，不是他家境不好，只是单纯因为他不需要。

他没用手机，易胭自然拿不到他的联系方式，后来还是易胭给他买的号码，强迫他用他才用上。

而这个号码，他还用着。

易胭没说话。那边的人也没再说话。

无从开口，又不舍挂断。

接到陌生人不出声的电话，寻常人一定直接挂电话。易胭清楚苏岸也是平常人，可能再过两秒，抑或三秒，电话就会被挂断。

可是易胭不想。

"苏岸……"易胭唤了一声，轻得宛如虚无缥缈的梦，又像被整个黑夜压着，足有千斤重。

他会应声吗？还是会说打错了？

那边似乎更安静了。

没有言语，没有呼吸。

几秒后，电话挂断了。

忙音传来，在这夜里格外突兀，急促又冰冷。

易胭心里那根岌岌可危的线被忙音切断，心跳骤止。

她没想到苏岸会直接挂断，半晌，易胭无奈地勾起嘴角，他总是用最严厉、最残忍的方式让她直面现实。

可是她仍旧鬼迷心窍。

易胭随手将手机放一旁，身子后仰，双手撑在身后地板上。

易胭拿过烟盒抽出一根烟，将烟放到嘴边，用金属打火机点燃。金属打火机一声一丛蓝火，稍纵即逝。

易胭将打火机扔一旁，纤细指尖夹着烟，慢条斯理地抽着。

从始至终易胭都很平静，像刚才什么事都没发生过。

一根烟抽完，易胭将它碾灭在旁边烟灰缸里，然后从地上爬起来，回到床上被子一盖继续睡觉。

市局禁毒支队。

办公室灯火通明，一群眼底挂着黑眼圈的年轻人围成一圈捧着泡面吃。

“我觉得我以后退休了能骄傲的不是我抓了多少毒贩，而是我吃了多少泡面。”崔童是队里最年轻的小孩，呼噜着牛肉味的泡面含糊不清地说。

寸头许骋坐在他的旁边，给他脑勺一巴掌：“还有好几十年呢，想什么退休。”

崔童被拍得呛了一下：“怎么又打我头？！我脑子都要被你打残了。”

许骋抱臂笑：“这不正好让你先退休？”

“呃……”

许骋：“这泡面不好吃，下次别买这个味。”

旁边有人应和：“像人喝醉后的呕吐物。”

崔童：“两位大哥，我面还没吃完呢，你们能不能出去说，保护一下民众好吗？”

这时办公室的门被推开，一个眼镜男捧着刚接好热水的泡面进来：“都吃快点，吃完赶紧干活。”

许骋：“这案子难搞。”

“可不，上面一直在催，办不完我们奖金估计要飞了，”眼镜男说，“刚才我路过楼梯间，看苏队在外面接电话，脸色不太好，估计又是不好的消息。”

崔童吃面还不忘说话：“苏队不一直很严肃吗？高兴不高兴都那样。”

眼镜男：“不一样，平时是不苟言笑，但他一心情不好，周身气场比平时冷百倍。”

“话说，”崔童大眼睛里满是八卦，“上次巷子里打架那个女的……真的是队长前女友啊？”

话音刚落，办公室门被推开。

苏岸上身穿着衬衫，下身穿着藏蓝色西裤，衬得身材越发颀长。原本是清秀的长相，眉眼间却冰雪未融，眼窝深，双眼皮浑然天成，十分好看。

一屋子的人没吃完的赶忙低头吃，吃完的假装玩手机。

只有许骋悠哉地抱手臂靠着椅背，看向进来的苏岸。

“苏队，有接到什么坏消息吗？”

苏岸走到桌边，拉开椅子坐下：“没有。”

许骋看向眼镜男，用眼神询问——你刚不是说队长接电话脸色不好吗？

眼镜男耸了下肩。

忽然，苏岸开口：“叫外卖，别吃泡面了。”

全办公室的人：“？？？”

所有人看向眼镜男——你不是说苏队心情不好吗？

虽然苏队平时经常请吃饭，但正常人会在心情不好的时候请人吃饭吗？

眼镜男十分冤枉，再次耸肩。

临近春节，交通事故骤升，人多的地方容易出事，每天到医院看急诊的病人越来越多。

工作族最期待的假期往往是医生的噩梦，一到假期市民意外受伤率高很多。

周末、法定节假日，从医者不会跟着放假。

护士小娜刚在外面忙完回诊室，在旁边椅子坐下：“好累啊，我都几个小时没坐下了。”

诊室这会儿刚好没病人进来，另一个护士也埋怨：“而且有的病人脾气真差，刚才一排队的大叔拉住我，说为什么医院办事效率差，等半天都没排到他，不分青红皂白地骂了我一顿。”

小娜：“节假日人这么多，他怎么不埋怨自己没早点来啊？”

门口有病人进来，伴着隐忍的哭声。

两位护士没说话了。

易胭本来在回复消息，听到声音抬头，看到那只血肉模糊的右手。

病人在病床上坐下，易胭戴上手套走过去。

“怎么弄的？”

来人大概四十多岁，是个女人，因为疼痛声音有点颤抖：“给冲床压的。”

陪女人一起来的男人在旁边催促：“医生，你快给她看看！看能不能给她止止疼。你说她怎么这么不小心，这不今晚上夜班嘛，她一不留神就给压了。”

易胭接过护士递过来的器具，低下身子察看伤势，没说话。

“医生，你看她这手严重吗？”

易胭起身，摘下口罩：“还行，日常生活没问题。”

男人皱眉：“什么叫日常生活没问题？还能做冲床吗？不工作怎么行？我可养不起她。”

易胭瞥了男人一眼，目光冷淡。

而男人没察觉，仍在抱怨。

病床上的女人则一直低着头，没说话。

“你是她什么人？”易胭问。

“丈夫。”

“有钱吗？”

“什么？”

“你有钱给她治病吗？”

男人搓搓手，皮肤不粗糙，肤色苍白，而病床上女人双手则皮肉粗糙，他理所当然没有一丝羞愧：“我怎么可能有钱？有钱我就不会带她来治这手了，就是因为没钱才带她过来，家里还靠她养呢。”

女人头埋得很低。估计是少见这种脸皮厚而不自知的男人，旁边两位护士都皱眉看了男人一眼。

易胭则眼皮都不掀一下，帮女人处理伤口。

世间百态，家家有本难念的经。当医生这行更是看过不少令人唏嘘的事，习惯就好，因为这些事不会因为你有任何改变。即使你管了一件，还有千千万万件没人管，管也管不完，甚至还会惹上麻烦。

这个道理，易胭最清楚了。

接下来病人依旧一言不发，而丈夫依旧在旁边埋怨。

好在伤势不严重，处理一下后包扎，休息一段时间便可以痊愈。

这位病人走后，诊室里两位护士唏嘘：“怎么就嫁了这种人，他又没缺胳膊断腿的，怎么能让女人养家？你刚看了没有，那女人手臂上有鞭痕。”

“家暴？”

小娜说：“一看就是好吗？这男的一看就又懒又大男子主义，不工作还嫌弃老婆不能赚钱，我看着都来气。”

“唉，他老婆还什么都不敢说。”

这时刚好一个年纪大点的医生进来，听到她们的对话，说：“说了也没用，外人谁会帮她，回去还不是被打一顿。”

这是事实，两位护士沉默了。

这时一直没说话的易胭突然开口，抛出轻飘飘的一句，话里不知几分真几分戏谑：“同归于尽啊。”

诊室里的人都怔住，看向易胭。

易胭脸上还戴着口罩，没有回避她们的目光。

“这种人，就应该下地狱。”

话音刚落，诊室门忽然被撞开，一道人影冲进来，撞到了旁边的护士小娜，小娜尖叫了一声。

人影直直冲向易胭，抓住她的手：“医生，开点杜冷丁给我！快，快点！”

来人正是刚才那对夫妇中的丈夫，这人身体抑制不住地颤抖，眼神恍惚可怖，状态诡异。

满诊室的人登时脸色煞白。

吸毒！

护士们没有乱阵脚，立马收起诊室里会伤到人的器具，有的跑出去找保安。

全诊室只有易胭淡定冷漠，男人用力抓住她的手腕，恳求她："快！给我开！医生，我求求你，给我开点杜冷丁，我受不了了，真的受不了了。"

杜冷丁，一种临床镇痛药，有麻醉止痛作用，但反复长期使用也会成瘾，变相成为毒品。

杜冷丁不能随随便便开给病人。

易胭面无表情地看着他："不开。"

男人恳求无果，声嘶力竭："给我开杜冷丁。"

易胭甚至看到了男人脖颈凸起的青筋，但她正视男人的眼睛，再次冷淡地重复："不开。"

保安还未到，临近几个男医生先一步冲进诊室："干什么，出去。"

男人心中警铃大响，随手一摸，抓住易胭桌上的笔，直朝她扎去。

易胭没防备，慢了一瞬侧过头，男人趁这一瞬勒住她的脖子："不准过来！要送我去警察局是吧？谁都不准过来，过来我就捅死她！"

易胭眉心一皱。

几个男医生瞬间不敢往前，安抚对方："你先把笔放下，我们不送你去警察局。"

男人手微微颤抖，笔尖戳到易胭的皮肤："给我开杜冷丁！"

医生们沉默。

易胭再次皱眉，不是因为自己的处境，而是笔尖黑墨水弄到她脖子上了。

男人戒备全放在眼前不远处几个医生身上，没注意身后。

易胭则听觉灵敏，身后窗户传来异响，声音很小，不仔细听察觉不到。

不到一秒之间，身后突然传来一阵疾风，以迅雷不及掩耳之势冲过来打掉男人手中的笔，擒住了男人。

男人正处于毒瘾发作状态，力气大到试图挣脱束缚，声嘶力竭。

易胭回头，在看到苏岸时之前的镇定全然不见。

震惊、惊讶甚至有点不知所措。

苏岸转眼瞥了一下易胭的脖子，而后移开目光。

全程视线没有看易胭的脸一眼，仿佛根本不在意眼前这人是谁。

易胭心里一酸。

被桎梏着的男人还在挣扎。

苏岸低眸，眼尾低敛。

他微掀薄唇，嗓音冷哑，漫不经心又带着一丝命令："你跑不了了，别动。"

那人被带走了。

易胭还得上班，没离开诊室。

几位同事过来关心了一下易胭，问她用不用休息，易胭笑着说不用。同事见她没什么影响也没再说什么，散开工作去了。

好像没有苏岸，她就成了会笑会寒暄的正常人。

脖子上还沾着黑墨水，易胭不耐烦地蹙眉，起身走到旁边打开水龙头，弯身泼水冲洗。

护士小娜被吓得不轻："吓死我了，易医生，刚才那笔要是戳下去人就完蛋了。不过，还好那警察来得及时，刚才他从窗户进来的时候我心脏都要跳出来了，就怕那人发现。"

易胭擦脖子的手一顿，一瞬后恢复自然，纸巾扔进垃圾篓里。

另一个护士说道："还不是因为身手好，翻窗都没什么声响，反应也快，换个人早被发现了。不过你别说，那个警察长得还挺帅。"

小娜赞同："而且身材也不错，一看就是穿衣显瘦脱衣有肉的类型。"

易胭没参与这个话题，走到桌边坐下，翻开病历本。

两位护士看易胭仿佛跟没发生过什么事似的，有一位感叹道："易医生，你好镇定啊。"

小娜也说："刚才被勒住也一点都不紧张。"

易胭不知道忽然想起什么，半晌似乎自言自语道："遇到这种事不镇定，才是幸福的人啊。"

她说得小声，护士听不清楚："什么？"

易胭继续看病例，抬头笑了下："没什么。"

这时候诊室门被推开，易胭和护士以为有病人进来，戴上口罩，进来的却是那个刚才手受伤的女人。

女人站在诊室门口，有点局促："谢谢你们。"

小娜眼神里有点同情，赶紧说道："不用谢我们，你要谢谢那个警察。"

易胭忽然问了句："为什么不报警送他去戒毒所？"

听到这个问题，女人脸上有点迷茫，半晌才道："报过的，可是有什么用，进去关了两年，"说到这里，女人绝望地摇头，"出来还是继续吸。"

诊室里一片安静，气氛沉重。

女人声音有点悲凉："没用的，他改不掉。吸了毒，改不掉的。"

小娜眼眶微红，小心翼翼地说："可是送进去强戒两年，你至少可以少被折磨两年，过两年安生日子。或者你完全可以离婚。"

小娜话音一落，诊室里三人就知坏了。

果然，这句话仿佛是最后一棵压死骆驼的稻草，女人的眼睛瞬间空茫——绝望、无助到最后的沉寂。

"吸毒的人就是个死人，还有什么良心，他出来要打我和孩子，因为我们送他进戒毒所。况且孩子都在本地上学，我们根本跑不了。"

接下来所有人都明白什么都不用问了，离婚，这种心理变态的男人怎么肯离婚？而女人也沉在婚姻这所牢笼里，被孩子绑着，再也爬不出来。

女人没再说什么，转身离开了。

这个世界总有很多想象不到的事，处境不同，身世不同，根本没有真正的感同身受，就算义愤填膺，也没办法为当事人做选择。有些在我们看来很简单的事，其实对别人来说，是一座无法逾越的高山，不是他们不愿意逃，而是他们没能力也没力气逃。

枷锁套在脖子上，钥匙，也从此丢了。

易胭没说什么，这种感觉，她懂。

她厌恶所有吸毒的人。

一天工作结束，易胭起身到窗边透气。推开窗，外头一片雪白，又下雪了。

医院来往人多，落雪的水泥地上脚印零乱，露出底下湿灰的路面。

路灯被一层白雪覆盖，天空一片灰白色。

空气里都是冷意，易胭关窗离开诊室。

走廊人多，易胭手插白大褂兜里，穿过人群去更衣室。走到一半，兜里手机振动。

易胭随手拿出手机看了一眼，一串座机号码。又是这个电话，易胭皱眉，直接挂断电话，手机揣回兜里。

她莫名烦躁，恰好经过楼梯间，推门走了进去。

天色渐晚，楼梯间里不甚明亮。

易胭摸出烟放进嘴里，正要拿出打火机，忽然察觉对面墙壁倚着一个人。

易胭抬眼看过去，男人正低头摆弄手机。

额前碎发微微垂落，手机屏幕泛出微弱光线，冷光打在男人清瘦下巴下，映亮寡淡的唇线和高挺的鼻梁。

姿态冷淡漠然，楼梯间里有人进来他都没抬一眼。

易胭在看到那张脸的时候整个人一愣，烟也忘了点。

许是察觉到目光，对面的苏岸看了过来。

易胭也看着他。

僵持半晌，苏岸低头，继续发短信，从始至终没变过姿势，仿佛只是看到一个不相干的人。

易胭怔愣几秒后移开目光，靠回墙上，继续点烟。

半根烟抽完，对面的人才收了手机，后背微使力站直身子，朝楼梯间门走去。

易胭忽然开口："你没换号码？"

估计是觉得这种问题没必要回答，苏岸脚步没停。

易胭深吸一口气："是不舍得吗？"

苏岸停住。

易胭侧眸看他，指间的烟明明灭灭："不舍得我。"不舍得关于我的一切。

以前的易胭，总是自信的，无畏的，就像此刻。

苏岸回头。

易胭没有回避，也直视苏岸。

四目相对几秒，苏岸抬步朝她走来。

易胭心脏忽然被攥紧，再怎么自信，在他面前也不堪一击。

苏岸停在她面前，生出压迫感，高中他就长得比她高，这几年来又长高了一些。

易胭微仰头看着苏岸，苏岸面色冷淡，缓缓俯身。

易胭胸口闷闷的。

苏岸停在三寸之外，盯着她的眼睛，神色淡淡，找不到一丝熟悉感。

“没有。”

没有舍不得她。

易胭整个人愣住，酸涩顿时攀上心头。

薄唇，一个薄情寡义的人，苏岸话说出口更是冷淡。

“我只是没空换号码。”

话音刚落，突兀的手机铃声在楼梯间响起。

是苏岸的手机，易胭一动不动。

就在苏岸站直身子去掏风衣兜手机的时候，易胭感觉自己右手一空，苏岸夺走了她的烟。

他皱眉：“呛。”

说完接通电话，头也不回拉门离开。

易胭背抵着墙，安静很久，不知什么时候才动了动身子，双脚已被冻得毫无知觉。她起身，朝外走去离开楼梯间。

从停车场出来经过急诊部的时候，易胭看到了苏岸。

他正和一位同事从急诊大门出来。

易胭看了几秒收回目光，油门一踩消失在车水马龙中，像是仓皇逃跑，狼狈不堪。

走得太过匆忙，全然没看到那个人目光淡淡扫了这边一眼。

今天下班易胭没有直接回家。

黑色车子开往芳吟街，半个月前和纪糖去过的那条。

回来近两年没回过这里，最近一个月里却来了两次。

学校晚修时间没到，路上还能看见几个穿着蓝白色校服的学生，但天气严寒，行人并不多。

天色渐晚。

车厢里一片静谧，听不到外面的声响。易胭坐了一会儿，推开车门下车。

蚀骨的寒扑面而来，但比寒冷更让易胭震颤的，是空气里的熟悉。

老店铺门前的风铃，茶楼檐角，小摊贩热乎乎的烤红薯……

易胭关上车门，朝前走去。

易胭高中念的是二中，她却没往二中走，而是绕进小巷朝一中走去。

上次来她没敢去一中，有些烂在回忆里的东西真的碰不得。也许是今天楼梯间里的一面让易胭觉得再来一刀也没什么，又或许只是想念了。

一中和二中离得不远，两个只差了一个字的高中，学习氛围却千差万别。

连人，都千差万别。

一中里就读的学生成绩优异，安分守己。而两百米外的二中学生却总是打架斗殴，惹是生非。

在那时候的人看来，一中的人和二中的人，就是一个天一个地，天地怎么可能合到一起？

就如苏岸怎么可能和易胭在一起？

易胭手插兜里，往一中走去。

路旁当年栽种的树苗早已树干粗壮，很多地方也发生不少变化，但也有一些还能窥见当年的样子。

这条路易胭以前走过无数次。

每天未到放学时间，课上到一半就从二中翘课翻墙进一中找苏岸，即使苏岸不怎么理她。

一中管理一向严格，没有校卡进不去，易胭没从正门进，绕到一中教学楼后面一堵墙。

后墙半人高的石栏加一人多高的栅栏。

易胭抬头看着这面墙，若有所思。一中做派真是一点没变，这种栅栏建了基本上跟没建一样，一翻就过去了。更何况翻墙的人是易胭这种小混混。

十几秒后，易胭已经踩上石栏，一使力翻过墙，稳稳地落在地上。

路灯早已亮起，昏黄暗淡，隔几步一盏。教学楼一个个窗口亮着，学生已经回教室晚修。

整个学校都是苏岸的影子。苏岸安静低调，那些人少安静的地方一向是他的去处。

易胭漫无目的地走，脑子一片混乱，很多东西一并挤进脑海里，路灯下的影子变长又变短。

某一刻易胭不知想到什么，脚步停住。她转身往回走，停在一棵树前。

树木高大，树根下落了点雪，路灯黄色灯雾笼下来，恍似幻觉。

一中后墙第十棵树。

易胭慢慢蹲下来，借着穿过枯枝的灯光，看到树干上的一行字——苏岸，你为什么总是不喜欢我？

看到这句话，易胭忽然笑了。

她已经追了苏岸一年多，几乎天天碰壁，那会儿的易胭自信开朗，被苏岸拒绝也不沮丧。那天苏岸照旧不搭理易胭，把她一个人扔楼下，易胭装可怜坐在楼下等他。

坐着坐着她嫌无聊就玩起了刻字，可怜装着装着就真的感觉到可怜了，刻字的时候她忽然开始沮丧。

苏岸，好像真的不喜欢她。

那时候的易胭让人捉摸不透，魅惑又张扬，第一次耷拉着脸刻字。

直到后来苏岸从楼上下来。

“你在干什么？”

易胭一听到苏岸的声音，烦恼立马抛身后了，扔了石子朝他笑：“等你啊。”

苏岸没说什么，走了，易胭跟了上去。

想到以前，易胭心头发暖，但下一瞬那丝暖意就被酸涩压下去。

楼梯间里苏岸冷漠又不耐烦，像刺一样在易胭的血液里横冲直撞。

怎么现在，就变成这样了？

天越来越黑，易胭蹲了一会儿，从地上站起来，转身离开了。

没有看到刻在树干背后的字。

就如同她永远不知道那天把她送进派出所，转头把她从派出所捞出来的人是谁。

新年似乎整个世界都很热闹，团聚、走亲戚、放假。

这些再简单不过的事，易胭却没经历过。

除夕易胭下班回家直接睡觉，闭眼不见外头黄昏日暮。

醒来天已经黑了，易胭看了眼时间，晚上十点多。

回来没吃饭，易胭这才感觉到肚子有点饿，坐了起来，被褥垂落，露出大半边肩膀。

高层落地窗外，城市红火，各家各户灯盏炽亮，织成一张张热闹的网。

这时候大家应该都聚在一起看春晚，除夕夜外卖应该也早关了，人都回家吃热腾腾的年夜饭了，怎么可能还给人送外卖？

但易胭还是抱着侥幸心理，捞过手机，竟然让她找到一家没关店的。

不过也只剩这一家了，而且还是西式比萨。

易胭很少吃快餐，但只有这一家，将就着点了。

外卖送来还有一段时间，易胭掀被下床冲澡。

她一个人在家不怎么喜欢穿衣服，只有下身一小块黑色布料，一双腿又长又直。

出来的时候外卖还没送来，没有电话打进来，倒是收到一条短信——怎么老是不接我电话？过年还不拿钱来看我，我都快饿死了！

这次不是座机号码，是手机号码，易胭皱眉，直接拉黑号码。

城东一家比萨店里。

一群年轻人在里头玩闹，桌上比萨盒堆着，酒瓶横七竖八。

崔童和许骋在划拳，崔童出二，许骋出拳，崔童再次完败，抢起酒瓶就灌。

许骋抱臂在一旁笑："小屁孩，不行了说一声啊。"

崔童抬臂一抹嘴："谁不行了！你才不行。"

旁边几个人在打牌，店里热闹又混乱。下午刚办完案子，正巧赶上除夕，一群人放假就拴不住了。

苏岸也没管他们，坐一旁回复苏母的消息。苏岸高中便很少与人交际，给他发新年祝福的人没几个，这正合苏岸意，他懒得交际。

比萨店是其中一位队员父母开的店，除夕晚外面的店基本上关门了，一群人没吃饭干脆都聚到这里，反正有酒就行。

眼镜男陈宙的母亲从厨房出来，又给他们上了两个比萨："又给你们做了两个榴梿味的，趁热吃，比萨冷了就不好吃了。"

陈宙父母就陈宙一个儿子，平时儿子工作忙少回家，今天这么热闹他们也开心。

一群小伙连忙道："谢谢阿姨！"

许骋："叫什么阿姨，这么年轻应该叫姐。"

一群人哈哈大笑。

陈宙笑："就你贫，想再骗几个比萨呢？"

陈母过来，陈宙问她："我爸呢，在忙什么，怎么不过来一起热闹热闹？"

陈母手在围裙上擦了擦："做比萨呢，刚才你们来我们太高兴，忘了关接单，没想到正好有人下单，你爸做好了得送过去。"

"这大年夜谁不回家吃饭居然订外卖，"陈宙觉得稀奇，问道，"哪个地方的？"

"城南水湾小区。"

"行，我开车给送过去。"

陈母："你好不容易放个假，别操心了，你爸没什么事，他去送就行。再说你喝酒了不能开车。"

这时一直没说话的苏岸突然开口："我送吧，顺路。"

经苏岸这么一提，陈宙才想起苏岸父母家离水湾小区很近，但苏岸因为工作和其他原因不常回家住，一般都是自己住。

陈宙："苏队，你今晚回家住？"

苏岸终于答应苏母回去，回复完苏母最后一条消息，收起手机"嗯"了声："外卖给我，我送过去。"

"你要回去了吗？队长。"旁边崔童已经喝得脸庞发红，明显喝多了，"你都没吃什么东西。"

苏岸平时面色一向波澜不惊，但此刻也许是屋里黄色灯光炽亮，脸上一小丝疲倦竟无所遁形。

他的双眼被倦意放大，驱走眉眼间不少冷淡。

“嗯，”苏岸看向许骋，难得嘱咐了一句，“待会儿送他回去。”

崔童是队里最小的，这些哥哥们都护着他，许骋道：“行，放心吧，我一定好好把他送回家，然后扔回床上。”

这群小伙子一向不跟队长客气，陈宙已经去厨房拎了外卖盒出来：“感谢队长帮我省油费！”

一群喝得东倒西歪的男生吼着跟他说再见，苏岸没理他们，拎过外卖盒走出门。

许骋忽然踢了陈宙一脚：“你不觉得队长心情有点好？”帮人送外卖还心情好？

“得了吧，苏队高不高兴都这表情，上次他站楼梯间接电话，我以为他心情不好呢，结果是心情好，”陈宙说着哼起了小曲，“不猜了，不猜了，苏队的心思你别猜。”

五音不全，还破音。

许骋：“别唱了！”

过了会儿，许骋问陈宙：“点外卖的人姓什么？”

陈宙正喝酒，转头拧眉想了下：“好像是叫什么……哦，姓易。”

许骋啧了声：“不会这么巧吧？”

“什么？”陈宙问。

“上次苏队送派出所那女的不就姓易吗？就苏队前女友。”

虽然许骋这么说，但陈宙还是不信：“哪有那么巧的事？中国姓易的随处都能拎出来一个。再说苏队怎么可能知道人家住哪儿，总不能表面上对人家那么冷漠，实际上连她住哪儿都摸清了吧？”

电话进来的时候，易胭正闭眼倚墙倒立。

手机振动，易胭掀眸看了一眼，从容地从墙上下来。

她没看屏幕，直接接通电话：“你好。”

那边似乎安静了一瞬。

而后一道冷淡的声线传来：“保安不让进，下来拿外卖。”

易胭瞬间怔住，握着手机的手一紧，反应过来后才拿开手机看来电显示。

意料之中，又意料之外。她对他的声音熟悉，肯定是他的号码，可同时又格外惊讶，他怎么可能给她打电话？

这边没应声，那边似乎有点不耐烦："你好。"

易胭赶紧回答："我下去，你等等。"

说完挂断电话，双手胡乱抓了抓头发，披上外套出门。

高档小区管理严格，没有业主同意，外来人员一向不让进门。其实易胭完全可以让苏岸上来，但她知道苏岸不会上来，早点下去或许还能看到他。

除夕夜马路空荡，显得有点落寞。

易胭出门的时候苏岸正倚在车门上。裤脚一丝不苟，深色长风衣，微垂着眼全然没看这边一眼，侧脸尽是冷淡。

易胭走过去，故意加重脚步。

那边苏岸听到声响，才抬眸看了过来，眼神一如既往陌生，冷淡。

她蓦地想起前几天楼梯间里他说的话。

他说，没有舍不得她。

易胭压下心中酸涩，走了过去。

苏岸开车门把比萨盒拿出来，直接递给走过来的易胭。

她接过："怎么是你送外卖？"

易胭觉得也许是夜晚人的情绪容易柔软的原因，苏岸难得开口："同事的店，我顺路。"

说完并没有再待下去的意思，拉开车门准备离开。

风吹树响，易胭莫名紧张，像是体内有什么也要被吹走，开口想要抓住点什么："你知道是我吗？"

苏岸沉默了。

易胭看着他侧脸，这丝沉默让她仿佛窥见他冷淡里的漏洞，即使不切实际，她却一点都不想放过。

"你知道是我，所以才送过来，是吗？"

马路上越野车疾速驶过，声音刺耳，仿佛要撕开这个夜晚和潜藏在黑夜里的暗涌。

半晌，易胭看见苏岸回头，目光很淡。

“不是，”他声线平静，“只是顺路。”

易胭这几天好不容易压下去的酸涩再次上涌。

她不是一个脆弱的人，但也不是铜墙铁壁。自从两人重逢后，不管苏岸对她如何冷淡，她从没掉过泪。

可此刻，冷气钻进她的鼻子，酸涩也一齐涌上被冻得发红的鼻头。

“苏岸，你为什么就不能对我好点……”

你为什么还是不喜欢我？

话落，易胭知道自己失控了，没再看苏岸，转身便走。

仿佛害怕接下来会听到什么宣判。

苏岸回到家已近零点。

进家门的时候苏母还在等他：“外面冷，快吃碗饺子热热身。”

“吃过了。”

苏母声音温柔：“吃过就当夜宵吃，暖身暖胃。”

再拒绝苏母会不高兴，苏岸便没再坚持，进厨房盛了三碗饺子。

一碗给自己，另外两碗给苏父苏母。

苏母在桌边坐下，身上披件外套：“下午给你打了那么多电话，还以为你不回来了。”

苏岸声音淡淡的：“爸在书房？”

苏母点头：“对，还在书房忙活呢。”

苏岸端了碗饺子去书房，敲了下房门。

苏父温和慈祥的声音传来：“进来。”

苏岸推门，苏父正站书桌前写毛笔字。

“爸。”

苏父没抬头，笑着说道：“听到敲门就知道是你，你妈可不会敲门，都是直接进来。知道你是礼貌，但一家人不用这么客气。”

苏岸没说什么，把碗放旁边茶几上。

书柜上有袅袅烟香，安神定心之用，书一本本整整齐齐地挤满书柜。

苏父是一位教授，知书达理，性格也好。苏母则是家庭主妇，生性温柔，极宠爱孩子。

苏岸走过去，苏父毛笔字写得很好看，硬朗不失风骨。

他写完一字，抬头看了一眼苏岸，下结论："瘦了。"

又问："最近很忙？"

即使是面对家人，苏岸的表情也匮乏："不会。"

苏父闻言低头继续落笔："不忙就多回来看看你妈，她天天惦记你，刚才你说要回来她都高兴坏了，连觉都睡不着。"

苏岸"嗯"了声。

"行了，行了，"苏父朝他摆摆手，笑，"去餐厅陪你妈吧，她一晚上念叨你，我耳朵都快长茧了。"

苏岸准备离开。

手搭上门把那刻，身后的苏父忽然叫住苏岸。

斟酌几秒后，苏父开口："当年那事是你妈做得不对，但是……身为一个母亲那样做无可厚非，她是为了你好，那女生……"

一向不太爱说话的苏岸开口打断，目光冷淡漠然："错了。"

他又重复一遍，格外笃定："她做错了。"

苏父瞬间哑声，半晌摇头叹了口气。

苏岸没再逗留，出门返回餐厅。

♥ 第三章 ♥　　我要跟他走

距离苏家几公里外的水湾小区。

比萨盒没打开，摊在地板上。

如果不是这么多年后再见面，易胭还不清楚苏岸对她影响有多大。

以前总觉得年少轻狂，那时候的喜欢算不上什么，或许日子一久就忘了。这些年易胭不是没想过苏岸，不想的话也不会回来，但她以前没认为自己就非他不可。

可这么多年过去了，易胭却没再喜欢过任何人。

当年只是觉得就算在一起苏岸也不会真的喜欢自己，走了便走了，他不会舍不得。

没有任何人能阻止易胭喜欢苏岸，这世界上能让易胭退却的，从来只有苏岸一个人。

即使时隔多年，易胭的心绪还是会被苏岸牵动，还是会受他影响。

在外人看来她的心是铜墙铁壁，要害却总能被他一针扎得精准无误。

外卖送过来了，易胭却没胃口了，比萨放久也凉了。

仿佛刚才在楼下眼眶发红那一瞬只是假象，易胭坐在地板上，没吸烟，也没什么动静，眼眶已经不红，鼻头也不发酸，就那样坐着。

半晌她才有了动作，起身拎起比萨盒扔到厨房垃圾桶里。

在水龙头下反反复复洗了很多次手，洗得皮肤发红，易胭才关上水龙头。

做完这些已经一点，易胭回卧室，脱衣服躺上床睡觉。

那些年的阳光似乎总是很亮很热。

树冠浓密，蝉鸣不息，值日的学生拿着扫把追赶，幼稚可爱。

那时候的苏岸和易胭相处也不是现在这样。

这天易胭照常翘课到一中找苏岸，她知道苏岸今天最后一节是体育课。苏岸似乎不爱运动，体育课一般在教室学习，从没见过他跟什么人打篮球。

那时候的易胭以为苏岸是不喜欢也不会打篮球，后来偶然一次撞见苏岸一个人在篮球场，运球，投篮，动作漂亮，一气呵成。

那时候易胭才知道苏岸不是不喜欢，也不是不会，他只是不喜欢跟人接触和交流。

但即使不想跟人接触，别人来找他说话的时候，他还是会回话，而且不会让人感觉冷淡，与长大后相差很多。

总之就是很不起眼，也很低调，平平无奇的性格，又像是故意显得平凡，不愿意被人发现。

但偏偏就是这样一个低调的人，被易胭瞧上了。可苏岸对待易胭的态度跟别人不同，冷漠寡淡，连话也不怎么爱回答。

但那时的易胭却意外觉得这样的苏岸很真实。

那天苏岸果然在教室里学习，易胭进去轻车熟路在他同桌位置上坐下。

苏岸似乎习以为常，笔尖不停，头都没转一下。

他总是坐得很端正，大眼睛，唇红齿白，鼻梁高挺，鼻尖弧度好看。

易胭看他这样子就心痒痒，盯着他长睫低敛，薄唇寡淡。

苏岸来不及躲闪，鼻尖已经被轻轻碰了下。

他笔尖一滞，但也只是一瞬，便又继续动笔，全程没转头。

易胭歪头，单手撑下巴看着他："苏岸。"

苏岸不为所动。

"你看看我。"

苏岸仿佛身边没人。

易胭指尖轻敲脸颊，也不生气，笑着看他。

"别人不都说你脾气好吗？你到底是脾气好还是脾气不好啊，我看你是脾气不好，整天摆臭脸给我看，特别没礼貌。"

苏岸侧脸写着冷漠二字。

“你就这么讨厌我吗？”易胭问。

半晌，仍垂睫写字的苏岸才挤出一句：“没有。”

虽然声音不咸不淡，但易胭也高兴：“不讨厌我你就多跟我说说话，好不好？”

一片安静。

易胭无语：“怎么又不说话了？”

她又陆续说几句，苏岸都没回答。

“苏岸，”易胭似笑非笑，“你再不看我，我就要亲你了。”

这话果然奏效，苏岸停笔，正想说些什么。

下一瞬，易胭突然凑近。

苏岸怔住。

年少的易胭张扬又俏皮，总是忍不住逗苏岸，喜欢也从来不掩饰。

一旁的苏岸瞬间面色铁青，搁笔一声不吭地离开座位。

易胭趴在桌上笑个不停。

走廊尽头男洗手间里，站在洗手台前洗手的苏岸面色依旧冷淡，耳朵却藏不住秘密，爬上了一点红。

可是这些，易胭都不会知道。

易胭醒来时，晨光微熹。

她关掉闹钟，坐起来晃了下脑袋，一夜做梦，脑袋生疼。但其实也不算梦，毕竟梦里的事都真实发生过。

每一幕的苏岸好像都不喜欢她，即使后来和她在一起也只是勉强应付她。

八年时间，能有谁不被打磨过，易胭面对苏岸不再俏皮，苏岸对她更是比以前冷淡。

易胭不会在情绪里沉迷过久，下床洗漱，喝杯牛奶后便出门。

除夕睡觉，正月继续上班，像一台有条不紊的工作机器。

一天工作无波无澜地结束，易胭下班没有直接回家。

黑色奔驰开往郊区，公路平坦宽阔，一层薄雪上车痕寥寥。天空、枯树、落雪，整个世界仿佛只有灰黑白三种颜色。但仔细看，还是能看见民房门前贴的红对联。

易胭的车最后停在一片居民区。居民区墙体灰败老朽，一巷叠一巷，拥挤却有序。每条巷子前挂着一个巷牌，生锈的蓝色铁片上写着巷子名。

易胭朝竹德巷走去。

竹德巷，其实没有竹，就是一条再平常不过的巷子，盆栽被主人随意丢在外头，墙头老旧。

易胭停在一间房子前。这种老房子都带院子，大门是双木门。

易胭走上阶梯，敲了敲门。

里头传来脚步声，过一会儿门后传来一道女生声音：“谁啊？”

“我。”

里头的女生认出是易胭声音，打开门闩，门后出现一个穿着高中校服的女生：“易胭姐。”

易胭将手里一些路上买的吃食和补品递给女生：“奶奶呢？”

刚问完这句，屋里就有人问：“依依，是谁来啦？”

老太太耳朵有点聋，崔依依回头高声回答：“易胭姐。”

这一家是易胭刚回来时认识的人。

易胭穿过院子走进屋里，进门就看见老太太拄着拐杖往门边走。

易胭走过去扶了一下：“用不着接。”

老太太高兴，任易胭搀扶她去沙发那边坐下：“你好久没来了，难得来一次，我高兴。”

“最近忙。”

老太太：“昨晚怎么不过来吃饭，依依说给你打了电话。”

崔依依正好关好门进里屋，听到这话：“奶奶，易胭姐不是说她忙了吗，你就别问啦。”

老太太：“唉，都嫌我啰唆，好啦，好啦，不问啦。”

易胭勾起嘴角，在老太太身边坐下：“大年初一过来给您拜个年。”

老太太看到崔依依手里提着东西，不满：“你又买东西过来，都跟你说不要跟奶奶客气。以后你再买东西过来，就不让你来了。”

易胭：“行，那我就不来看你了。”

老太太也知道易胭在开玩笑，笑：“唉，你这孩子！”

又陪老太太聊了几句，易胭拿过桌上一个苹果：“去洗个苹果，奶奶，你要不要？”

“我吃过一个了，这些是昨天依依刚买的，可甜了。”

易胭进厨房洗苹果，崔依依正在洗菜。

厨房里只有一个水龙头，崔依依看易胭进来，想给她让位。

易胭：“不用，你先洗。”

崔依依便继续洗菜：“易胭姐，今晚在这里吃饭吧？”

“行。”

等崔依依洗完菜，易胭把苹果放一边，打开水龙头洗手。

厨房里光线昏暗，崔依依打开灯，看易胭又搓手搓了很久，知道她职业病又犯了。

易胭洗完手，才拿过旁边的苹果冲洗。

“易胭姐，你过年也要上班吗？”

“嗯，没休假。”

说完这句，易胭忽然道：“这个月五号快到了。”

五号。

崔依依正在准备食材的手一顿，睫毛也轻颤了下，半晌她才道：“我知道。”

易胭：“去看他吗？”

每个月五号，是戒毒所探监的日子，这一天家人可以去探望监禁的吸毒者。而崔依依的父亲，便是瘾君子。

崔依依点头。

易胭没发表意见，只说：“我后天送你过去。”

厨房安静了几秒后，崔依依说：“他往家里打过好多电话，说我再不拿钱给他，他出来不会放过我。”

崔依依父亲吸毒，家产早已败光，母亲也不知道改嫁到哪里，只剩奶奶和她相依为命。

“他还说要多加点钱，说多交钱里头三餐会给他加肉，”崔依依头快埋到胸前去了，“他知道我和奶奶没钱啊。”

崔依依很羞愧，自从父亲关进去，每个月的钱都是易胭给的。

易胭知道崔依依在想什么，咬了口苹果："你还在上高中，好好上课。"没钱正常。

厨房里沉默。

以前崔依依去打过工，被奶奶发现，老太太难受了很长时间，易胭也不支持她打工，后来就没去打工了。

"易胭姐，"崔依依忽然问，"你说我们该怎么办啊？"

崔依依语气渐渐有点哽咽："就算每个月给钱，他出来还是不会放过我们的，他一直记着我签强戒同意书的事，他出来我和奶奶不会好过的。"

崔依依父亲是首次被关进戒毒所，首次戒毒只关半个月，但如果家属签了强戒同意书，吸毒者则需要关两年。

而崔依依的父亲已经快要出来了，到这个月中两年就结束了。

"我们要怎么办？"

易胭："走，走得远远的。"

崔依依眼泪瞬间盈眶，她知道的，她和奶奶都走不了。奶奶年纪大了，而她还在上高中，走了户口都是问题。

易胭自然也清楚，她懂这个家庭的无力。

易胭第一次遇见崔依依是在医院，那时候崔依依父亲还没进戒毒所，崔依依陪奶奶去医院看病，崔父追到医院要钱。那时候易胭刚回这座城市，了解崔依依一家的事后也没多想直接打电话把崔父给举报了，举报他吸毒。那会儿的崔依依和老太太，甚至都不知道怎么举报一个吸毒的人。

"易胭姐，对不起，"崔依依也在这种家庭中深感疲惫，"如果不是为了帮我们，你现在也不会摊上麻烦。"

是易胭举报的崔父，崔父出来会不会报复，她们都不清楚。

崔依依知道易胭不是个喜欢多管闲事的人，只是当时恰好帮助了她们，也仅仅那一次帮助病人。

易胭没怎么放心上："没什么。"说着离开厨房。

在崔家吃完晚饭天色已晚，易胭没有久留。

走出竹德巷，兜里手机振动，易胭拿出手机，是纪糖打过来的电话。

易胭接通电话，纪糖的声音炸过来："怎么回事呢你，今天一整天不接电话？"

“没空接。”

“平时你也忙，怎么没见你一天不接电话啊。”

易胭不跟他贫了，问：“有事？”

“我还没问你有没有事，你怎么先问起我来了。”

两人沉默。

过几秒纪糖才犹犹豫豫地问，声音也没那么急躁了：“你昨晚怎么回事啊，是不是……”哭了。

后面这话纪糖没问出来，他没见过易胭哭，也不确定昨晚她是不是哭了。

昨晚纪糖被大人撵去带一众亲戚小孩放烟花，注意他们安全，小屁孩们玩得高兴，纪糖无聊就在旁边给易胭打电话。

而那时易胭又正好心神不宁，不小心接通电话，声音立马被纪糖听出端倪。好在电梯里信号不好，通话中断。

易胭倒是不在乎：“嗯啊。”

她这么坦荡，纪糖反倒一时不知怎么开口，绞尽脑汁地想怎么问比较委婉一点。

易胭不用想都知道纪糖在想什么，直接说：“就是被人讨厌了呗。”

纪糖沉默，易胭一向不在乎别人怎么看她，以前高中讨厌她的人数不胜数，易胭不会在乎这些。能让她这么说的，也只有一个人了。

他安静了一瞬后问：“苏岸吗？”

易胭语气慵懒：“是啊，除了他还能有谁。”

冷空气钻进鼻头，易胭说：“其实他也没做错什么。”

她深吸一口气，笑了，话听起来却有点心酸。

“只是不喜欢我而已。”

“那你要怎么办啊？”纪糖问。

纪糖不会安慰人，说话直接，半天就挤出这句话。

“能怎么办？”易胭懒散地笑了声，“就这样吧。”

纪糖沉默了几秒：“你变了。”

以前的易胭自信，张扬，想要什么就要什么。

易胭不以为意：“哪有人会不变？”

冬天夜晚外边人迹稀少，仿若空城，人们都醉死在这座城市里，无声无息。

巷口路灯白光落寞，易胭微眯眼，路灯光圈忽大忽小。

“况且……”易胭不知是在跟纪糖说，还是跟自己说，“或许我没有那么喜欢他呢。”

纪糖提醒她：“当年是你跟他提的分手。”

当年易胭一走了之，有很长时间没跟纪糖联系，后来恢复联系纪糖也早把这事忘了，他一开始甚至都不知道是易胭先提的分手。

易胭恍惚了一瞬，时间太长，以致那些事已经模糊。

可易胭最后也没继续分手这话题，而是问：“你还记得以前学校的人都怎么说吗？”

“什么？说什么？”纪糖一头雾水。

“她们都说苏岸不喜欢我啊，他只是被我缠怕了。”

纪糖不认同：“当年他还是喜欢你的，要不然他也不会……”

话没说完，被易胭那边的声音打断。

有人喊了一声“易胭姐”。

易胭回头，是崔依依追出来了，脚上还穿着室内拖鞋。

崔依依跑到易胭身边，递给她钱包：“你钱包忘拿了。”

易胭接过来：“谢谢，进去吧。”

崔依依转身，朝易胭挥手：“路上小心。”

易胭朝她笑，“嗯”了一声。

“你在外面啊？”通话还没挂断，纪糖在那边问。

“是啊。”

纪糖：“你小心点，过年外面很乱，你还是一个女生。”

说完纪糖反应过来这句话很多余，易胭在外面根本不会不安全，跟她打架的人才不安全。

不过他还是说：“哎，你还是快点回家吧，外面冷死了。”

两人又说了几句后才挂断电话。

年初警察也没歇着。

接到报警电话迅速赶到夜店，最后在一个包厢里抓到几个毒贩，溜了几个。

苏岸从包厢出来穿过走廊去洗手间，半路迎来两个女生凑在一起说话。

他没注意，洗手后正好遇见要去楼梯间抽烟的陈宙。

陈宙把烟盒递向苏岸："苏队，抽吗？"

苏岸垂眼，目光落在烟盒上，不知在思索什么。

陈宙："上次在医院看你手里拿了根半截的烟，还以为你也抽这牌子，本来一直以为你不抽烟。"

医院，烟，那女人吸烟的样子。

苏岸唇齿间又泛起那截烟独特的烟草味，还有被女人微微含湿的烟嘴。

他尝过。

陈宙撞见苏岸抽烟就是那次，那截烟，不是他的。

苏岸伸手抽了一根出来。

两人正要推开楼梯间门，陈宙骂道："这帮兔崽子跑得倒快，下次……"

话没说完，楼梯间有人说话。

旁边苏岸没有说话。陈宙下意识地闭嘴，门也忘了推。

因为他们都听到了苏岸的名字。

楼梯间里两个女生背对他们坐在楼梯上，一人声音传来。

"刚走廊里那人是苏岸，没错吧？"

"肯定是，他还帅得挺有特点的。"

也许是气质原因，苏岸五官会给人一种冷漠厌世之感，眉眼仿佛藏着暮山雾霭，让人靠不近摸不透。

"易胭追他那会儿我就发觉到他五官好看了，没想到现在更帅了，说好的男神到这个年纪都会发福变成油腻男呢。"

另一人接话："你说易胭会不会后悔，她当年可真狠啊，把人追到手后没几天就把人给踹了。"

女生喜欢八卦，说起来没完没了："最可怜就是苏岸了，根本没想到易胭对他就是玩玩而已。她那种小太妹的话怎么可以当真呢，追苏岸追那么久还不是因为一开始苏岸老是不答应她，都说得不到的是最好的，追不到她就一直追，后来追到高三毕业苏岸答应她了，她却没几天就分手了。"

“你别说，后来回去看老师，我……那会儿撞见苏岸把易胭压在墙上强吻，易胭还哭了。”

“我的天！你还偷窥过啊。”

“什么叫偷窥啊，谁让他们在楼梯间接吻……”

楼梯间外，陈宙已经震惊到目瞪口呆，不过只言片语，他已经拼凑出整个故事。

队长被一个追他的女生给踹了，不过他还强吻过人家。

旁边的苏岸仍是无波无澜，脸色平静，不怕别人听见自己的事，又仿佛她们在说的那个人不是他。

反倒是旁观者陈宙尴尬起来。

听后来谈话，那两个女生似乎是聚会出来透气，碰见苏岸后聊起了八卦。

“后来她走了，他还天天来二中找她，怎么可能找得到，易胭就是玩玩而已，他倒鬼迷心窍了。”

陈宙张张嘴，不知道该说什么。

苏岸敛眸，看不清眼底神色。

里面还在说话，苏岸似乎已经不感兴趣，转身离开，仿佛这一切都与他无关，无悲无喜。

陈宙悻悻地将烟揣回兜里，看着队长背影，始终难以相信她们口中说的就是队长，队长平时个性冷淡，怎么可能谈恋爱？

这天下班，易胭约了纪糖喝酒。

A 市有条酒吧街，夜店成群，清吧两三个，是个狂欢或者落魄的好地方，也是喝酒好去处。

纪糖晚易胭一步到清吧，到的时候易胭已经坐卡座里喝酒了。

清吧安静，抱着吉他哼唱的歌手声音沙哑，仿佛卡着时光的磨砂纸。

以前易胭很喜欢混夜店，基本上没有安分待着的夜晚。纪糖看着慢悠悠喝酒的易胭，恍惚看到多年前那个易胭。

纪糖坐下来：“真是太阳打西边出来了，本来还以为你回来后都改掉混夜店的习惯了，之前约都约不出来，怎么今晚约我出来了？”

易胭身上披着件小外套，外套松松散散搭在上头笼着整个人，衬得脸越发小。

她抬眼看向纪糖：“心情好，请客。”

“得了吧，”纪糖嫌弃撇嘴，“你心情好不好都会请客，找的什么破理由。”

“纪糖，我是不是一天不揍你你就飘了？”

纪糖委屈：“我们关系这么好，你怎么还想揍我啊？”

易胭被纪糖逗笑，懒懒地哼笑一声，手腕抬高，酒水入口。

光线昏暗，不小心跌进易胭的眼睛里，易胭眉梢眼尾沾了酒气，美艳又颓废。

纪糖看着易胭的脸想，人跟人之间的差别总是那么大。喝酒一事，气质各不相同。

而易胭天生就是一个长相高人一等，气质也与众不同的人。

纪糖说道：“你这人其实真的不适合喝酒。”

易胭眼风扫向纪糖，还没开口，旁边传来一道男声：“我倒觉得她这人最适合喝酒了。”

闻声易胭和纪糖都转眸看过去。

男人一身夹克，懒散痞坏，在易胭一旁落座。

他朝易胭笑，易胭也淡淡地回应。

男人酒杯轻碰易胭的杯子：“没人比她更适合喝酒了。”

纪糖一脸疑惑，问易胭：“你认识？”

易胭笑：“这不就认识了吗？”

男人靠在座位里，笑：“同类。”说着男人忽然朝易胭歪去，擒住她的下巴，看她的眼睛。

易胭的眼睛长得很漂亮，左眼下有一颗小泪痣。

纪糖听他们的话听得毛骨悚然，目光不经意一瞥旁边，忽然怔住。

下一秒他动作先于意识，伸手拍掉了对面男人抓住易胭下巴的手。

男人皱眉，易胭则看向纪糖，这一看，也看到了不远处楼梯口的人影。

那人倚在墙壁阴影里，脸色看不清，但易胭一眼就认出来了。

是苏岸。

纪糖则心有余悸，刚才一闪而过的光线，他分明看到苏岸的神色了，危险又阴郁。

不知是不是错觉。

易胭眼尾眉梢酒气氤氲，一片旖旎春色。

她直勾勾地看着苏岸。

苏岸的目光很淡，没什么情绪，很平静。

易胭每次看见苏岸这种眼神，总会占下风，她斗不过他。

身旁的男人问易胭："今晚有空？"

思绪被扯回，易胭看向身旁男人，酒杯碰了下男人的酒杯，笑着说："有啊。"

也许是酒意上头，此刻易胭胆子大了，不再像前段时间一跟苏岸碰面便束手束脚。

"可是……"

易胭重新看向苏岸，义无反顾，破釜沉舟。

她下巴朝他那边一抬："我要跟他走。"

这一生，只甘愿做他的座下鬼。

易胭毫不示弱地看着苏岸。

清吧里，歌手声音沙哑厌世。

缓缓绕在这一隅空间里。

她想跟他回家，想像年少时候那样牵他的手，跟他拥抱跟他亲吻。

"我要跟他走。"易胭说。

两人对视着，像是一朝回到高中年少，她肆意，而他被动。

不知道过了多久，倚在墙上的苏岸只是冷漠地收回目光，从墙上起身，仿佛没听见似的，径直离开了酒吧。

江风凛冽，易胭的车停在路边。

车窗降下，易胭手肘搁窗上，风冷也不觉得。

纪糖坐主驾，看着易胭这模样欲言又止。

易胭从刚才被苏岸拒绝后就很安静，脸上没有难过情绪，也没有喜怒。

纪糖甚至怀疑这些年来，易胭活成了苏岸的样子。

不动声色，让人看不出情绪。

清吧里那一幕，让纪糖想起易胭高中时追苏岸的样子，就是这样，调戏撩拨，分毫不退。

虽然他明白易胭会这样做是因为喝醉了，壮着酒胆去靠近苏岸。

可是苏岸不领情。

纪糖是个直性子，从小也不会安慰人，就算安慰也会被易胭一句戳穿，干脆一起沉默。

十几分钟后，易胭收回手，升上车窗："回去吧。"

纪糖没喝酒，脑子清楚，立马发动车子沿江驶离。

深夜马路行车寥寥，易胭头微仰靠椅背上，路灯在她眼瞳里快速后退。

半路纪糖忽然听见副驾驶座那边传来一声呢喃。

迷茫、无措。

"怎么办啊，我喝醉了找他，他还是不理我？"

纪糖握着方向盘的手一紧。

易胭很少让人窥见她的脆弱，此刻却连声音都不像平时那般坚定。

正是因为平时很少见她这样，纪糖才会震惊。

也许是真喝多了，此刻处于封闭环境里，幽幽暗暗，才会使易胭心理防线降低。

纪糖转头瞥一眼，易胭已经睡去，眼底一片阴影。

这时纪糖手机进来消息，他看了一眼，是学姐回复他的消息，这是隔了两个小时才回复他的消息。

纪糖忽然也有点心累，移开目光继续开车。

几秒后他叹了口气："怎么我们两个倒霉蛋凑一起了？"

纪糖将易胭送回家便离开。

隔天易胭起来，太阳穴发疼，耳朵嗡嗡作响。

易胭这才想起昨晚酒后吹风，她皱下眉，嫌弃昨晚的自己："神经病。"

今天还得上班，易胭下床洗漱后空腹吃了几粒药便出门了。

中午吃饭间隙，纪糖给她打电话。

"昨晚的事，你还记不记得啊？"

易胭没什么食欲，懒散地夹起几粒饭送进嘴里，漫不经心地说："记得啊。"

"记得什么？"

"纪糖，我看你故意的吧，"易胭笑，"行吧，也没什么大不了的，不就苏岸没理我吗？”

“不是，我没问你这个，”纪糖有点急，他介意的是昨晚易胭车上说的话，他小心翼翼地问，“昨晚回去的路上你还记得你干吗了吗？”

易胭如实回答：“不知道，喝断片了。”

“哦……”

易胭似乎也没兴趣知道自己喝断片后做了什么。

饭菜已经凉了，她没心情吃了：“行了，我得去上班了，先这样。”

又是十几天过去，春节已过，市民开始上班。

市局禁毒支队。

办公室经过一夜忙碌终于恢复宁静，一个个年轻人眼底挂着黑眼圈。

崔童趴在桌上：“终于可以歇一会儿了。”

眼镜男陈宙也跟着骂了一句后，说：“春节没一天歇着的，市民上班我们倒放假了。”

许骋坐旁边抽烟，开玩笑：“怎么一个个的连身为警察的觉悟都没有，又端了毒枭洛一个据点，都给我高兴点。”

崔童有气无力踢了许骋一脚：“不高兴，你请吃饭我就高兴。”

许骋吊儿郎当地说：“行啊。”

崔童一下子精神了，坐直：“真的吗？”

许骋拿烟的手指了他一下，笑：“出息。”

陈宙说：“不过这个毒枭洛真的很奇怪，行事风格跟他那死爹完全不同。”

毒枭洛的父亲代号鹰钩，掌控西南贩毒圈，是缉毒警一大对手，前几年突发急病身亡，手里所有管理权都到儿子手上，也就是毒枭洛。

那段时间也让公安局上下不安，谁都不清楚这个新上位的会是什么风格，只怕手段更狠。

然而这一年来却出乎警方意料，毒枭洛不只不比毒枭鹰钩手段狠，甚至有点不机灵，这一年来相继被端了几个据点。

鹰钩势力被逐渐削弱，不再独大一家。

这几天又被拔掉一条贩毒链。

崔童觉得陈宙说得有道理："估计找个小学生管理都比他儿子好。"

许骋皱眉。

从办案以来，他便觉得毒枭洛这件案子有点蹊跷，总之就是太容易了，容易到让人感觉不对劲，但具体说不出哪里有问题。

许骋侧头问旁边的苏岸："苏队。"

他犹豫了一会儿，说："自从追查毒枭洛，他手下一条条贩毒链就接连败落，但为什么他父亲鹰钩在世的时候，这些贩毒的都没被警方发现？"

贩毒圈人心隔肚皮，合作都是建立在利益上，出卖、背弃，都不过眨眼之间的事。

作为毒枭之子，也不会没心眼到哪里去，更何况毒枭鹰钩从来没有疼爱儿子一说。而如若现在的毒枭洛与父亲关系不好，也不至于蠢到把底下掌握的贩毒链都暴露在警察眼皮底下，人本性复杂，贪婪就是其中一个。

苏岸手搭在扶手上，眼神淡淡，示意许骋继续说。

"毒枭洛，是不是在……"后面的话许骋没说，这都是猜测。

苏岸已听懂他的意思，点头："嗯，转移视线。"

许骋眉心一皱。

苏岸很平静，熬了整夜，眉眼上笼了一层疲惫，削弱部分冷淡，轮廓也柔和了不少。

"凡事都有可能，但再遮天蔽日，有一天也总会被连根拔起。"

苏岸的声音清冷却让人心安，让听的人恍惚觉得他说的就是事实。

说完这句，苏岸站起，修长的指节在办公桌上敲了两下："回去休息两天，随时待命。"

一放假一群年轻人立马跟打了鸡血似的，假正经道："是！"

这个月五号转眼便到。

今天星期五，崔依依需要上课，但因为要到戒毒所见崔父，崔依依早上上完两节课后，请了后面三节课的假。

第二节课下课，她从教室里出来，朝校门走去。

易胭的车停在外面，崔依依一眼认出她的车，走过去拉开副驾驶座门上车。

易胭昨晚上的夜班，回家睡了三个小时就又出来了。

崔依依看到易胭的黑眼圈，她皮肤白，眼底的青灰更是明显："易胭姐，你昨晚上的夜班吗？"

易胭发动车子："嗯。"

崔依依有点愧疚，低头拽书包带："对不起，总是麻烦你。"

易胭打了个哈欠，的确有点困："实在觉得过意不去，就待会儿回来请我喝杯咖啡吧。"

崔依依笑了，却是看向窗外，嘴边的笑有点惨淡，喃喃道："你帮我和奶奶那么多忙，一杯咖啡怎么够呢……"

她的声音很小，自然不会被易胭听到。

一路上崔依依有一搭没一搭跟易胭说话，戒毒所在郊区山边一处山脚下，半个小时后两人到达戒毒所。

春节过后天气没有回暖，今天也没太阳，天灰蒙蒙的，白云滚着灰雾。

戒毒所铁门大开，灰色建筑如落魄老人，院子里已经有几位家属等候。

易胭和崔依依穿过人群，走进民警办公室，一进门有两个民警坐在沙发上喝茶，对面一位民警坐在办公桌后，易胭和崔依依径直朝办公桌走去。

民警穿着一身浅蓝色制服，低头翻阅资料，人过来他也没抬头："姓名？"

崔依依已经来了很多次，知道他问的是吸毒者名字："崔环杰。"

"出示你们的身份证，探视家属需要登记。"

崔依依拿出身份证，低头拿笔在登记簿上签名。

这边易胭放了几百现金在桌上。

民警拨过来数了数，在崔环杰一行记下一个数字。这些钱是家人给监禁者交的每月伙食费，交的钱越多，加的伙食越多，有些小零钱也可以给他们到里头超市买点东西。

起初崔依依并不愿意每月给崔父交钱，但经不住崔父百般威胁，最后还是妥协。

易胭又放了几百在桌上，还有自己的身份证："易檬。"

面前两个姑娘一来就是看两个，这得是什么家庭，但民警见惯世面，倒是见怪不怪，漠然接过钱。

易胭在登记簿上签完名，指尖按着本子推过去。

民警：“到隔壁房间等，会有人带他们跟你们见面。”

不等民警说完，易胭已经插兜走了出去，崔依依跟在她身后。

隔壁房间来探望的人多，房间不大，墙边还扔了一大堆鞋，有几个男人在抽烟，屋里一片烟雾缭绕。

易胭皱眉，不往里走了，倚在门边。

玻璃和铁栅栏隔开家属和监禁者，内外各放两台电话，家属之间可以交流。民警每次会带两个戒毒者上来，让他们跟家属见面，这拨结束了会有下一拨，轮流探望。

易胭冷眼看着前面两个家庭。

左边一家一个妈妈抱着三岁多的孩子站在看台上，孩子叽里呱啦地拍着玻璃，喊着爸爸。孩子母亲也跟着笑，里头的父亲攥着电话逗孩子。

而另一边那家，是一个四十多岁的母亲来看二十多岁的儿子。里头男的头发都被理成只剩头发茬，母亲一直在苦口婆心地劝儿子，无非说些让他以后不要再吸毒，出来好好做人的话，而儿子似乎很厌烦听到这种话，呛了几句，最后不耐烦撂了电话，扔下母亲离开。

那个母亲红了眼眶。

易胭一向不是个多感性的人，但看到这一幕，心还是揪了一下。

她看不得这种场面，转身想到外面透气。

刚出门，目光在触及对面人影时脚步一顿。

苏岸倚在一辆车旁，手插西裤兜里，头颈微低，姿态颇有些放松。

距离上次清吧偶遇后两个人已经半个月没见过面，但酸涩的感觉分毫没随时间淡化。

一见面，这几天被搁置的念想又重新暗涌。

隔壁办公室一名民警冲出来，正好是刚才那位数钱的小兄弟：“怎么今天突然有时间来看我了！”

闻声对面苏岸抬头，像是察觉到什么，目光朝旁边一瞥。

易胭没有动作，四目蓦然相对。

第四章 我和她没什么

民警陈探走过去，拳头砸了一下苏岸肩膀，开玩笑道：“百年不见了啊，兄弟。”

苏岸收回目光，看向他：“两个月。”

陈探无语：“记得这么清楚。”

苏岸开车门，从副驾驶座拿出一个纸袋递给陈探。

陈探接过来：“给我带什么好东西来了？”

打开看见里面的一条女裙，陈探骂道：“不仅没给我买东西，还要我帮你送东西。”

他说着收起袋子：“这裙子是我妹落你家里的吗？”

几米之外的易胭心跳瞬间静止。

她定定地看着苏岸，甚至都忘了收回目光，也忘了思考为什么苏岸会恰好出现在这里，又为什么拿出一条裙子。

苏岸没看易胭，“嗯”了一声。

易胭垂在身侧的手指颤了一下，心脏一阵酸涩，可是不会有人注意到。

陈探有点不满：“这丫头怎么整天丢三落四的，”说完他看向苏岸，眼神揶揄，“你怎么不自己拿给她？怎么，吵架了啊？”

苏岸语气平常：“没有。”

陈探：“正好我差不多要下班了，早餐还没吃，一起去吃个饭吧？”

陈探说完把手里纸袋递过去让苏岸拿着：“先放你车里，我进去拿个手机。”

易胭觉得周围的风似乎更冷了。

苏岸把纸袋拿在手里，没什么兴致，重新靠回车上。

易胭站在原地，固执地盯着他手里的米白色纸袋。

一个女人的衣服落在男人家里，跟一个女人在男人家过夜道理一样。

暧昧影绰，与性挂钩，甚至与爱交融。

前几秒光是意识到有女人跟苏岸关系好就让易胭受不了，现在意识到这一层，易胭整个人仿若跌入冰窖。

寒气顺着易胭脚底爬起，攀上心脏。

易胭从来不怕苏岸不理她，无视她，甚至不爱她，因为她一直以为苏岸不会爱人。

可是他真的不会爱人吗，还是只是不会爱她？

易胭不是一个脆弱的人，但死穴处处被苏岸捏住，最后一捏断颈。

不知什么时候，崔依依已经来到易胭身边，伸手拉拉易胭。

易胭这才回过神，没再看苏岸，回头看向身旁。

这还没几分钟，崔依依就探视完崔环杰了。

崔依依眼眶微红："我看完了。"

没等易胭问她便抬头，虽然鼻头微红，但笑着说："还是一样，把我骂了几句后就撂电话走人了。"

崔环杰从来不会跟崔依依好好说话，易胭也知道。

"对了，"崔依依往里头指指，"易胭姐，阿姨出来了。"

易胭顺着崔依依的手指望过去，神情冷淡。

一个齐耳短发的女人站在栅栏玻璃后，正朝她招手，女人五官艳丽，与易胭几分相似。

只不过气质没有易胭强硬，眼神多了几分天真。

易胭仍旧没能忽略不远处苏岸的存在，即使他不说话，仅仅是站在那里，存在感也极强。

但易胭没再回头，朝女人走过去。

易檬皮肤很白，眼睛里浑然天成的纯真。

她站在里面，看易胭过来，脸上灿烂的笑渐渐消失："怎么了？心情不好？"

易檬不是一个称职的母亲，却总能第一时间感知易胭的心情，即使易胭心情好或不好神色并无区别。

易胭拿起电话，镇定地“嗯”了声：“见到你就够心情不好。”

易檬脸色一垮：“怎么回事啊，别人的女儿来看父母都高高兴兴的，为什么就你不会，老张家的女儿就是，看到她爸多高兴。”老张，易檬毒所的“所友”。

易胭：“你自己想想你吸毒是不是值得我高兴的事？”

易檬嘴角微不可察一耷，有点愧疚，眼神没敢再和女儿对视。

相较易胭，易檬这个母亲性格要温软很多，吸毒是因为被骗，但她本身毅力不足，根本戒不了。

后来被易胭扔到这里强戒。

她清楚易胭是为了她好，也知道是自己对不起易胭，所以从没怪过易胭。

两人沉默几秒，易檬问：“为什么我给你打电话你老是不接呢，是不是得我说我没钱吃饭了你才会来看我？”

易胭很诚实：“嗯。”

易檬心里发酸，低下头。虽说身为母亲，可她却对女儿有点依赖，易胭没来看她她便发慌，用戒毒所的座机不断给易胭打电话，但是易胭很少接。

她知道的，易胭讨厌吸毒的人，甚至是憎恶。

易檬右手一直攥着电话线，安静片刻后说：“对不起。”

声音很小，夹着电流传过来，易胭胸口一滞。

但她脸色没变，语气甚至严肃：“那你一开始就不该吸毒。”

易胭缓缓吐了口气：“我也只有你这一个亲人。”

这句话瞬间击溃易檬心理防线，她从来不怕女儿冷漠，反而最怕女儿在她面前表现出一丝脆弱，都是因为自己不好，才会让她变成这样。

易檬眼泪瞬间掉下，嘴角颤抖：“我、我不是故意的，易胭，妈妈不是故意的。”

易胭有点疲惫，狠狠闭上眼睛，再睁开，恢复神智。

“回去吧，有空再来看你。”

易檬平时很会无理取闹，闹着要易胭来看她，但今天格外听话，放下听筒，犹豫后转身离开。

易胭想起半小时前那个被儿子扔下的母亲，站着没动。

背对她的易檬忽然停下脚步，她身上穿着戒毒所的蓝色马甲，转过身看易胭，半晌嘴唇张合说了几个字。

即使听不到，但易胭看懂了她的嘴型。

她说，妈妈一定会戒掉的，一定会。

易胭压抑在心口的情绪顷刻膨胀，她咬紧牙，转身离开。

出门的时候崔依依等在门外，而苏岸已经走了。

看易胭出来了，倚在墙上的崔依依起身，拍拍背后沾上墙灰的书包："好了吗？"

易胭的目光从刚才苏岸站着的地方收回，"嗯"了一声，脸上找不到一丝片刻前的情绪，已然恢复往常的样子。

她插兜走下台阶："走吧，带你去吃午饭。"

崔依依追上易胭："不了，我还得回家给奶奶做饭呢。"

崔奶奶年纪大了行动不便，况且身体也不好。

上车后易胭问："你下午不是还得上课？"

崔依依系安全带："对啊，跟奶奶吃完午饭再回学校上课。奶奶饮食清淡，以前叫过外卖，她一吃就出问题，后来就不叫外卖了。"

易胭本想让她打包吃的回家，一个学生上学还要自己做饭太折腾，但听到崔依依的话，她没再说什么，开车将崔依依送回家。

送完崔依依，易胭开车回家。

中午天空依旧阴沉，落地窗外仿佛打洒一盆泥水，慢慢吞噬着整座城市。

阴暗得让人透不过气。

早上在戒毒所，无论母亲还是苏岸，都让她心烦意乱。

本以为一个人待着的时候思绪会更加歇斯底里，然而到此刻却平静了，平静到放空脑子也不会有乱糟糟的想法出来。

易胭就那样坐床上，手撑在身后，长腿随意抻着。

没想易檬，没想苏岸，也没想那条落在苏岸家的裙子。

好似一切只是一场梦。

她不过是去地狱里走了一遭，然后回来了。

易胭懒得再想，起身冲了个澡，回来窝进床里睡觉。

接下来的日子开始轮夜班，夜间清醒，白日沉睡。

日夜颠倒跟城市节奏脱节，不出所料她没再见过苏岸。

那天戒毒所一面后，谁都没找谁，即使她有苏岸手机号码，也没动过打电话的念头。

易胭很清楚，那天苏岸肯定知道她在想什么。

他知道她听到那些话后会怎样想，可他不屑解释。

不过也是，他凭什么解释，她于他而言不过是前女友，而且是从没有过感情的前女友。

很多事一旦跟前任二字挂上钩，双方就失去进入彼此世界的通行资格，谁也管不了谁。

易胭这段时间没想苏岸，像是特意剜掉一块记忆，不去想也记不起。

今天难得想起，那日暗涌也被平淡地撕开，午夜一点易胭穿过急诊大厅，透过大片玻璃看外头的瓢泼大雨，路灯光线模糊。

有什么大不了的，易胭想。

“让一让！”急诊大厅突然一片混乱。

担架轮在光滑瓷砖上滚过，清脆声响碾压人心脏，让人莫名心悸，人群立马往两旁散开。

易胭回头，护士、医生们快速推着担架朝急救室冲去。

同时她也看到了疾跑过来的苏岸，脸色凝肃更添几分冷漠。

易胭心神一颤，下意识看向担架，躺在上面的人处于昏迷状态，浑身血污。

“病人割腕，颈动脉有伤口！”

易胭眉心微皱，意识到情况危急，没再想什么，立马冲去准备工作。

陈主任今天值夜班，病人情况危急，主任主刀，易胭协助手术。

急救室里仪器声音急促冷漠，医生落刀谨慎有序，一个个穿绿色手术服的人在手术灯下面色凝重，紧蹙眉头。

血红的洞仿若噬人兽，随时将躺在手术台上的人拖走。

易胭遇事一向平静，即使手术危急她也很少焦急，上了手术台也没有太多感情，病人对她来说就是生物，她只是尽力抢救生命。

但今天或许是因为手术台上的人跟外面的人有一丝关联，易胭竟也难以镇定，不多时额头便一层薄汗。

病人割腕，割颈动脉，即使颈动脉伤口不大，但颈动脉一旦破裂失血严重，病人几分钟内就会死亡。

况且病人有吸毒史。

即使病人割口微小，送至医院前伤口一直被按压，送病人过来的人路上也有尽力抢救，送至医院时人还保留生命特征。

可终究抵不过死神。

手术不过十几分钟，病人便丧失所有生命体征。

死者被推出手术室，易胭也随之出来。

一身绿色手术服，脸上还戴着口罩，出门一眼看到苏岸。

他拿出证件示意陈主任，陈主任正跟他说明死者情况。

易胭这才注意到他衬衫上溅了血，修长的指节则干净苍白，明显清洗过了。

这双修长禁欲的手，是不是抚摸过其他女人？

忽然冒出这个念头，易胭心脏顷刻被攥紧。

以为这么多天来不想便可以淡忘，却在见到他的一瞬便露出破绽，各种阴暗病态的情绪一涌而出。

易胭内心一阵暗寒，戴着手套的手微不可察颤了一下。

前方苏岸已和陈主任交涉完。

男人衬衫规整束在西裤里，宽肩窄腰，只是身上的血迹格格不入。

他转眸，将易胭的神色尽收眼底。

很久易胭抬眸，才发现苏岸一直盯着她。

第一次他没有就这样离开，他看着她，似乎在等什么。

易胭也站在原地，没有动作，她清楚苏岸此刻肯定知道她在想什么。

她的阴暗她的不甘，他都知道。

半晌也没等着人上来，苏岸眉心更蹙紧。

但也没离开，终于第一次没控制住自己情绪。

易胭还没反应过来，就见面前的人迈步朝她走过来。

苏岸停在易胭面前。

易胭身上还穿着手术服，没来得及抬头，苏岸已俯身在她耳旁。

易胭浑身一僵。

这是见面以来两人距离最近的一次，近到她能闻见苏岸衬衫上血腥味。

伏在易胭耳畔的苏岸忽然开口：“眼睛红了。”

他熬了一夜，嗓音低冷带着沙哑。

易胭怔住，感官顷刻回笼，这才发觉自己鼻头早已微酸。

苏岸话里带刺，易胭一听便知，下意识地往后退一步。

苏岸见她摆出防备姿态，站直身子，低头冷冷凝视：“又想玩我吗？”

哭给他看，让他心疼，允许她靠近，然后再次被她抛弃。

时隔多年，这是苏岸第一次与她翻旧账。

易胭心里一阵刺疼：“苏岸……我在你心里就是这样吗？”

苏岸的眼神毫无波澜，方才一丝情绪失控已被禁锢住。

他许久没说话，就那样看着易胭。

半晌易胭终于看见他薄唇微掀，字眼刻薄：“是。”

易胭呼吸滞住，还没回神，面前苏岸已经起身，眼神仿佛看一个无关紧要的人，转身离开。

易胭喉咙发紧，酸涩瞬间麻了大半心脏。

今晚队员们正放假约吃饭，接到匿名举报电话后立即撂下饭碗赶往目的地。

所幸速度够快，逮住了贩毒小团伙。

这里头其中一人因见到缉毒警太恐惧，抄起水果刀割腕割颈试图自杀。

当时年纪最小的崔童在这人旁边，反应迅速夺下刀子这才避免血液四溅。但即使犯人伤口不大，最终也没能活命。

崔童还因此虎口被划拉出个口子，缝了几针。

易胭回诊室时崔童正在诊室里，许骋也在，站在旁边等他。

其他外科医生在给崔童处理伤口。

易胭进来时没去注意身边的人，旁边的崔童却是在看到易胭的时候眼睛一亮，抬起另一边没受伤的手，手肘撞了下许骋。

许骋一夜没睡正发困，倚在旁边柜子上闭眼休息。

被崔童一撞，慢悠睁眼，斥他：“受伤了能不能安分点，别多动。”

崔童和许骋早互骂习惯了，也不介意，凑过去小声道：“苏队前女友。”

许骋闻言这才掀眼皮看一眼进来的人。

虽然戴着口罩，但眼睛很有特色，左眼下还有一颗小泪痣。

许骋点头："八九不离十。"

易胭因身世原因从小警惕性强，一进诊室便察觉到这四道目光，她在办公桌后坐下，风轻云淡地扫了两人一眼。

崔童头皮一麻："咱们好像被发现了……"

许骋一掌呼在他后脑勺上："你盯着人家看怎么可能不被发现，而且这又不是在执行任务，你紧张什么？"

崔童："怎么又打我？"

易胭看了一眼便收回目光。

她记忆力不差，虽只有一面之缘，但她认得这两人，上次打架在巷子见过，苏岸手下的队员。

几分钟前还见过苏岸，这会儿诊室里的人又跟他有点关联，易胭恍惚有一种苏岸离她很近的错觉。

但也只是错觉。

方才在急救室前冷言冷语的苏岸，怎么可能与她相近。

即使思绪紊乱，但易胭却神色镇定，有病人进来，手臂烫伤，易胭起身给病人处理伤口。

过了一会儿，那边崔童伤口已经处理完毕，这时诊室进来一人。

陈宙手里拎着几个外卖进来："好了没？"

崔童起身："好了。"

许骋问："人救过来了没？"

陈宙摇头："救不活，都割颈了怎么可能活得下来？要不是崔童打飞他的水果刀，他估计当场喷血身亡，好歹崔童让他死得体面了一点。"

这时旁边的病人正好问易胭问题，易胭正戴橡胶手套，闻言侧头回答病人的问题。

易胭一出声倒是提醒了崔童，他凑过去小声问陈宙："苏队怎么没来啊？"

他们这位置离易胭近，虽然压低了声音，但正给病人处理伤口的易胭还是能听见他们说什么。

不是故意听，而是实在听得到，避都避不开。

崔童知道易胭在诊室里，但陈宙不知道，用正常音量说："苏队？苏队刚走了，上次来市局的那位陈小姐打电话过来说刚下飞机，让苏队去接她。"

陈宙话一落崔童就心道"坏了"，想去堵嘴也来不及。

连许骋也觉得尴尬。

崔童踢了陈宙一脚，下意识看了旁边的人一眼。

然而却意外发现易胭跟个没事人似的，眼神都没分给他们一个，很淡定地给病人伤口消毒。

陈宙被这么一踢，立马认出旁边那个穿着白大褂的人是谁，瞬间哑声。

陈宙是唯一一个那次在楼梯间外听到苏岸八卦的人，算是把苏队贫瘠的少年情史都知道了，大概清楚这两人以前发生过的事。

陈宙脸上不自然，比崔童和许骋两人还要尴尬。

他挠挠头转移话题："行了，对吧？走吧，走吧，外卖快冷了。"

几人一走，诊室里恢复安静。

易胭手上动作没停，对烫伤的病人说道："到取药窗口取烫伤膏，五天后回医院复查。"

病人只看到易胭低敛的眼睫毛和说话时微动的口罩，点头说了一个"好"字。

凌晨病人相对白天少，处理完这个病人伤口后，诊室又恢复寂寥。

易胭洗手后回到桌边，坐下后一直没动作，只安安静静坐着，仿若什么都没感知。

诊室没有人她不用再忍，虽自进门来便神色冷静，但口罩后的唇瓣却早已渗血。

易胭终于松唇，唇上血迹已干涸。

这么多年，苏岸一直在怪她。

不知过了多久，易胭狠狠地闭上了眼睛。

几小时一晃而过。

临下班易胭被主任喊去帮忙，下班时已近早晨七点。

天一亮，急诊走廊病人渐多，墙边移动床上稀稀零零躺着休息的病人。

易胭昨天整天没睡好，上夜班到现在已经犯困，眼皮沉重。

半路经过内科急诊，一间诊室门打开，一位医生跟一位穿着讲究的妇人从里头出来。

易胭本想直接绕过，却在看到妇人的面容时脚步一顿。

医生笑容满面："苏夫人，您需要改善一下睡眠，药物能起到调节作用，但不是万能的，注意平时压力不要过大。"

"谢谢许医生。"

听到这个声音，易胭确定了是她。

即使过去多年，易胭依旧记得她，印象深刻。

眼前这个面相温婉的女人就是苏母，苏岸的母亲。

果不其然，易胭还来不及思索苏岸为何没在这里，就见不远处苏岸绕过转角，手里拎着一袋药朝这边过来。

他换了身衣服，久违的一次没穿衬衫和西裤，身上套着黑色休闲卫衣。

他的短发蓬松细软，额前发梢还未全干，夹带几丝湿，明显洗过澡了，浑身干净到不像话。

苏母远远看见儿子，招手："药取回来啦。"

或许因为不是工作时间，苏岸比平时放松，漫不经心地走近："嗯。"

易胭这才注意到苏岸黑眼圈很重，他本来就白，眼底青灰明显，生出一种诡异的病态美。

困倦爬上他的眉眼，眼稍微湿，薄唇刻薄，目光冷淡，冷漠不近人情，又带着一种病到骨子里的颓丧感。

易胭站的这个位置不易被发现，人也三三两两经过，苏岸并没有发现她。

她不知不觉将苏岸看了个遍，细致又贪婪。

或许不该说他变了许多，只能说他将真正的他撕开在世人面前。以前这样的他，只有易胭能看到，易胭不知道到底是什么让苏岸懒得再装。

忽然一道声音将易胭从安全地带扯出来。

"易胭。"那位给苏母看病的许医生叫了易胭一声。

易胭猛然回神，看见不远处的苏母脸色一变。

许医生中胖，戴着眼镜，满面慈爱走过来："帮我把这个拿给你们陈主任，我这边还有病人走不开，麻烦你了。”

易胭还没反应过来，许医生已将文件塞到她手里。

易胭倒也不嫌麻烦，“嗯”了一声。

许医生道了声谢，又回到诊室门前。

易胭目光穿过人群，对上苏母恐惧又厌恨的复杂目光。

这种目光让易胭心生恶寒，她心生诧异，以前的苏母固然不喜欢她，但没有厌恶到这种程度。

蓦地视线被遮挡，苏岸用后背挡住了易胭的目光。

像是在保护，又像是在隐瞒。

这个动作果然激怒了苏母，苏母顷刻要去推开苏岸。

苏岸早已有防备，拦住苏母。

不过几秒而已，苏母眼眶已发红：“是她对吧，她回来了，是吧？”

即使生气，苏母依旧得体，却隐隐有失态趋势：“她怎么会在这里？她是不是又要……”

苏岸皱眉，冷漠地打断苏母的话。

“她没有，”苏岸顿了下，终是说道，“我和她没什么。”

离得不远，他们的对话易胭听得一清二楚，心脏霎时一酸。

知道和听到完全是两回事。

她清楚自己和苏岸没关系，可直到此刻苏岸亲口说出，易胭才知道杀伤力多大。

那边苏岸这句话明显抚慰了苏母，苏母平静了一些。旁边许医生见形势不好，本打算让苏母到里面休息，苏母却立刻拉着苏岸便走，像是遇到危险拼命保护自己幼崽不受伤害。

“我们走，赶紧走。”

易胭怔在原地，挪不动脚步，似乎有什么她不知道的事情发生过。

苏岸转身时目光若有似无滑过易胭。

就在易胭想冲上去抓住苏岸问清楚的时候，走廊那头突然跑来一个人。

“阿姨，苏岸！”

女人的声音雀跃又年轻。

易胭脚步顿住，看向来人。

女人长着一张清秀可爱的脸，笑起来有两个小酒窝，朝苏岸和苏母跑过来。

或许是看到苏母脸色不对，女人笑容消失："怎么了，阿姨？"

苏母或许不想让女人知道什么，换上笑容："没事，就是身体不太舒服。"

这时女人闻言佯装白了苏岸一眼："你是不是又没好好照顾阿姨了？我不就出差几天，回来阿姨情绪就不稳定成这样。"

苏岸没说话。

苏母拉过女人："我们辛言刚回来吗？"

"不，凌晨下的飞机，是苏岸接我回来的，"陈辛言声音很甜，"我睡醒就立马过来了，刚在医院门口还碰见叔叔。"

苏教授知道苏母在医院，办事经过医院在楼下等妻子和儿子，但一直没等到两人出来，便和陈辛言一起进来。

苏父走过来问："都好了？可以回去了？"

苏母看到苏教授，立马走过去，试图给两个孩子腾出空间，又似乎急于逃离这个地方。

"走吧，回家做饭给这俩孩子吃。"

而这时陈辛言走上去与苏岸并肩，抱怨道："这次出差可累死我了。"

她的语气娇嗔可爱，像极了与男朋友撒娇。

易胭整颗心脏被攥紧，垂在身侧的手指轻颤了一下，她变得不镇定、不理智。

易胭再也待不下去，仓皇转身离开。

身后苏岸眼风扫过来，眉心一皱。

——苏岸最讨厌什么？

那时候上高中，人人都这样说：苏岸最讨厌的，就是易胭。

不管是易胭这个人，还是她做的事，只要跟她搭上边的任何事，苏岸都讨厌。

易胭才不信，她是最不相信这些流言的人，却在往后蹉跎的年岁里变成对此最深信不疑的那个人。

很多人都忘了，只有易胭记得。

易胭是在十六岁那年喜欢上苏岸的。

那晚月朗星稀，朋友喊易胭一起去吃烧烤，一伙人围坐了两桌。

露天烧烤摊老板拿着铁锨翻着架子里的煤炭，燃起一股股呛人又夹带烤香的白烟。

当时跟易胭坐一起的有几个一中的人，其实能和易胭他们二中的几个混到一起的，本身也不安分。

但人家是电脑天才，还是学霸，本质上还是根正苗红的好青年。

这几个一中的人和苏岸认识。

那天苏岸正好有事路过烧烤摊，里面有人认出了苏岸，跟路过的苏岸打招呼。

那晚的苏岸穿着一身白T恤和黑色休闲裤，黑短发绵软蓬松，大眼睛眼窝深，唇红齿白，看起来很乖。

只一眼，易胭便移不开眼睛。

那时候易胭跟很多人一样以为苏岸如表面所见那般温柔乖巧，一开始接近他除了他长得好看，也的确觉得他温柔。

易胭从小过得不舒坦，对温柔的事物有靠近本能。可人对一种东西渴望到极致，也会有毁灭欲。

苏岸没有接受邀请留下来吃烧烤，离开了。

那时候的苏岸真的很乖，乖到易胭想拐跑他，天天跑到一中堵他，约他吃饭，跟他一起上下学。

可是苏岸都拒绝了，而且对她很冷漠。

只不过接触一段时间，易胭便发现苏岸的不对劲。

有外人在时，苏岸对易胭的拒绝没有那么强势，一般就是眼神闪躲说话小声，像极一个乖巧没有存在感的男生，这也是高中很多人对他的评价。

可一旦没有外人，苏岸对易胭的态度直降冰点，眼神冰冷，不爱说话，与长大后的苏岸毫无二致。

没等易胭琢磨出为什么她已经深陷进去，早已忘记一开始接近苏岸是因为他生性温柔。

易胭自己都忘了，她喜欢的不再是温柔，而是苏岸这个人。

苏岸似乎只在她面前有这样一面，冷漠阴暗，装都不想装。

就算面前的人诡计，冷漠，根本就不是外人所见那般，也没有丧失对易胭的吸引力。

似乎苏岸越想暴露自己不堪的一面来驱走闯进自己世界的人，那人越不为所动，甚至越来越嚣张。

记忆里夏天总是很热，盛夏蝉鸣，乔木葱绿。

那天苏岸发烧，他平常皮肤苍白，发烧让他脸颊难得红一次，连唇瓣都红得似滴血。

但即使高烧，他依旧到学校上课。

这天易胭刚好有事放学没来找他，往常她都是早早翻墙到一中找苏岸。

当时苏岸前桌第一次遇到问苏岸话他不答的状况。

前桌问他是不是不舒服，他不答。问他为什么还不回家，他也不理。

易胭跟人打了一架，想起要找苏岸的时候已经错过放学时间，她给苏岸打电话、发短信，无一例外石沉大海。

纵使易胭性格从容不迫，此刻也焦急起来，她好不容易跟苏岸关系好了点，这下估计又要一朝回到认识前。

找不到苏岸，易胭没去苏岸家，抱着不大的希望去了一中，还买了苏岸喜欢喝的芋圆奶茶。

说喜欢其实也不是，苏岸从来不说自己喜欢什么，只是易胭观察到他在喝芋圆奶茶的时候不排斥，也不皱眉。

那时易胭还很意外苏岸这么冷冰冰的一个人居然喜欢喝甜甜的奶茶，而且虽然嘴上不说，脸上也毫无表情，但他每次都很认真地把芋圆吃得干干净净，莫名萌她一脸。

易胭没有一中校卡，拎着奶茶翻墙进去。

走到五楼苏岸教室的时候，易胭彻底怔住了。

教室没开灯，窗外淡淡月光照进去，苏岸就那样坐在自己的位置上，没写字没看书。

他微低头颈，就那样静静坐着。

易胭也不知为何，只是一眼，当即鼻子泛酸。

那样的苏岸让她感觉到他骨子里的绝望和颓败。

易胭走进去，发出细微声响，但苏岸没回头。

易胭绕过后面课桌，知道苏岸不会理她，推开苏岸面前的课桌，在他面前蹲下，仰头对视他的眼睛。

苏岸很久很久才有反应，看向她。

易胭把奶茶放在脚边，伸手去牵苏岸垂放在腿上的手，这一牵易胭才发现苏岸手烧得滚烫。

“你发烧了？”

苏岸只看着易胭，不说话。

易胭急了，要去拉他起来：“走，我们去看医生。”

她顺手拎过旁边奶茶塞到他手里：“奶茶拿手里降降温。”

哪知下一瞬苏岸忽然甩开易胭的手，奶茶摔在地上溅了一地。

“我不要。”苏岸声音冷漠，眼神阴鸷。

易胭被吓到了，这是苏岸第一次对她发脾气。

虽然表情还是一本正经，但已经生气了。

“你没来找我。”

愣了一会儿，易胭才知道苏岸在生什么气，又想去拉苏岸的手：“苏岸……”

苏岸躲开，站起来，拎起书包就走。

易胭立马想追上去，腿部传来一阵钝痛，下午被人拿棍子打的。

眼见苏岸快出教室，易胭急中生智立马伸脚钩住旁边的桌椅，整个人瞬间绊倒在地。

但即使多疼她都不会叫出来，只是闷哼一声，前面的苏岸脚步顿停。

苏岸跑了回来，蹲下身子看易胭。

易胭的腿被他碰到，倒吸一口凉气。

这一摔假的摔成真的了。

那时候的易胭最擅长跟苏岸撒娇了：“苏岸，我腿疼，好疼。”

苏岸微微蹙眉，没说什么。

易胭盯着他发红的唇，腿疼都忘了，鬼迷心窍凑了上去。

苏岸的头下意识往旁边一侧。

易胭偷亲落空。

她撇嘴：“小气。”

话落易胭忽然一惊，苏岸手穿过她腿弯把她抱起来。

一向能言善辩的易胭怔住。

苏岸把她放在旁边椅子上，到教室后面拿拖把到洗手间弄湿，回来拖干净奶茶弄脏的地面。

易胭坐在旁边，也不帮忙，就那样看着他忙活。她时不时跟苏岸搭话，但苏岸还是不理她，脸色依旧不好看，很冷。

她也不介意。

苏岸拖完地洗干净手才回教室，他把书包拿给易胭拎着，背对她蹲下。

易胭会意，立马趴到他背上。伏在他背上的时候还没忍住笑，嘴角弯弯。

苏岸还是不跟她说话，背着她下楼。

易胭搂着苏岸脖子，跟他说话："苏岸，你发烧了，背得动我吗？"

苏岸没应她。

易胭也不需要有回应："我们一起去看医生好不好？"

依旧安静。

"苏岸，我重不重？"

易胭从小身材好，肉长对地方，该有肉的地方都有。

那时他们已经走到校外，夏晚风凉，空气中飘着淡淡的桂花香。

易胭凑到苏岸耳边："苏岸，我身材好不好啊？"

不知是易胭错觉，还是真的如此，经过路灯底下，易胭发现苏岸耳朵有点红。

但也有可能只是因为发烧。

苏岸终于说了一句话："闭嘴。"

易胭在苏岸背上笑到不能自已，但一直乖乖搂着苏岸脖子。

也不知道为什么，那天的苏岸就一直背着她，也不打车，把她背去了医院。

那天晚上风凉，易胭半路被吹得昏昏欲睡，趴在苏岸肩膀上睡着了。

并不知某刻额头被两瓣薄热的柔软狠狠碰了下。

易胭又梦到苏岸了。

近日来天气一直阴冷不晴，天上的云团像掉地上沾上灰尘的棉花糖，不甜也不白，灰蒙蒙的。

易胭生病了。

连着几天发高烧，最后请了几天假在家。

却整日整夜睡不着。

易胭睁着眼睛看天花板，她一般失眠脑子里也空空的，不似别人一失眠脑子里便想很多，反倒睡着容易梦见乱七八糟的东西。

记忆里苏岸总对她很冷，又似乎对她很好。

他好像没那么喜欢她，但也没那么讨厌她。偶尔对她一两次好，她都记很久。

至少不会像现在这般讨厌她。

再重逢，只徒留漠视难堪。

他有女朋友了。

不过这么多年过去，苏岸到这个年纪有女朋友也理所应当。

对易胭来说是事实，又似幻觉。

他竟然真的有女朋友了。

外头天阴暗，室内拉着窗帘，更是一片黑。

易胭许久没动，直到床头柜传来一阵振动，易胭伸手拿过手机，是崔依依发过来的短信。

崔依依一般不会给易胭打电话，不是怕打扰她上班就是怕打扰她睡觉。

易胭看了眼短信。

——易胭姐，你今天上班吗？

易胭发烧头疼，看屏幕上的字都觉得太阳穴刺疼。

——没有。

刚发完，崔依依那边又发来短信。

——奶奶说想你了，你今天要过来吃饭吗？

这句话倒是提醒了易胭，她很久没出去了，她想了想答应了，反正横竖睡不着，出去走走也行。

易胭最后从床上坐起，披上衣服离开家里。

电梯一路下没遇到人，易胭打算直接到负一层停车场，电梯往下数字递减。

易胭靠着电梯壁，口罩耷拉在一边，生病的脸色发倦，苍白慵懒。

到负一层电梯骤停，电梯门缓缓朝两边打开。

易胭耷拉着眼皮，后背微使力从电梯壁上起身，正恹恹抬手准备把口罩戴好。

有人走进电梯来，是熟悉的女人声音：“你说买这些菜做给阿姨吃她会不会喜欢啊，唉，愁死了，不知道阿姨喜欢吃什么。”

甫一抬眼，易胭整个人愣在原地。

目光和正进电梯的苏岸对了正着，口罩都忘了戴，脸色带着几分苍白。

苏岸看着易胭，目光在她脸上走了一遭。

♥第五章♥　她要怎么办

陈辛言住的小区就是易胭所在的水湾小区，以前没碰过面，却在她最不想碰到的时候见面了。

在反应过来之后，易胭戴上口罩落荒而逃，没再看两人一眼。

重逢后每次遇见似乎都很尴尬，每次都让易胭慌乱不安。

人被爱才有底气，人不被爱，满盘皆输。

对上苏岸，易胭知道自己必输，从以前到现在，无一例外。

车开往郊区，半路下起小雨，细线般织满整座城市。

刮雨器规律地运动着，易胭有点分神。

回来两年，其实这座城市也没有很多她去过的地方。

年少的时候总喜欢天南地北跑，没有一天安分，现在却拘在一个地方，一生活就是两年。

雨天路上人和车不多，路面空旷。

在易胭分神之际，耳边传来引擎加速声，突兀地加速，越来越大声，刺耳嚣张，带着毁灭的意味。

易胭被这声音刺得眉心反射性一皱，正回神，前方一辆车早已冲出雨幕。

黑色轿车直直朝她冲来！

易胭瞳孔骤然一缩，但不至于慌乱，猛打方向盘。

一阵刺耳的轮胎刮地声划破空气。

郊区都是平坦宽阔的公路，易胭车在快撞到旁边作物区时猛地刹停，整个人被安全带勒着狠狠撞在椅背上。

她转头看向窗外，黑色轿车没紧追不舍，竟只是那么一撞后便收手，直行消失在易胭视线里。

虽然没出事，但也会有冲击力，更何况易胭还发着烧，现在警惕性一消，她才察觉脑袋一刺一刺地疼，耳边传来车窗外模糊的雨落声。

易胭手搭在方向盘上，许久没动。

人，是冲着她来的。

方向盘上的手指蜷缩了一下，半晌，易胭闭上眼睛，缓吐出一口气。

或许是因为想到什么，她眉心抖了下，脸上难得出现一瞬痛苦神色。

她这一生从来不配拥有安稳。

不知过了多久，易胭才缓缓睁开眼睛，闭眼太久，睁眼时眼前一片模糊，她维持这个动作许久没动。

直到旁边手机振动，嗡嗡声在闭塞的车厢里格外清晰。

易胭早已调节好情绪，脸色恢复往日镇静，她伸手拿过手机，按下接听键。

崔依依的声音从听筒那边传来："易胭姐，你到了吗？"

紧接着崔老太太的声音也传来："怎么还没到呀，这都多久了，快到了吗？依依菜都做好啦。"

崔老太太一向想什么就说什么，她想让易胭过来就会打电话，崔依依则怕打扰到易胭，崔依依打断崔老太太："奶奶，易胭姐说不定突然有事，你就别催她啦。"

电流夹带人声，仿佛从另一个世界传来。

听到这声音，易胭才有被重新拉回这个世界的真实感，就像方才只是做了场噩梦。

易胭沉默几秒，声音如常："快到了。"

这地方离崔家所在的竹德巷已经不远，易胭估摸两分钟后能到。

"那我和奶奶不打扰你开车了。"崔依依跟易胭说了"再见"后才挂电话。

易胭收起手机，车还横在公路上，她早已跟个没事人一般，换挡打方向盘离开。

苏岸回到父母家。

苏母正在房间里忙活，看苏岸回来，手里拎两套裙子出来，在自己身上比画了一下。

“过来帮妈看看，哪套好？晚上要去辛言家见她父母，你也穿郑重点。”

虽然苏岸平时寡言少语，但别人一向问他问题他都会答，而且不会敷衍。

他指了苏母左手那套。

苏母抿唇，苏岸一向眼光好，她进屋把右边那套挂进衣柜里，又拎了两个袋子出来。

苏岸正坐在客厅沙发上，双腿敞着，熨烫整洁的西裤拉出一丝褶皱，上身前倾手肘搭在膝上，修长指节交叉着，似乎在想什么。

前段时间在医院意外碰见易胭，其实苏母一直都心有不适，虽然后来回来没与苏岸提起过，实际心里难安。

苏母很清楚，这个女孩对自己儿子的毁灭力有多大，也格外清楚苏岸一沾上她抵抗力多微不足道。

当年见过苏岸鬼迷心窍、阴暗可怖的一面，苏母此生再也不想看见了，她也决不允许这种事再发生。

最近只要一看到苏岸状态稍微不对劲，苏母就忍不住多想，她害怕苏岸在想易胭。

想到这，苏母脸上笑容淡了，但她仍旧牵强笑着走过去：“我给辛言买了些衣服，你来帮我过目是不是辛言喜欢的类型，上次看她裙子落家里，那风格挺适合她的，这次多买了那种类型。”

苏岸被打扰，抬眼看去，苏母拎着袋子坐在他旁边。

苏母养尊处优，从小家庭背景好，嫁给苏教授后丈夫也是百般疼爱，闲暇时逛街，或者约上两三朋友喝茶，日子也算惬意。

衣服这方面苏母一向品味好，眼光也高，给陈辛言买的这些衣服都不错。

苏岸随意扫了一眼，给出中肯回应：“嗯。”

“裙装好看点还是单件好看点？”

“都行。”

苏岸惯常话少，平时苏母并不介意，也理解，但今天不知为何，也许只是因为想到易胭，苏母莫名烦躁起来。

她稍有不悦，声音仍保持得体：“都行是什么意思？辛言是你女朋友，你要多上心一点。”

苏岸抬眼看去，目光冷漠，看得苏母心里一咯噔，她脸色稍变。

苏岸发现苏母情绪又开始不稳定，到了嘴边的话没再说出口，他只是收回目光。

苏母继续说道：“辛言是个好女孩，性格开朗善良，也很孝顺，跟你很搭。”

苏岸不为所动。

这才是苏岸的正常状态，苏母见没有不对劲，心里稍稍松懈了。

她还是不想也不敢提到易胭两个字，她多希望易胭这两个字此生不会出现在他们母子之间。

苏母见好就收，也不再唠叨，把给陈辛言买的衣服收好放进纸袋里，最后叮嘱苏岸一句：“晚上要去辛言家见她父母，你也换身新衣服过去，衣服我给你放你房间床上了。”

说完苏母不知道想起什么，忽然有点感伤，声音落寞：“要是你哥哥还在就好了，他要是还在，现在也娶妻生子了。”

苏教授正好从书房出来，听见这话眉心稍蹙。

但他还是没有表现出不悦，走过来在沙发上坐下，揽住苏母肩膀，语重心长地说道：“过去的事就放宽心点，别拘泥在这些不好的事上，苏泊在天之灵也不想看你这样。”

苏泊，苏岸的哥哥，苏泊性格与苏岸截然不同，暴躁不服管教，一意孤行当了消防员，年纪轻轻便在一场火灾中丧生，为了救人，命都搭进去了。

这导致后来苏母对苏岸的控制格外病态，自从苏泊去世后，她一直认为是自己管束不当，才导致儿子丧生。

如果，如果一开始不让他当消防员就好了。

苏母一提起逝世的儿子便心情压抑，没再说什么，从沙发上起身回屋去了。

客厅只剩苏父和苏岸。

半晌，苏父叹了口气：“你妈妈……自从你哥去世后身体就不好。”

身体不好，他们都很清楚，苏母不仅仅生理上不健康，有时情绪激动心理也会不健康。

所以这个家里，大家都心照不宣不惹她生气。

苏父说话一直不疾不徐，声音稳重，他对苏岸说道：“我知道你很辛苦，但你妈妈也不容易。我们都是男人，比你妈能吃苦，多让让你妈妈，可以吗？”

苏岸沉默。

许是知道说出这样的要求太无理了，苏父断了话头，说不下去了。

就在苏父以为苏岸不会开口的时候，客厅响起苏岸的声音：“那我呢？”

苏父心里一惊，看向苏岸。

苏岸敛着眼眸，视线淡漠落在光滑的瓷砖上。

“我怎么办？”

苏岸的声线又低又冷，听着无欲无求，苏父却整颗心脏被攥紧。

人不是本身无欲无求，而是在绝望过后才无心欲望。

仅仅七个字，苏父听出了苏岸的绝望。

还没等苏父缓过这瞬惊讶，苏岸紧接着的话让苏父彻底怔在原地。

“她要怎么办？”

苏父当然知道苏岸说的她是谁，他微张唇，却一句话都没说出来，最终只拍拍他的肩膀。

苏岸也不需要他回答什么，从沙发上起身离开客厅。

苏父看着苏岸的背影，胸口积压着一口气久久舒缓不了。

不知为何，苏父突然想起多年前那个绝望又阴郁的苏岸。

他满世界找不到那个女孩。

他第一次反抗父母，仇视苏母。

在那个黑暗的小阁楼，苏岸蜷成一团躺在地板上，他当时发着高烧，已经连着几天被关着，饿了很久，神智稍稍不清醒。

那晚去接他出来的苏父第一次感到锥心刺骨，他不小心窥见了苏岸的秘密，他永远不会视人的秘密。

他永远记得那晚的苏岸说了什么。

仅仅五个字，却是苏岸此生最大的执念。

那时的苏岸脸色苍白，双眼紧闭，却仍在无意识地呢喃。

他唇瓣虚弱张合，就那样一遍一遍、似永不瞑目般呢喃。

“把她还给我。”

没有易胭的苏岸，不再是活的。

崔家。

吃完饭崔依依收拾饭碗到厨房清洗。

易胭虽不会做饭，洗碗肯定会，但一进厨房，崔依依便把她撵出来。

“洗碗不麻烦的，我自己来就好。桌上我给你放了药，你赶紧去吃。”

易胭来崔家后没说过一句生病的话，虽面色不好但精神也不差，不仔细很难发现。

但崔依依发现了。

“奶奶平时身子不好，隔三岔五就会发烧感冒，家里一直备着药。”崔依依说。

也许是总接受易胭帮忙，崔依依面对易胭时下意识有点低姿态，说话总不自觉带点讨好。

易胭不喜欢这样，但她清楚讲了也没用，崔依依改不过来，她是一个很实诚的女生。

易胭不多说：“谢了。”

崔依依往身上套围裙：“易胭姐，你是不是发烧很多天了？”平时照顾崔老太太，崔依依格外清楚发烧症状。

易胭“嗯”了一声。

“没吃退烧药吗？”

易胭侧身，半边肩膀懒散抵墙，兴致不太高：“吃了。”只是发烧还是反反复复。

刚吃完饭，室内不通风，易胭有点热，但她没走，知道崔依依有话跟她说。

侧边长发落下来稍挡眼睛，易胭抬手，五指穿过长发往后撩，露出光洁好看的额头。

崔依依看到易胭柔顺蓬松的发丝，瞬间哑声，半晌才挤出一句：“你发烧还洗头啊……”

易胭笑意一漾：“嗯啊。”

崔依依终于知道为什么易胭发烧总好不了了。

不过想到易胭那骇人的洁癖，她就不觉奇怪了。况且易胭本身是医生，虽不是内科医生，但常识还是懂的。

易胭只是受不了不洗头发而已。

崔依依也不说什么了，就算跟易胭说不能洗头也没用，易胭会听，但也会继续洗……

崔依依又跟她说了几句，最后终于绕到正题上，犹豫出口："易胭姐……"

易胭身体不适，情绪恹恹，撩起眼皮看向崔依依。

一提到崔父，崔依依有点紧张，手不住在围裙上蹭。

易胭注意到崔依依的动作，提醒道："不怪你，不是你带给我的麻烦。"

易胭所说的正是崔依依所想，被说出心里所想崔依依反倒没那般拘谨了，手无意识地攥围裙的习惯性动作也停了下来。

她问："你身边最近有发生什么异常的事吗？"

异常的事。

有，不过这些对易胭来说不是异常事，忽略近几年平静生活，更像寻常事。

但这些不该是崔依依要问的，也不是她该知道的。

易胭直接问："你想问我有没有见到崔环杰，是吧？"

崔依依想什么都瞒不过易胭，点头承认："我怕他去找你。"

易胭一贯不把这事放心上，不以为意地笑了下："怕他报复我吗？"

崔依依皱眉，认真点头："怕。"

易胭也不逗她，问正事："你也没见过他？"

崔依依摇头："没有，他月中出来的，没见着人影，也没回家。"

崔环杰去哪儿了，崔依依和易胭都不知道，但他会去做什么，自然心照不宣。

易胭肩膀微使下力站直身子，朝厨房外走去："先担心你自己和奶奶，你不用担心我。"

崔环杰打不过她，担心什么。

傍晚六点三十分。

苏家准时到陈家拜访。

陈辛言和陈父、陈母已经等在门口，陈辛言哥哥陈探值班，没空一起吃这顿饭。

苏父、苏母走在前头，苏岸落后面，拎着苏父、苏母给陈家准备的礼物。

苏岸今天穿黑色长大衣，身形颀长，肩宽腿长，是标准的衣架子。

前面苏家父母和陈家父母在寒暄，陈辛言跟苏父、苏母打过招呼后趁长辈没注意溜到后面，接过苏岸手里的东西，然后朝他抬了下下巴："去吧。"

两人刚才已经微信交流过，苏岸有事要出去一趟，陈辛言给他打掩护。这次约饭是陈辛言提出要应付陈父、陈母的，苏岸帮了她忙，她也帮苏岸忙。

苏岸难相处，不爱交流，平时很少有求陈辛言的时候，陈辛言觉得格外新鲜的同时也乐意帮忙。

苏岸也不客气，东西交给她后便离开。

等前面四位长辈寒暄结束，回过头就发现方才站门口的苏岸不见了。

陈父、陈母倒没什么反应，苏母则是脸色一变。

陈母问："苏岸呢？"

陈辛言表现十分自然："啊，他有东西落车上了，下去拿一下，马上上来。"

陈家父母没放心上，陈母笑着拉苏母进屋："那我们先进去喝杯水吧，等苏岸回来人齐了，菜就可以上桌了。"

苏母即使有点心不在焉，但明面上一套还是得做足了，她温婉得体地回应："好。"

两人便聊着进屋。

旁边陈父、苏父则进书房下棋去了。

落在最后的陈辛言松了口气，脚轻踢关上门进屋。

半个小时后，陈家门铃才重新响起。

陈辛言本来正陪着陈母、苏母聊天，听门铃响，起身朝门廊走去。

开门后苏岸进来，左手修长指节拿着一袋东西。

客厅里沙发上的苏母在看到苏岸那刻顿时松了口气。

陈辛言做口型无声问他："干吗去了？"

苏岸没回答。

陈辛言撇嘴，暗暗抱怨："臭脾气。"

但松口气并不代表苏母会放过盘问苏岸的机会，看他进来，问道："去哪儿了？”

苏岸态度不咸不淡，拎起手里一道羹汤朝苏母示意了下。

陈辛言立马溜过来，十分配合：“昨天我不就跟你提了一嘴我爸妈喜欢这道菜，你就去买啦。”

陈辛言转头对沙发上的苏母说：“苏姨，这道菜可好吃了，这家店队很难排，经常要预订，不预订有时候一个小时都排不上。”

陈母自然知道这道菜难买，笑着对苏岸道：“有心了。”

苏母闻言脸色彻底缓和。

苏岸一回来，长辈便张罗着进餐厅吃饭。

等长辈都不在客厅了，陈辛言才小声问苏岸：“你去干吗了啊，不会真的就为了去买这个吧？那你直接跟苏姨说一声不就好了，干吗还要我打掩护？”

苏岸没应。

陈辛言知道苏岸毛病，也不介意他不说话，继续说：“你真知道我爸妈喜欢吃这道菜啊？”实际上她根本没跟苏岸说过。

这次苏岸开口了，很直接：“不知道。”

陈辛言：“吓死我了，我就说你怎么可能知道，难不成还真把我家调查了个遍。”

苏岸面无表情。

易胭中午吃完饭就回来了。

回来一路她虽面色镇静，但其实心有不安，怕路上再撞见苏岸。

所以一路她没摘口罩，虽然没什么用，毕竟回来第一次见面她也戴口罩，但苏岸还是仅凭一双眼睛便认出了她。

想到这里，电梯里的易胭无力往梯壁上一靠。

以前一直以为自己是最了解苏岸的人，后来才发现这一切都只是她的自以为是。

苏岸的心思没人能摸透，他不仅性格孤僻，跟熟人也不露声色，这导致他很多想法无人能知。

易胭觉得苏岸不喜欢自己，但有时一些无意中的细节又紧紧抓着她，让她觉得苏岸对她总归是有点感情。

折磨得人每日每夜得不到纾解。

易胭有时候不明白，为什么苏岸没动情，却记她记得特别清楚。

时隔八年，不仅对她仍旧熟悉，连带对她的冷淡都记得清清楚楚。

易胭呼出一口气，没再想什么，电梯到了，她起身走出去。

易胭以前身体素质很好，很少感冒发烧，反倒成年后身体素质越来越差，上个月刚感冒，这个月就猝不及防地发烧。

而且生病一次得好久才能痊愈。

易胭回屋后撕开一包冲剂倒进杯里，冲上热水后喝了睡觉去了。

这一觉睡到傍晚。

易胭前几日睡眠不好，都在这天补回来，她在床上坐了一会儿，难得一次感觉到饿。

中午在崔家也没吃多少。

正想着点外卖，随手扔地板上的手机响起来。

屏幕荧亮，在地板上一直响。

易胭斜眼瞥手机，浑身无力，动都不想动。

但最后还是下床拿过手机，接通电话后朝衣柜走去。

是纪糖来电："干吗呢？"

衣柜嵌在墙里，易胭一只手推开柜门："刚醒。"

"发烧还没好啊，这声音哑得跟母鸭声似的。"

易胭把手机夹在耳朵和肩膀之间，两只手挑选衣服："这嗓子没半个月好不了，你就将就着听吧。"

纪糖笑："将就不了呢？"

易胭也笑，声音喑哑："那就走。"

纪糖也不贫了："你刚醒，那是不是还没吃晚饭啊？"

易胭拎了条紧身牛仔裤出来："是啊。"

她转头看了眼落地窗外："本来想点外卖，但既然起来了就出去吃吧。"

"一个人吃啊？"

"嗯，要不然呢？"

纪糖是个比较喜欢热闹的人，嘀咕：“一个人吃饭多寂寞啊，我出来陪你吃吧。”

易胭挑眉：“你昨晚不是跟我说今晚要陪你学姐吃饭？”

每逢谈到学姐纪糖必蔫：“我给推掉了。”

易胭不爱管闲事，但对纪糖的事还是格外上心，她拉上衣柜门，转身靠橱壁上：“嗯？”

纪糖如实招了，但也不愿说太多：“就推了呗，人哪能在一棵树上吊死啊，我都吊了十年了，都快没气了。”

落地窗外，城市灯海。

易胭听了这话，突然也不知说什么。

她没资格说什么。

两人沉默一会儿，纪糖打破沉默：“行了，行了，外面雨都停了瞎愁个什么劲儿，出来吃饭吧？”

易胭“嗯”了一声。

“你想吃什么啊？”

易胭看着窗外白黄光点交织的城市网。

不知为什么突然有点怀念，道：“老镇记家羹汤。”

“啊，就离我家不远那家，是吧，你这么一说我想起来了，”纪糖笑了下，“老镇记离我家近，你那时欺负我小，老让我给你带羹汤。”

易胭笑了：“小伙子挺记仇啊。”

纪糖口无遮拦：“不过你干得最多的还是拉着苏岸陪你去……”

意识到话不对劲，他立马住口。

易胭没放心上，其实她也想到苏岸了，以前苏岸一脸不情愿，易胭还老拉着他陪她跨越半个城市吃羹汤。

她笑了一声，牵到嗓子，咳得肩膀微抖，含糊不清说了句：“是时候不该在一棵树上吊死了。”

即使她甘愿，也没辙了。

苏岸不要她。

她咳着嗽说话，声音也小，纪糖根本听不清：“什么？”

易胭却没了兴致，放下手里的衣物："算了，还发烧就不出去折腾了，下次再约，我今天先点外卖。"

纪糖立马答应："行。"

易胭洗澡出来后外卖正好到门外。

打开门，一个塑料袋挂在外面门把上，袋子上明晃晃"×× 药店"几个字。

易胭手伸出兜，接过外卖员递过来的外卖，拿下挂门把上的塑料袋。

袋子里装着退烧、感冒药，每个药盒外面贴着用量次数标签，给人一种对方很细心的错觉。

午饭过后回家时还没看到这袋药，必定是后面有人送来了。

易胭忽然想起中午电梯里遇见苏岸时她没戴口罩，脸色好不好一眼便知。

会是他吗？

意识到此，易胭心神一颤。

易胭拎着那袋药，正猜想之际，目光忽然落在其中一盒药上。

在看清药名那刻，易胭瞳孔骤然一缩。

盐酸曲马多。

一种治疗疼痛的镇痛药，但此类镇痛药一旦成瘾便会变相成为毒品，物极必反。

一袋感冒、退烧药中夹带镇痛药，易胭眉心顿皱。

她顷刻间否定自己几秒前的想法，这药不会是苏岸送来的。

纪糖不知从哪里得知苏岸是缉毒警，早已告诉易胭。

苏岸是缉毒警，肯定知道盐酸曲马多的危害，更何况这药如果是苏岸送来的，那他肯定知道并不需要盐酸曲马多。

易胭警惕抬眸，漫不经心地环视一圈门外环境。

走廊，楼梯间，电梯。

周围空荡荡，炽亮灯光瘆人。

易胭收回目光，悄无声息把那盒盐酸曲马多揣进外衣口袋里，拎着那袋药出门。

苏家父母和陈家父母一顿饭吃得格外和谐，除了苏岸不怎么说话。

吃完饭两家父母在客厅喝茶聊天，陈辛言和苏岸拎着两袋垃圾下楼。

一般这些活是家里阿姨干的，但陈辛言不想去客厅陪长辈们聊天，每次都会被灌输一些结婚观念，陈父、陈母恨不得早点把她嫁出去。

陈辛言听得耳朵快长茧。

苏岸更是不可能想听。

两个人心照不宣各拎一袋垃圾下楼。几位长辈认为他们两个小年轻需要私人空间，也没管他们。

陈辛言晚餐吃得饱，电梯门关上的时候情不自禁打了个嗝。

旁边苏岸抬手按了楼层，看都没看她一眼。

陈辛言在苏岸面前也不顾什么形象，早就习惯了，摸摸肚子自言自语：“好饱啊。”

电梯到一楼，两人一起穿过大厅到室外。

小区窗窗灯火，路上很少遇到住户，天气冷大家都待在家里。

路灯一盏一盏，苏岸和陈辛言的身影由长变短，由短变长。

两人虽是一起出来的，但几乎没交流，苏岸一只手插兜里，眉目冷淡朝前走。

陈辛言则一只手玩手机，另一只手拎垃圾袋，半途看到好笑的内容还会笑两声。

没一会儿便到垃圾收集处，陈辛言回完微信消息才将手机揣回兜里，走过去把垃圾放箱里。

苏岸在旁边，陈辛言转头，求助：“后天帮我个忙，我男朋友要过来看我，你帮我撒下谎，就说我是和你出去了。”

话音刚落她蓦地愣住，借着路灯灯光，她察觉到苏岸眼神很冷，直直地看着一个地方。

陈辛言认识苏岸以来见识到他性格有多寡淡，但很少有气质冷到如此地步的时候。

她顺着苏岸的视线望过去。

他在看垃圾箱里一个白色袋子。

陈辛言不明所以，十分好奇地伸长脖子瞄了眼，只分辨出袋子上“药店”

两个字。

她觉得奇怪："怎么了？"

不见苏岸回答，她再次转头看苏岸。

苏岸却平淡收回目光，已然没有方才陡生的寒意："没什么。"

嗓音低沉，仿若毫无波澜的死水。

却让人莫名感觉落寞又颓败。

陈辛言一愣，怎么会有人情绪变得这么快。

没等陈辛言反应过来，苏岸已经放下垃圾转身走了。

陈辛言这才转身跟了上去："你怎么回事？不知道的还以为你被抛弃了，像个小孤儿。"

这句话不知哪里得罪了苏岸，话落平常不怎么理陈辛言的苏岸眼风扫了她一眼。

陈辛言嘴立马抿成一条线，心道不会真说错话了吧。

两人都被家里催婚，陈辛言那边更是苦不堪言，父母不同意她和男朋友的恋情，每星期让她见几个相亲对象，最后实在磨不过父母才和苏岸商量做"表面"男女朋友。

但实际她和苏岸并没多熟，除了明面上做给父母看，两人私底下不会有任何交流。更何况苏岸这冷漠性子，有时候还满身阴郁，不知道他在想什么，陈辛言觉得自己要是真成他女朋友了，得活活被憋死。

她自觉停下脚步，落在苏岸身后，不去打扰"孤儿"了。

易胭今日恢复上班。

清晨六点，马路车流少，整座城市将醒未醒。

空气蒙着一层雾。

六点半交班，易胭六点二十分便到急诊。

到更衣室换衣后易胭回到诊室。

护士小娜昨晚值夜班，易胭进来时她正打哈欠，看到易胭，小娜立马清醒几分："易医生，你来上班啦？身体好点了吗？"

易胭已经好得差不多，就是嗓子还哑着："好了。"

“我的天，这声音，易医生你还是拿点药继续吃吧。”

易胭回桌边坐下：“行。”

最近发烧休息，在家过分悠闲，反而是上班后易胭觉得自在。

忙有时是一种秩序感，不会让人觉得无聊，也没时间多想。

一整个早上诊室来看病的人没断过，一个接一个。

直到中午饭点病人才少了些。

易胭早上吃了东西，到中午没觉肚子饿，但因为得吃药，还是到食堂就餐。

易胭医院朋友不多，熟的也只有诊室两个小护士，但平时来往也不多。

急诊医生没有午休，一人吃完午饭，易胭回到诊室。

这会儿没病人，诊室里很安静，一大片的白，氛围冷冰。

易胭坐在桌后，倚在椅背上翻看病历。

不知几分钟后，有人从病房门口进来：“医生，你好。”

易胭只觉这声音熟悉，抬头便看到一张熟悉稚气的脸。

崔童看到易胭那瞬也愣了下，下一秒恢复自然，他示意一下自己的手：“我的手得换药了。”

易胭合上病例，朝病床那边抬了下下巴：“过去坐着。”

崔童很听话，走过去坐病床上。

易胭戴上口罩，起身准备医用器具。

半途身后崔童忽然喊了声：“苏队。”

易胭手一顿。

苏岸送崔童过来换药，出现在病房门口。

易胭只是愣一瞬，随后恢复自然。

诊室里只有医用器具轻微碰撞发出的哐当声。

苏岸没进来，只站在门口，淡淡瞥了易胭后背一眼，想起昨晚被扔垃圾桶里的药。

崔童坐病床上，深觉尴尬，想立马从这个世界上消失，死也不想遇见这种尴尬场景。

易胭端着器具朝病床走过去。

坐病床上的崔童手上还绑着绷带，易胭戴上手套给他拆绷带，观察伤口，而后消毒上药包扎。

从头到尾诊室里没人说话，一片安静。

给崔童处理完伤口，易胭收拾器具，口罩后眼睫低敛：“伤口别碰水，下次可以不用过来了。”

崔童赶紧点头：“好。”

说完又觉不对，又慌忙问：“对了，医生，我这手会不会留疤啊？”

易胭抬眸瞥他一眼：“会，但不影响活动。”

崔童立马道：“我怕留疤，要不医生你给我开个除疤的药吧，我到窗口交钱领药。”

虽然很少见到男生这么在乎手上留下疤痕，但易胭也没说什么，回到桌边给开了个单。

崔童接住易胭递过来的单子：“谢谢医生。”

说完连忙朝门口的苏岸走去：“那个，苏队，我去拿个药，待会儿再来找你。”

苏岸“嗯”了一声。

崔童立马溜走，紧接着苏岸进了诊室。

易胭刚才听崔童的话，大概也知道苏岸有伤口要处理。

这忽然让易胭想起两个月前两人第一次见面，那时苏岸执行任务受伤，毫不理睬她一分。

现在想其实两人境地毫无变化，还是跟以前一样僵着，唯一有变化的，大概是她知道苏岸有女朋友。

他们的关系从没缓和过。

两人照旧没说话，没等易胭开口，苏岸径直到病房那边坐下。

诊室里只剩易胭一位医生，她只能抬眸，瞥一眼苏岸。

自从苏岸来病房那刻，这是易胭第一次正眼看他，这一看她才发现苏岸锁骨边有伤口。

易胭全程没看苏岸的眼睛，收回目光，起身收拾东西。

伤口就在苏岸锁骨上方，位置有几分尴尬。

他坐她站，倒是没有一向压迫感十足的身高差。

易胭反而觉着难熬，处理苏岸的伤口，需要正面凑近他。

口罩后的呼吸仿佛灼热了几个度，易胭敛住心神，没敢抬头看苏岸。

苏岸皮肤很白，锁骨骨感禁欲，一道划拉开的口子，红血已凝固。

伤口上有铁锈，一看便是生锈钝器所伤，易胭微皱眉。

但面前的人似乎从来感觉不到疼，上次也是如此，背部血肉模糊，他眉都不皱一下。

易胭打了麻醉后，开始清理伤口。

两人距离稍近，易胭垂着眼睫，口罩遮挡下半边脸颊，手上动作利落。

苏岸眼角微垂，视线落在易胭脸上。

易胭却不知，只觉不自在，苏岸是一个即使不说话存在感也极强的人，易胭没法忽视。

她甚至感觉若有似无的鼻息落在自己额上。

但易胭没抬头，诊室没人进来，更添几分不自在。

塑胶手套里手心微微冒出一层薄汗，总算熬到处理伤口完毕，易胭直起身子，却在抬眸一刻不小心触及苏岸的目光。

她心里一咯噔，不知是目光偶然撞到一起，还是苏岸一直在看她。

不过一秒，易胭便将后边那个想法否认。

苏岸怎么可能看她，他有时甚至多看她一眼都不肯。

易胭收好器具，秉着医生职责，终于开口："伤口不能碰水。"

身后的人没回答，易胭也没管，反正苏岸也不是第一次不理她。

易胭继续做自己的事。

苏岸已经从病床上起来，沉默地站在一旁。

收拾好东西的易胭走到洗手台边洗手，打上洗手液搓了好一阵，才关上水龙头。

转身之际，眼前一片阴影忽然笼罩下来。

易胭从小警惕，眼不眨一下，抬手一个动作便过去。

然而半途便被眼前人更快一分擒住。

看清面前人是苏岸，易胭一怔，没再动作。

手腕被苏岸抓手里，易胭有点不自在，即使口罩遮住下半边脸也没能给她安全感。

视线只与苏岸对上一秒，易胭便躲开。

苏岸却一瞬不移看着她，眼睫垂着，目光落在她脸上。

两人都沉默，不知多久，易胭感觉手腕一松，苏岸松开她的手。

易胭松口气，然而一口气未喘到底，眼前一黑。

苏岸俯身，两手撑在易胭身后的洗手台边缘。

易胭心跳静止，这次没有躲开，难以置信地看向咫尺之外的苏岸。

两人对视，易胭甚至能看见自己在苏岸眼中的倒影。

墨色瞳眸，色调不明媚，却很干净，透着孤独的沉静感。

被这样的眼睛久久看着，易胭有一丝无所适从，虽然知道自己不争气，但还是心跳加快。

苏岸已经很多年没有这样看过她了。

她不明白苏岸怎么了，今天的苏岸，不管哪里都透着丝奇怪。

没等易胭想出所以然，身前苏岸抬手，摘了她一边口罩。

易胭一怔，完全来不及防备，脸上口罩已被摘下一边，整张脸呈现在苏岸面前。

易胭深知苏岸能看出她脸色破绽，压制不住心跳，这次她也没躲开，毫不示弱地看向苏岸。

苏岸的视线自始至终没从易胭脸上移开，目光从容审视她的脸色一遭。

易胭不知苏岸在看什么。

下一瞬苏岸便又把口罩给她戴回去。

细边勾上细软耳郭，易胭感觉到苏岸指腹不小心擦过她的耳郭，浑身一紧。

动作稍显亲密，易胭忽然想起电梯里见到的那个女人，想起在医院时那女生的撒娇。

她心脏一缩，莫名烦躁。

只是一个不经意的瞬间，所有近几日的耿耿于怀便顷刻爆发。

易胭忽然伸手，猛地推开眼前的苏岸。

即使被推开，苏岸那张总是面无表情的脸也毫无一丝情绪，只是看着易胭。

他们两个总是不需言语就能剑拔弩张。

“别管我。”易胭心脏一阵酸涩。

既然有女朋友，就别来管我。

苏岸只是安静地看着她，这沉默样子更是让易胭难受。

这时诊室正好有病人进来，看易胭身穿白大褂，喊了声“医生”。

易胭没再看苏岸，离开他身前。

病人手臂有外伤，帮病人缝合伤口过程中易胭没有分心，苏岸什么时候离开她也不知道。

♥ 第六章 ♥ 她又不见了

崔童坐苏岸车回市局，一路感受低气压。

虽然苏岸平时也不爱说话，性子冷冷清清，但今天离开医院后，崔童感受到另一种奇怪的感觉。

苏岸周身的气场比平时冷了百倍。

直到车到市局，崔童下车才松了一口气。

上楼在走廊遇到许骋，崔童立马跟他哭嚎：“好可怕。”

许骋拍了他后脑勺一下：“有话快说。”

崔童真的很幽怨：“你为什么总喜欢打我！每次一说话就抽我脑袋，我脑子都快被你打坏了！”

许骋笑了声，问：“这趟去医院遇到什么事儿了？”

他这一问崔童才想起继续说：“我不知道啊，去医院给我换药的就是苏队前女友，换好药后我让她给我开了个除疤药溜了，后来发生什么我就不知道了。”

“这有什么可怕？”

崔童：“就是不知道苏队和他前女友在诊室发生了什么，出来后虽然脸上还是平常那表情，可是我坐他身边都快结冰了。”

许骋：“你是见到苏队前女友自己脑补他们之间一出大戏，然后想多了吧？”

崔童被猜中脑中所想，但死不承认：“才没有，苏队自己有伤，肯定是那医生给她处理的。”

许骋眉心皱了下：“苏队受伤了？”

“啊？你不知道啊？因为他自己也有外伤我俩才一起去医院的。”

“什么伤？”

这时陈宙刚好从楼上拿资料下来，看到他俩，走过去凑热闹：“干吗，你俩聊啥呢？说来听听。”

许骋手肘拐了陈宙一下：“中午你跟苏队一起去食堂吃的饭，他受伤了？”

“没有啊。”陈宙一脸茫然。

经许骋这么一提醒，崔童想起来了，中午他是跟许骋吃的饭，陈宙和苏岸晚一步来食堂，就坐他们旁边，当时崔童正跟许骋说下午要去医院换药的事。

而那时候苏岸没受伤。

崔童一阵惊讶：“我想起来了，吃完饭回办公室，就那么一会儿工夫，苏队就受伤了跟我一起去医院。这……苏队不会是为了能去趟医院把自己给弄伤了吧？我看他脖子上有锈迹，那要是自己下手的话得多疼啊……”

陈宙听了哈哈笑，也学着许骋平时的样子叫崔童小屁孩：“小屁孩，你想多了，苏队怎么可能做这种事情，又不是傻。”

说完拐过崔童脖子往前走。

他们没放心上，身后的许骋却微皱眉头。

易胭和纪糖约了吃饭，两人去了上次没去成的老镇记。

老镇记家还是一如既往地热闹，这次是纪糖提前几天预订了，两人才不用排队。

易胭长得太有特色，进去时老板娘看到她居然还有印象，招呼她坐下：“来吃啦，好久不见了，长得还是跟以前一样漂亮。”

易胭也不自贬，谦虚弯唇：“谢谢，你也跟以前一样年轻，很漂亮。”

这无疑是对一个年过四十的女人最好的称赞，老板娘果然被哄开心了，戴着个围裙和易胭聊起天：“平时都是你男朋友过来买羹汤，你工作很忙吗？”

易胭一愣：“什么？”

老板娘却没理解易胭的意思：“你男朋友经常来呢，都是老顾客了，前几天还来过，有这样的男朋友真好。”

没等易胭问什么，老板在厨房探头出来唤老板娘过去，老板娘便应“好”，起身过去帮忙。

纪糖在旁边听着，一脸茫然。

“她见过苏岸吗？”纪糖很讶异，易胭应该只带过苏岸这个男朋友来过这家店，“她这是说的……苏岸？”

易胭也是怔了一会儿，半晌她才摇摇头，端起面前茶杯抿了一口：“应该是认错人了，他不喜欢羹汤。”

以前易胭总是拉着苏岸陪她到这边吃东西，苏岸说羹汤不好吃。

纪糖本想说苏岸长得那么好看老板娘应该不会认错，但看到易胭一脸不想说的表情，便搔搔后脑勺：“哦。”

聚餐完，易胭不想开车，车钥匙扔给了纪糖。

两个人开车漫无目的地逛。

车速慢得像龟爬，沿江缓缓行驶。

副驾驶座上易胭右手搭车窗上，转头看纪糖：“你老年人散步呢。”

她转头朝车窗外人行道上并行的自行车一抬下巴：“看看，人家都用看智障的眼神看你。”

纪糖手闲闲地搭方向盘上：“吃完饭就该散步，开那么快干吗，待会儿给开吐了。”

易胭：“神经病……”

纪糖：“嗨，老了，都没精力飙车了。”

“那你也没必要开这么慢。”

“我乐意。”

易胭：“行吧。”

“唉，”纪糖没辙了，“你就不能开心点吗，我这样都逗不笑你。”

这话一落易胭倒是笑了，回头瞥他：“怎么老把我想得那么脆弱？”

纪糖油门一踩：“行行行，顶天立地易胭姐。”

易胭被逗笑：“还有，我看起来很不开心吗？”

纪糖高中起就一直是易胭的开心果，他没什么坏心眼，跟易胭格外合得来。

纪糖说：“也不是，你知道的吧，人一熟了，你不用说话，我都能感觉你情绪不太对劲。”

易胭轻笑一下：“好像是这么个道理。”

说完两人便又无话。

车开着开着，纪糖叹气：“感觉像突然失去梦想一样。”

易胭头靠靠背，恹恹看窗外车水马龙，知道纪糖说的什么意思。

纪糖从小没什么梦想，高中好不容易有个梦想就是追学姐，奈何学姐不喜欢他。

最近好几天纪糖都没联系他学姐。

易胭说：“那就再找吧。”语气却是苍白无望。

纪糖问：“你也一样吗？”

易胭沉默一会儿，摇摇头。

纪糖从后视镜看到她的动作，小声嘀咕：“自己执迷不悟还劝我另找。”

易胭听到了，但没回答。

纪糖又问易胭：“那你要怎么办？”

他很直接：“虽然你一直没说，但你回来就是为了找苏岸吧，既然还喜欢为什么不去拼拼？我放弃学姐是因为我努力了她也不喜欢，你都还没努力……”

话没说话，被易胭打断：“他有女朋友了。”

纪糖瞬间噤声。

半晌才找到自己声音：“什……什么？”

易胭手搭在车窗上，冷风扑面，轻飘飘地扔出一句：“有女朋友了啊。”

纪糖不擅长安慰人，瞎扯着想给易胭留点希望不至于那么悲伤：“你是不是看错了，苏岸这种人怎么可能有女朋友，性格那么冷怎么可能找女朋友？”

“都来女方家里了，他知道我在想什么也不解释，”易胭回头看纪糖，勾唇，带着几分戏谑，“你说呢？”

似是不悲伤的样子，但纪糖硬是看出易胭嘴角的笑有几分惨淡。

他没说话了。

易胭又看窗外，路灯一盏盏后退：“其实吧，好像挺正常，这么多年过去他有个女朋友有什么稀奇的。”

“但我有时又怪他，为什么，”易胭的声音很平淡，“为什么就真的找女朋友了呢？”

虽然易胭知道自己从那年跟苏岸分手后自己就再也没资格问这个问题。

她沉默几秒，笑了声："可是好像是要结婚的呢。"

纪糖一愣："认、认真的吗？"

易胭没应，风灌入车厢，她眼眶忽然有点泛酸，或许只是因为风太大。

"你说当年如果我没跟他分手，现在跟他结婚的，会不会是我？"她喃喃，"我好想把他抢回来，他只能是我的。"

纪糖心一紧："易胭……"

易胭却笑了，眼底水雾消失："你还真当真啊，我打死也不会做小三破坏别人感情。"

纪糖心一松，虽然易胭要抢人他这朋友当然支持，但良心上过不去。

易胭终于深叹了口气："就这样吧，算了。"

纪糖家那片别墅群离老镇记汤羹近，没开车出来。车开到纪家后纪糖下车，易胭才开车回家。

出去一趟三个多小时，易胭进入小区后，开车去地下停车场。

停车场空旷，水泥地灰冷，白炽灯犹如白昼。

易胭熄火下车。

停车场很安静，易胭双手插兜里朝电梯走去。

也许不想看见什么便遇什么，电梯门一开，苏岸在电梯里，他已经换了身衣服。

易胭看着苏岸，苏岸也看着她。

下一秒易胭不动声色地移开目光。

也许是已经做好决定不再抱期待，又也许心里也梗着一口埋怨的气，易胭第一次见面不占下风。

苏岸从电梯里出来，易胭没看他，擦肩而过。

正在这时，易胭忽然手一紧，苏岸伸手扣住了她的手腕。

易胭脚步停住。

身侧苏岸扣着她手腕，分毫不松。

易胭也没动。

不知过了多久，苏岸终于说话："你没什么想问我的？"

虽是询问，但尾音平缓。

易胭安静了一会儿，转动手腕：“没有。”

苏岸只觉手上一空，她已挣脱他的手。

易胭走进了电梯。

苏岸回到家时已近晚上十一点。

苏母还在客厅等他。

苏岸刚开门进玄关，沙发上的苏母便走过来：“回来啦，东西送到辛言手里了没？”

苏岸脱下身上大衣：“嗯。”

方才苏岸将苏父、苏母送回来后，苏母想给陈辛言的东西落在家里，让苏岸又给送过去一趟。

苏母让苏岸送这趟东西，目的大家都心照不宣。

夜多躁动，情欲按捺不住会发生什么，大家都清楚。

苏母不过想让苏岸去陈辛言那里过夜。

可苏岸回来了。

“辛言喜不喜欢那东西？”苏母问，想从苏岸话里套出他和陈辛言的相处迹象。

苏岸：“送完就走了，没问。”

苏母闻言有几分焦急：“跟女朋友相处不是这样的，平时多买东西哄她，话也要多说点，哪个女孩子不喜欢男朋友多对她说点情话。”

苏岸没说话，径直走向客厅。

这态度不是身为男朋友该有的样子。

苏母在苏岸身后，她忽然问：“你想过跟辛言结婚吗？”

很平常的一句话，苏岸已听出她情绪端倪，但他没像以前那般沉默。

他侧脸对着苏母，很平常地回答：“没有。”

隔着一段距离，他口中字眼清清楚楚落进苏母耳里，苏母脸色不太好看：“你说什么？”

苏岸没回答，不想再触怒苏母，往楼上走去。

这么多年，他一直在等人，一等便是近十年，但好在她回来了。

苏母沉脸，已没前几秒的温婉：“苏岸，你别忘了，这些年是谁把你养大，是谁把你从外面捡回来，养到现在。”

苏岸上楼步履一停。

苏家父母很少拿这件事出来说，自苏岸来到这个家，这种话苏母没说过几次。

苏岸不是苏家亲生的，他不过是在一个雨夜濒临死亡时被外出的苏家一家捡回家，他没亲生父母，身体也弱，问什么都不说，周围也查不到谁家丢了孩子。

最后苏母见这孩子可怜，性格也讨喜，就这样养起来了。

可他们后来才知道性格讨喜不过是苏岸装出来的样子，他不过是怕被他们扔了，没人再养他。

苏岸一直很听话，对苏母的话有求必应，苏家亲儿子苏泊去世后，苏母对苏岸的控制欲越来越强，早已把他当亲生儿子。

直至高三那年，他为了那个女生不再听话。

苏岸孝顺，正是因为苏母了解这点，才屡屡抓住苏岸的弱点。

他看着强硬冷漠，可弱点无非就那几个。

可有时苏母觉得苏岸又是冷漠的，他孝顺，可他骨子里不会听话，叛逆又偏执。

苏岸上楼的脚步只是一停，便继续往上走。

如此视而不见，苏母脸色更加难看：“苏岸！”

她干脆撕破了他们之间不能提及的话题：“你还在妄想吗？妄想她会留在你身边？你肖想她，可她真心喜欢过你吗？你那么喜欢她，可她只是玩玩而已，你为什么至今还不明白？”

苏岸被人戳中痛处，身侧垂着的手微颤了下，脸色却依旧不动声色。

“她根本就不喜欢你，你到底在图什么？”苏母脸色苍白，语气也渐渐无力，“不过一个女人而已，你为什么……”

后面的话，苏母说不出来。

一个易胭，能将苏岸抽筋剥骨，他像喝了迷魂药，再也回不了头。

苏母知道，那两个字对苏岸有多大的摧毁力。

苏母一直想不明白，为何是易胭，为什么偏偏是她。

她嘴唇微颤：“你以为我不知道你最近一直去找她吗？医院、戒毒所、水湾小区，你以为你最近去过的地方我都不知道吗？”

“你以为你借着买羹汤的名义，排队间隙去买了药挂在人家门口，我都不知道吗？”

苏母完全有这个势力掌控他的一举一动，苏岸不意外。

“你信誓旦旦地跟我说她不会离开，不会走，然后呢，她当年还不是一走了之？”

楼梯上的苏岸一直沉默。

苏母：“苏岸，她没有你想的那么深情。实际上她不过就是得到你后就踢开，人人都看得见的事实，为什么就你一直不明白，为什么你非得把她想得那么好？”

到此苏岸不再安静，他转过头，终于看了苏母一眼。

楼上楼下，一人平静得似是没有悲喜，一人则焦急又无力。

他眼尾低敛，看着底下的苏母，半晌掀唇：“她很好。”

苏母胸口一滞。

苏岸看着苏母再次重复，笃定又认真：“她很好。”

即使她毛病一堆，曾经还不要他，可对于他，只有她最好。

谁都比不上她。

说完这句，苏岸上楼，不作停留。

最近上面安排易胭去临省学习几天，回家后易胭收拾行李，从衣柜拎了几身衣服叠好放进去。

收拾好衣服和日常用品又扔了几包烟进去。

刚收拾好，地板上的手机振动起来。

易胭捞过手机，放到耳边接听，是崔依依打过来的电话。

崔依依在那边叫了她一声：“易胭姐。”

“嗯，”易胭正摆弄手上的小物件，语气漫不经心，“怎么了？”

崔依依：“我爸回来了。”

易胭手中的动作一顿，又继续玩：“哦，什么时候？”

“一个小时前回来的，我现在在房间里跟你打电话。”

“他没对你和奶奶做什么吧？”

崔依依道：“没，他回来让我给他做了顿饭，吃完后现在在外面看电视。”

易胭问：“他有没有跟你提起过他去过哪儿？”

崔环杰是一个话挺多的人，崔依依平时不跟他说话，他也能自言自语一箩筐。

“他没跟我讲，但我做饭的时候听见他跟人打电话，”崔依依停顿一下，似乎是在想，“好像是说什么宿舍住的环境差，太多人睡在一起，半夜还得爬起来送东西。”

易胭闻言倒是没什么惊讶，只是抬眼看向自己进来时搭放在椅背上的大衣。

衣服兜里有一盒盐酸曲马多。

她沉默了一会儿，没将自己的想法告诉崔依依，只是懒散地点点头：“行，要是还有什么消息就跟我说一声。”

“好。”

易胭：“哦，对了，我最近有事去临省，你和奶奶多注意安全，别和他正面硬杠。”

崔依依笑：“知道，杠也杠不过，我和奶奶不会硬来的。”

易胭微点头：“嗯，那先这样吧。”

说完两人便挂了电话。

易胭挂了电话，指尖松松夹着手机晃了晃，想了下后起身，到沙发边拿起那件大衣，掏出里头的药盒。

药盒贴着的标签没撕过痕迹，新的。

易胭随手将药盒往桌上扔，没再想这事。

她又打开手机，不知想什么，低垂看了眼自己的手腕。

两人关系冷淡这么久，她的手腕是苏岸唯一接触过的地方。

易胭终是不再想，过一会儿打开通讯录，删掉了苏岸的号码。

几日过去。

最近办不完的案子，刑侦、禁毒等支队都忙得不可开交。

连着几天外出、熬夜吃泡面，禁毒支队几人生生熬瘦了一圈。

这天外出回来，崔童、许骋下车进屋休息。

崔童：“苏队干吗去？”

许骋：“小屁孩儿别问那么多。”

崔童说：“就是好奇嘛。最近工作这么忙，我们忙苏队更忙，但一到休息时间他都不在，都不休息的，你看他黑眼圈都能掉地上了。”

许骋“嗯”了声：“应该有事吧？”

与此同时，水湾小区门外。

保安大叔见近几日都有同辆黑色轿车停在门外，停的时间或长或短，但又不说来找谁，也不试图进去。

这天陈辛言下班回来就遇上苏岸的车。

她车开到苏岸车旁边，按了下喇叭。

几秒后，苏岸那边车窗缓缓降下。

陈辛言探头问：“怎么？太阳打西边出来，终于听你妈的话来找我了啊？”

苏岸看了她一眼，没说话。

陈辛言也就说说，不会那么自恋以为苏岸是来找自己的。

她开玩笑道：“要不就是来找喜欢的小姑娘的。”

陈辛言就是开玩笑，根本没指望苏岸回答，却没料想几秒后苏岸“嗯”了声。

陈辛言嘴角的笑一僵，半晌才反应过来：“真的啊？”

“那你为什么不进去找她？”陈辛言格外会联想，“你不会惹人家生气了吧？”想想又觉得十分有道理，苏岸这种性格虽然安静，但是等到有矛盾了是真的气人。

苏岸坐在主驾，双手搭在方向盘上，估计几天没休息好，疲倦爬上他的眼角，他皮肤白，眼底青灰更显几分明显。

陈辛言见苏岸这模样，方才说他惹喜欢的女孩子生气他也没否认，陈辛言觉得自己猜得八九不离十。

她欲言又止：“你这样……不行的，女孩子是要哄的，你让她生气了就去道歉，去哄她。”

陈辛言顿了下："虽然对你来说好像很难，但为了喜欢的人还管它难不难呢，你做了什么，心里在想什么，都要试着跟对方沟通，你不跟人说别人怎么知道你关心她？"

隔壁苏岸一直沉默着，眼睑低敛，不知想什么。

第一次像个被训的小孩。

陈辛言自认识苏岸以来，虽然觉得苏岸性格有时的确不讨喜，但有时一些小事情也会觉得他可怜。也许是面相的原因，他有时会给人一种无辜感。

陈辛言车里手机响起，有人打电话进来，是陈父、陈母让她赶紧回家吃饭。

陈辛言应付几声挂了电话，转头对这边的苏岸说道："对了，昨晚我和我那小男朋友打电话被我妈听到了，她已经知道我俩是装的了。"

说完她耸了下肩："还冲我发了通脾气，这段时间辛苦你了，你也考虑考虑你自己的事吧，苏姨……你不好一直迁就她，她控制欲太强了。"

苏岸没说话，陈辛言也早习惯了，重新启动车子，要进小区："我先回家吃饭挨训了，对了，别忘了好好哄人家，要是进不去小区，你跟我一起进去。"

陈辛言以为苏岸不会回答了。

却在车开出去的前一刻，苏岸开了口："她又不见了。"

落寞又颓败。

陈辛言一愣，但车已开出去了。

好似窥见了别人的秘密一般，更何况还是苏岸这种话能憋几世的人，陈辛言回到家都没反应过来。

易胭最近出来交流学习无非就是听讲座，观摩手术，和专家分析病例。

比在急诊工作时闲。

同来的不仅有同医院的几位同事，还有其他医院的医生们。

又是一大清早，易胭起床洗漱后到讲厅坐上时还有点反应不过来。

台上有人在电脑前调试 PPT 和音频设备，声音些许嘈杂。

易胭手肘搭扶手上，手指交叉在身前，就这样头靠椅背闭眼休息。

身旁有人落座，易胭闭眼能听到声响，但没有睁眼。

几秒后身旁的人突然开口："你好。"

易胭这才有点反应，掀开眼皮看向来人。

映入眼帘的是一张有点熟悉的脸，易胭一下便认出这人是谁。

面前的人明显也认出了易胭，就是因为认出来才会叫醒她。

没等易胭开口询问，这人说道："我们上次在酒吧见过。"

和纪糖约在酒吧喝酒遇到苏岸的那晚。

那天晚上易胭正跟这男人聊天，苏岸看到了。

不过他似乎一点也不介意。

易胭忽然又想到苏岸，沉默一下后开口："嗯，见过。"

"真巧，"男人说，"没想到你也是医生。"

易胭耸下肩："我也没想到你是医生。"

男人这次没有穿上次在酒吧穿的夹克，外衣下是正装，他却穿出一种不正经之感。

他笑了声，朝易胭伸手："钱宇。"

也许是没在酒吧，两人都收了懒散之势，易胭抬手，回握一下："易胭。"

握完立即收回。

钱宇："我们就算认识了。"

这时发言人过来了，在台上做准备，讲座即将开始，讲厅开始安静。

易胭看向台上，钱宇也靠回椅背。

学术讲座冗长枯燥，易胭本就发困，这讲座无疑催眠，但她还是强撑着没睡，睁眼听完讲座。

讲座期间钱宇倒是没跟她说话，但台上人一发表感谢致辞，钱宇便开口问她："就你这困得快睁不开眼的架势，知道讲什么了？"

易胭虽从头到尾听完讲座，但她也承认："不知道。"

周围过道人流陆陆续续往外走。

易胭没跟人凑热闹，想等人都走了再起身。

"好在这讲座时间不长。"钱宇也没走。

易胭否认："不，挺长的，我饿了。"

钱宇转头看她："那一起去吃个饭？"

易胭余光扫了他一眼："不了，我回酒店吃。"

钱宇很意外："来这边好不容易有时间，你不旅旅游，在酒店休息？"

易胭收回目光，轻笑一声："休息挺好的。"

钱宇闻言挑下眉，但没说什么。

等讲厅人走得差不多，易胭起身准备离开，钱宇也起身。

到了讲厅外，钱宇说道："要是想玩了，可以找我。"

说着递了张名片给易胭。

这么不正经的人给名片还是怎么看怎么不正经，易胭抬眼皮看了他一眼，没接。

钱宇朝她抬了下下巴，又往前递了递。

易胭觉得这样再不接有点拂人家面子，接了过来："行吧。"

钱宇笑："有必要这么勉强吗？"但也不介意。

易胭也笑："不勉强。"

收起名片她先点了下头："先走了。"

"行。"

易胭在酒店解决午饭后，回房休息。

中途同行的同事下午没事约了一起去唱歌和逛街，易胭以身体不适婉拒了。

这么多年过去，性子没变，很多兴趣却变了，不再喜欢出去乱逛。

高中时候易胭总喜欢出去玩，不分昼夜，活脱脱一个不听话又爱惹事的坏学生。

而被她喜欢的苏岸则不同，听话，成绩好，不惹事不打架。

两人天壤之别。

苏岸也不愧为好学生，不太理会易胭的追求，易胭怎么撩拨他，他都无动于衷。

易胭以前总自信自己有一天能追上苏岸，只是时间长短问题。

没想追了一年仍没追上。

苏岸压根就没喜欢她的意思。

那次苏岸班里组织春游，易胭问苏岸去不去，苏岸不回答她。

易胭也不介意，自己跑去问苏岸班长。

“苏岸去啊，”苏岸班长跟易胭说，“我们班所有人都去，你问这个干吗？”

易胭正坐在这位男同学同桌的位置上，歪头：“你觉得我问这个干吗？”

“哦，”苏岸班长明了，点点头，眼神带了几分玩味，起哄道，“我们班春游可以带家属的！”

易胭也不害羞，坦荡弯唇：“我是苏岸的家属，他得带着我。”

坐在一起说话的两人完全没注意教室后方苏岸沉默泛冷的眼神。

阴暗，毁灭，占有。

说完易胭从班长同桌位置离开，回到苏岸身边，一屁股在苏岸同桌位置坐下。

“苏岸，你听到了没？你们班长说春游可以带家属一起去。”

不知道是不是易胭的错觉，她总觉得不过是去问了男班长几句话，回来后，苏岸脸色冷了几倍。

不过苏岸平时对她总是冷脸，她也没放心上，没见苏岸回答，又道：“你听到了没有，要带家属。”

苏岸脸色漠然，冷冷地说了一句：“你不是我的家属。”

易胭却笑嘻嘻地说：“没事，以后就是了，你急什么。”

旁边几个同学笑出了声。

周末便是苏岸他们班出去春游的日子。

全班不只计划玩一天，晚上还要野营。

易胭问了苏岸集合时间，苏岸难得一次跟她说了。

周六早上七点半集合，易胭六点多起床，七点就到了一中校门口。

可是一个人影没见到。

清晨空气中尚有一层蒙眬晨雾，晨光熹微，但是周围空荡荡的。

易胭是夜猫子，能早起已是不容易，眼睛都快睁不开，思绪也有点发蒙，想着人应该还没到。

可是七点半集合，怎么可能到现在一个人影都没有。

又站了十分钟，易胭总算发现不对劲了。

苏岸班级根本不是七点半集合，他们已经走了。

苏岸告诉了她错误的时间。

等回神过来知道这是怎么一回事的时候，易胭整个人怔在了原地。

苏岸不想她跟着，故意告诉她错误的集合时间。

上一秒还兴致满满，这一刻心情便跌入谷底。

先前不管苏岸怎么冷言冷语，易胭都不介意，甚至毫无退缩，可是今天一个人站在这空荡荡的一中门口，易胭心里后知后觉泛起一阵酸涩。

苏岸，原来这么不喜欢她啊。

纵使易胭平时再怎么没心没肺，此刻也很难不介怀。

虽然苏岸一直对她态度不算好，但也不坏。

易胭总觉得对于苏岸来说，不坏，大概就算喜欢了。

可是好像不是这样。

那时候的易胭十六岁，跟人打架，被人追踪，不管多难熬她都不会哭。

可是在这个早晨，她因为一个叫苏岸的男孩子酸了鼻头。

性格张扬，哭起来却是一抽一抽的，很安静。

易胭就这样拎着一袋准备和苏岸一起吃一起用的东西蹲在一中后墙一条巷子里，哭也不想让人看见。

这一蹲便是很久，也不知过了多久，忽然一人停在她身前。

易胭没抬头，听到苏岸的声音。

“别哭了。”

易胭在苏岸面前一向不好强，想哭便哭，想笑就笑，也喜欢跟苏岸撒娇，只要他疼她一点，她什么都做得出来。

易胭哭不想被别人看到，但苏岸看到她不介意，可她还是埋着头不说话。

苏岸没见易胭说话，垂在身侧的手指微动了下。

半晌，他在她面前蹲下来。

“我不去，你不能一个人去。”也没有丢下你。

易胭终于有动静，抬起头来，眼眶红红：“为什么我一个人就不能去了。”

苏岸看着她，没说话。

易胭吸吸鼻子，撇过头不看苏岸。

两人僵持半晌，易胭转回头，对他说：“我还没吃早饭，很饿，你带我去吃早饭，不然以后休想我理你。”

“嗯。”

易胭这才高兴了，把手里的东西塞到苏岸手里，起身走在苏岸前面。

走着走着，易胭转过身子倒退走，又问刚才苏岸没回答的问题：“为什么不让我一个人去春游，你们班除了你我还认识其他人。”

苏岸还是不说话，但这不妨碍易胭说话，她说：“我不管，家属只能跟着家属，你不去，所以你不让我去，肯定是这样。”

一中这条小路小石子多，易胭倒退着走，走着走着踩到小石子，忽然脚下一歪。

苏岸一直注意易胭的动作，迅速一步上前拉住她手臂，眉心微皱：“好好走路。”

易胭一觉睡到傍晚七点。

最近到了另一座城市，换了个城市，换了张床，她睡眠反而变好。

醒来时天幕已黑，房间里一片漆黑，只有窗边地毯被外头月光映亮的一角。

梦里是他，梦醒也是他。

易胭忽然想到以前某一晚她半夜醒来，忍不住给苏岸打电话。

打过去苏岸还挂断了。

真绝情。

易胭在心里暗骂一声，却笑了，肚子叫了声，她从床上爬起来，下床准备叫外卖。

易胭手机一般随处扔，她下床捡起扔在地毯上的手机。

刚碰到手机，屏幕适时亮起。

在看到来电号码那瞬易胭怔住，差点没接住手机。

那天删掉苏岸的号码，终是没舍得拉进黑名单，只从通讯录里删除了。

是苏岸打过来的电话。

♥ 第七章 ♥ 他比你好

换作以前，这个来电易胭早接了。

可这次没有。

十几秒的时间里易胭都没动作，只是攥着手机看上面那十一个数字。

直到某一刻，易胭主动挂掉电话。

屏幕熄灭那刻她忽然卸力一般，松了一口气。

苏岸对她仍有莫大吸引力，其实方才有那么一瞬她想接听电话，她想苏岸，很想。

从认识到现在，想了这么多年，从未停止过。

这世界好的人那么多，可她偏偏想这么个绝情玩意儿，还执迷不悟，忘都忘不了。

可那又能怎么办，自己当年一走了之，他身边有了别的人，怪不得别人。

可是易胭还是怪他，电话也不想接。她也不觉得苏岸给她打电话能有什么好话，自从见面来他对她都是冷言冷语。

易胭在床边坐下，自己安静一会儿后打开手机，继续刚才自己想做的事，点了份外卖。

几千公里外的另一座城市。

南郊公路发生一起毒驾车祸。

警戒线围起来的现场，一辆红色敞篷车撞上了一辆黑色奔驰。

车头已面目全非，看不清车牌号，驾驶座里的人也没救出来。

禁毒支队刚好外出处理案件路过这个地方，几人都下了车。

警戒线里医护人员和警员格外忙碌。

崔童：“这还开敞篷车，命都没了。”

陈宙：“你没看见人都甩出去了。”

红色敞篷车的车主正是毒驾人员，撞上人的那刻直接飞了出去，曝尸公路。

许骋正要问苏岸一点问题，凑过去：“苏队。”

在感受到苏岸周身冷凝气场时，许骋下一瞬立马住口，况且苏岸还打着电话。

眼前的苏岸目光沉沉锁在警戒线里那辆黑色奔驰上。

只一眼，他便认出了车型号，与易胭开的车一样。

手机屏幕的光线映着苏岸苍白的侧脸，周围环境杂乱，警笛声响成一片。

许骋这个位置能看到苏岸的屏幕界面。

某刻屏幕显示电话被挂断，许骋却意外发现身边的苏岸松了口气。

苏岸紧攥着手机的指节力气一松，主动挂断则安全，无人接听才是危险。

许骋下意识问：“苏队，怎么了？”

只不过一秒，苏岸脸色已恢复一贯漠然，他收起手机：“没什么。”

苏岸做这个动作正好袖子往下掉几分，身为警察，许骋警惕性较强，一下子发现苏岸手腕往下似乎有伤口结痂。

许骋瞬间一愣，但来不及看清楚，苏岸已经走向案发现场。

苏岸最近很少回苏家。

苏母打了很多次电话，苏岸都未接听，毫无例外。

苏岸自己外面有房子，一般回自己居住的地方休息。

苏母等不到他，终于自己找到了苏岸的住所。

苏岸性子冷，连房内装潢都是冷色调，墙体一色白，东西不多略显空荡，落地窗外光线打进来，一室明亮。

进玄关，苏母在客厅沙发坐下，不知是纠结或是顾虑其他，就这样在沙发上坐了半个多小时。

半晌她像是终于下定决心，从沙发上起身。

停顿两秒后径直走向苏岸房间。

这套房房间不少，却只有苏岸一人住，空荡寂寥。

即使整套房子取光好，也无法驱散室内寂寥之感。

苏母来的次数不多，但知道苏岸住哪个房间，她打开房门，进屋。

房内装饰也是一片冷淡，白色床单白色被单，叠成整齐的豆腐块，整个房间干净整洁得仿佛没有人气。

在这个冰冷的房间里，任何一丝烟火气都显突兀。

苏母一下子便注意到那丝突兀。

苏岸床头柜边放着一个木盒。

木盒形状好看，干净无落灰，一看就是被主人保护得很好。

苏母有一瞬勇气尽失，她知道自己会看到不该看的东西。

但时间一分一秒过去，门口的苏母终还是有了动作，手从门把上离开，迈步走了进来，每一步皆沉重。

她停至床头柜边，低眸看着那个木盒，长时间没动。

又愣了一会儿，她才拿起木盒。

这间房子一大片落地玻璃阻隔外界，正是下午时分，室内窗明几净。

苏母来到苏岸房里的单人沙发，坐了下来。

她没给自己任何犹豫时间，一刻不停地打开了木盒，怕自己反悔。

木盒打开，几样沾着时光的旧东西映入眼帘。

一簇红布条绑着的断发，几十张整齐叠放的泛黄纸张，还有一张印着口红印的糖纸。

在看到这些东西的瞬间，苏母整颗心脏被攥紧，紧接着，愤怒、难以置信、伤心等情绪一起涌来。

她甚至能想到，这么多年，苏岸就是这样靠着这些东西一遍遍想易胭，等着她回来。

自己想什么、要什么，他从来都不会讲。

从小到大苏岸从来没跟苏父、苏母说过他要什么，像是没有喜好一般，唯一一样跟苏母要过的，就是易胭。

木盒底一张张泛黄纸张被好好保存着，边角甚至没有一丝褶皱。

这些算不上礼物的东西，全被苏岸偷偷藏起来。

情绪冲击太过强烈，苏母的手止不住微抖，她拿起最上面的那张纸。

易胭的字就跟她的性格一样，张扬不羁，不秀气。

——我是二中的易胭，你一定要记住，不准忘了哦。

——写情书很俗套，但我就想跟你做俗套的事情，天天做。例如，你给我亲一个。

易胭的情书大多不长，反而像是挑逗苏岸的玩笑话。

——今天我的朋友们嘲笑我了，说我像个九十年代山里来的猴子，怎么追人还写情书？苏岸，你看我为了追你都变猴子了，你别让我当猴子了好不好，给我你的联系方式，我用新时代的方式追你。

——我头发又长了，今天剪掉十厘米，然后用红布条绑了起来，本来想收藏的，后来想想没什么意义就扔垃圾桶里了。

一封封看过去心拔凉的苏母在看到这封信后，整颗心瞬间跌入冰窖。

情书里那簇易胭剪掉的头发，现在就躺在这堆纸张旁边，多年过去红布条微褪颜色，黑发却柔顺依旧。

苏母手轻颤起来。

她缓缓闭上眼睛，胸口微微起伏，这些年她不是不知道苏岸在想什么，只是她不愿承认也不愿想。

无论如何她都接受不了易胭，接受不了这样一个性格不好、家庭背景还不干净的女生。

但其实她最不能接受的，是易胭拐走了自己听话的儿子。

她让他鬼迷心窍，执迷不悟。

苏母的情绪越来越不稳，连带着想起火灾丧生的苏泊，头疼起来。

就在苏母情绪濒临崩溃的那刻，房门口忽然传来声音，声线无波澜，过分冷漠。

“你在做什么？”

苏母抬头。

苏岸忽然出现在门口，她无一丝慌乱。

苏岸刚回来，身上外衣未脱下，手还放在门把上。

苏母既然会过来，就已经做好被苏岸发现的准备，她不慌不忙将纸张放进木盒里。

苏岸目光跟着她的动作走，似乎在确认自己的东西是否毫发无损，而后才重新抬眸看向苏母。

这些小动作瞒不过生性多疑的苏母。

苏母看他，忽然说：“你刚从水湾小区回来，对吗？”

她声音依旧温柔，瞧不出一丝心态上的不健康。

苏岸与她对视，没说话。

苏母也不用他回答，继续道：“妈妈知道你最近天天一直去那里找她。”

苏岸仍是安静。

她轻飘飘地触碰苏岸的伤口，因为长相原因竟给人一种无辜之感：“找到了吗？她是不是又走了？”

苏岸面无表情，没有一丝情绪破绽。

苏母盖上木盒，脸色有些许苍白，她嘴角扯出一抹笑，显得惨淡。

“苏岸，为什么我们不能像以前一样好好相处，我们能不能当这个人从来没出现过？”

苏岸这次没有沉默，笃定出声：“不能。”

苏岸虽平时性子冷漠，也一直跟苏母不热络，但很少顶撞苏母，苏母脸色一僵：“苏岸，爸爸和妈妈比不上她，是吗？”

苏岸皱眉：“这不一样。”

苏母长相无害，稍显柔弱，她嘴唇微颤。

“为什么不一样？为什么你和你哥都这样，就不能听听我的话？”

“你看看你哥，他但凡听我和你爸爸一句，如今就不会这样。”

“那女生跟你门不当户不对，拈花惹草，身世不干净，她会活活把你折磨死的。”

苏岸脸色寒了几分。

“还有，她妈妈吸毒，她也不是善茬，有一天也会……”

苏岸冷冷打断苏母：“她不会。”

“你怎么知道她不会？”苏母说，“明眼人都知道她会，泥堆里出来的人能好到哪里去？”

苏岸看着苏母，分毫不让，一字一句说道：“我了解她，她不会。”

苏母：“那你了解她根本就没那么喜欢你，次次都会把你踹开的事实吗？”

话题再次绕回原点，苏母一直很清楚，苏岸心里最放不下的点是什么。

苏岸思绪涣散，一时无言。

沉默几秒，苏母知道硬来没用，开始服软："当年我把你关起来，是我的错，我很后悔当时没控制住自己。这些年来，你是不是一直认为如果当年我不把你关起来，她或许就不会走了？"

苏岸被苏母道中心事，也无一分不悦，安静无话。

苏母将木盒搁单人沙发上，起身："她其实没走。"

苏岸原本低头，听到这话，一愣，才抬头。

苏母了然："你最近找人问了吧，医院上边那些人也问不到什么，是我不让他们说的。"

苏母理理鬓发，拎起手包："你也是成年人了，我如今不会再关着你，等你自己想好要家还是要她，再回来跟我们商量。"

分明是给苏岸下了一道难题。

选家，还是易胭。

苏岸没应，苏母擦肩而过离开房间。

苏岸许久没动，苏母全程说的话，他只把一句放心上。

她没走。

苏岸进屋，到单人沙发边拿起木盒，修长骨感的指节贴着木盒微不可察地摩挲了下。

他转身，走过去把木盒归回原位，重新放在床头柜上。

几天过去，易胭结束学习生活。

隔天所有人坐飞机返回，意外的是钱宇也跟易胭坐同班飞机。

钱宇还特意和易胭同事换座位，跟易胭坐到一起。

但易胭没什么兴致聊天，也丝毫不跟钱宇客气，直接眼罩一戴睡到飞机降落。

即使坐到一起，两人返程也没怎么说话。

飞机落地时天色已晚，拿行李的时候几位同事商量一起去吃饭，易胭睡了一觉精神不少，但也无心聚餐，她自从脱离校园环境后很少参加这种团体活动。

同事也清楚易胭从来不聚餐，平时私底下聚餐的确不会喊上她，但今天人都在这里，便有人象征性地问了易胭一句："易胭，一起去吃饭吗？"

易胭手插兜里，身上还有股刚睡醒的慵懒："不了，你们去吧。"

有比较爱八卦的小姑娘闻言探出头，往易胭身后看了一眼，玩笑道："易医生是要去约会吗？"

钱宇正站在易胭旁边一同等行李。

几位同事笑了起来，人本性喜欢八卦，最近去哪儿钱宇都在易胭身边，旁人早就好奇。

传送带上行李过来了，易胭欠身将行李箱拎起来放地上。她自然知道小姑娘们都在八卦什么，只言简意赅地回复了一句："不是。"

别的也不必解释。

几位同事八卦欲望被这句话浇灭，又敷衍几句绕开话题。

钱宇被易胭当众拒绝也不介意，易胭正单手推着行李要走，钱宇一把伸手轻拽住她的手臂："急什么，等我拿上行李送你回去。"

易胭一只手插大衣兜里："不了，我自己打车回去。"

传送带上钱宇的行李刚好过来，他松开易胭的手，拎起自己行李："有免费车不坐，故意花钱？"

两人同行，易胭毫无压力地说："打车钱我还是有的。"

钱宇："晚上你一个女生坐车不安全。"

易胭不置可否，转头上下看了钱宇一眼，才道："我看你更不安全。"

钱宇被她看笑了："看来你对我很有意见啊。"

易胭也笑："我只是实话实说。"

"也是，"钱宇痞里痞气地点点头："什么都瞒不过你。"

易胭收回目光，没说话，推着行李往前走。

期间钱宇又与易胭搭了几句话，两人出了机场。

本市气温不低，外头风带着刺骨的凉，易胭一头长发散在身后。

钱宇："空窗多久了？"

易胭难得一次没怼他，也不知在想什么，一时沉默。

过了一会儿，易胭吸口气，又呼出："大概我头发没到腰几年，就单身几年了吧？"

钱宇闻言挑眉，带着几分兴味：“什么意思？”

易胭高中头发要比现在长些，有一次她剪了头发，心血来潮跟苏岸说等她头发及腰了，苏岸就得跟她在一起。后来果真等她长发及腰，苏岸答应她了。

分手这些年来，易胭头发长了便剪，一直没及腰。

对于钱宇的探寻，易胭答非所问：“没什么。”

钱宇当然知道不是没什么，易胭会这样说背后就有故事。

不过他也没继续问，凡事得让人松口气，逼太紧没什么好处。

看着易胭还继续往前走，钱宇又拽住她的手，吊儿郎当：“喂，不是说坐我的车回去吗？”

易胭被钱宇拽得回身，翻了个白眼：“谁说要坐你的车……”

话未说完，余光捕捉到不远处迅速隐匿进黑暗的人影，易胭眉心微不可察一凝。

易胭一向机警，稍有些不对劲便能感知。

脸上表现却不明显，钱宇还在继续说服她：“我的车又稳又快，还免费把你送到家。”

话说一半被易胭打断：“行。”

易胭瞬间变了副表情，笑着看他道：“麻烦你载我一程。”

易胭忽然态度转变，钱宇反而不习惯，脸上表情一瞬凝滞。

但下一秒他便恢复自然，也不追究：“不知道的还以为你巴不得上我的车。”

易胭也恢复惯常神情，把刚才他说过的话抛还给他：“当然是因为你的车免费，可以省一百多呢。”

钱宇身上的装束已经没有前几天交流学习时那么正式，一身朋克装，气质懒散痞坏。

听易胭这么说，他偏头笑了下：“走吧。”

易胭也不客气，推着行李箱便走。

今天是第七天了。

天色昏暗，树影拦截路灯光，苏岸坐在无光的车厢里，一片死寂。

苏岸找不到易胭，已经七天了。

可是七天这个数字，苏岸是满足的。

毕竟相比八年，近三千个日夜，七天不过其四百分之一。

主驾车窗打开，隐隐传来马路上鸣笛车流喧嚣声，一辆辆车飞速而过，远了近近了远。

苏岸背靠椅背，一只手搭放在方向盘上。

在无人看见的地方，他背脊没有平时挺直，稍陷进座椅里，搭方向盘上的手也无力放松。

颓败又沉寂。

车灯划开黑暗，一辆车从转角出现，朝小区驶去。

苏岸车停路边，没注意车外动静，只看着小区门口。

车疾驰而过。

周围环境安静，隔壁车窗没降，两车擦过之际里头说话声短暂一瞬滑过。

无需清晰，苏岸便辨认出来声音主人。

他侧过头，眼风捕捉到副驾驶座上易胭身影。

多日等不到的人忽然出现，苏岸一向坚定漠然的眼睛忽然空茫，人在绝望或无准备情况下忽然被莫大喜悦砸中，反而不会哭笑，而是茫然。

镇定的人遇事也有不镇静的时候。

苏岸没反应过来，一瞬没动。

直到前方车停，红色尾灯在黑暗中明亮。

苏岸这才有了动作，搭方向盘上的手垂下，无意识要去推门。

易胭推车门从副驾驶座出来，紧接着驾驶座那边的钱宇也下来了。

苏岸推门的手一顿，他认得这个男人。

上次在酒吧约易胭过夜的男人。

钱宇动作迅速，开后备厢把易胭行李箱拎下来，推着朝她走过去。

两人不知说了些什么，易胭嘴带笑意。

聊着聊着钱宇俯身，笑着靠近易胭耳朵，不知说了句什么。

苏岸原本有些许迷茫的眼睛瞬间一暗，迷雾尽消。

水湾小区楼下。

“不请我上你家坐坐？”钱宇跟易胭说了几句后，俯身贴近她的耳朵。

易胭早有防备，迅速往后退一步，保持距离。

她直截了当："不了，明天还要上班，没时间招待你。"

钱宇的手还扶在易胭行李箱拉杆上，把行李箱往她那边一推，也不介意她如此直接："行，我有的是时间等你招待。"

易胭接过拉杆箱，一只手插大衣兜里，没接他的话："先上去了。"

钱宇轻点了点下巴："行。"

易胭一手拉着行李箱进了小区。

钱宇也就没久留，易胭一走他便上车离开。

周围又恢复一片安静，黑暗重新吞噬苏岸的车厢。

易胭态度明显，他不会误会易胭和那人的关系。

不过苏岸一直记得那男人跟易胭耳语的动作。

苏岸很久没动，不知过了多久，他终于有所动作，驱车离开。

易胭回来轮白天班，回到医院上班，护士小娜给她讲了很多八卦还有最近医院发生的事，工作烦闷之时便听这些琐事当消遣。

小娜前几天遇到一位病人，是一位七十多岁的老奶奶。

老奶奶有阿尔茨海默病，最近身体有点小毛病，家人将她送来医院。

那天老奶奶见到她就跟她聊天，前言不搭后语，小娜这人虽然平时咋呼，但对病人很有耐心，不然也不会做护士。

"那个奶奶就拉着我讲话，她问我有没有糖，"小娜说，"我说我没有，那奶奶就不高兴了，瘪嘴不说话。"

"我当时正想着怎么让她开心，奶奶忽然对我笑，她叫了我声'姐姐'，我当时就愣了。她说，我叫你姐姐你就给我糖好不好？"

"然后呢？"病房里另一位护士问。

"我就去办公室找孙医生要了几颗糖给奶奶。后来奶奶又来医院几次，一看到我就喊我姐姐，找我要糖。"

护士笑："这奶奶还挺可爱。"

易胭正写东西，闻言也莞尔。

小娜却叹了口气："但后来她家里人告诉我，奶奶之所以会叫我姐姐，是因为小时候这位奶奶的姐姐对她不好。后来我想是因为我一开始说没有糖，让她想起小时候了。”

老年痴呆症是一种让人类无力的疾病，老年人身体机能衰退不可逆，药物治疗也无法根治。

令人唏嘘又无能挽回的病症。

“哦，对了，”小娜忽然想起什么，“其中有一次我身上没备糖，然后你们还记得吗？就上次那个破窗进来抓人的警察，是他给了奶奶一颗糖，没想到那么冷一人身上还有糖呢。”

易胭手里的笔一顿。

另一位护士显然有印象：“啊，记得，长得很好看那个对吧，他怎么会在医院？”

“不知道啊，以前我也见过他，不过那次他来外科处理伤口，但最近几次都是在走廊遇到他，又不像来看病的。”

“老人家是不是也叫他姐姐啊，他什么表情啊。”

“才不是，奶奶很聪明的，看见是男的就不叫姐姐了。”

“会不会他自带高冷气场把奶奶给吓到了，不过这种人身上还带糖，真萌。”

“对啊，真的很好笑，给奶奶糖的时候表情还很正经。”

小娜说完正好有病人进诊室，几人没再交谈。

易胭没忽略小娜的话。

她记得，高中苏岸虽不至于讨厌吃甜的东西，但也不会喜欢。喜欢吃甜的，是她。

那段时间她在外地，苏岸来医院不是处理伤口，那是来做什么。

不过这些想法带来的猜测也只是闪过一瞬，易胭便瞬间收敛，病人在她桌前坐下来，脑里那些乱七八糟的想法瞬间被易胭抛到脑后，她开始工作。

早上风平浪静度过，下午有两台紧急手术，都是易胭协助陈主任手术。

忙完已经快到下班时间，易胭到诊室给手术后的病人开药。

病人手术后疼痛，易胭纸上龙飞凤舞，在写到“盐酸曲马多”时笔尖一顿。

最近因为去外地学习交流，易胭差点把这事给忘了。

她直觉昨晚在机场遇到的人，如果不出意外，大概率是追踪自己的。

但昨晚有钱宇在场，易胭懒得应付，也不想让人知道她的难处。如果跟踪她的人是崔环杰，在看到易胭身边有另一个男人的时候，且这男人身材看起来也算高大，会担心自己无法应付而不会追上来。

但如果是另一批人，也会担心事情败露不会跟上来。

不过易胭至今不知道那盒盐酸曲马多是怎么回事，无缘无故给人这盒药不像是陷害或者报复，更像是在恐吓。

不过好在易胭一向不怕恐吓，从小便没怕过。

唯一怕过的，大概是因为怕某些事发生没能和苏岸好好生活。

虽然后来两人还是分手了。

易胭思绪不自觉又绕到苏岸身上，她颇有些无奈，叹了口气，继续开药。

下班易胭离开诊室。

刚出诊室门，便在走廊遇见钱宇。

钱宇看到易胭并不惊讶："就是来碰碰运气，没想到还真碰上了。"

易胭手插白大褂兜里："那你还真挺会碰。"

钱宇："可不。"

易胭没停下脚步，往前走。

钱宇跟上："下班了，一起去吃个饭？"

易胭每次对上钱宇就没好脸色："你就这么闲吗，钱医生，你自己都不用上班？"

钱宇："这不刚下班就来找你了，你当我很闲啊。"

"饭你自己去吃吧，我现在没那个心情。"

这话一语双关，钱宇也听得出来。

没心情跟他吃饭，也没心情谈一段感情。

钱宇笑了声，一副不正经样，抬手拽住易胭的手臂。

"我又没那么急，"钱宇高易胭一截，朝她笑，"骑摩托去不去？咱俩比个输赢。"

易胭闻言一阵意外，钱宇这人其实很精明，很容易摸得清她喜欢什么不喜欢什么。

这次她倒是没有拒绝，十分有兴致地问：“比输赢？”

钱宇点头：“你输了我请你吃饭，赢了可以不跟我吃饭。”

易胭挑眉：“行。”

钱宇跟易胭独自相处的目的达到，这才松开她手臂，略一抬下巴：“那走吧。”

易胭坐钱宇的车离开医院，他把车开往城郊一个地方，那里有骑摩托的场地。

正是下班高峰期，车流堵塞，走走停停。

路上还几次遇到红灯，后来到了公路才通畅。

一个多小时后两人到达目的地。

易胭推门下车，城郊的空气要比市中心好一点，她深吸了一口气。

那边钱宇已经下车了，带易胭朝里头走去：“这是我朋友开的，以后你想来就来。”

对于钱宇朋友也这么有钱，易胭一点也不意外，从见到钱宇第一面开始，易胭便知道他不是简单的人。

场地里时不时传来刺耳的引擎声，忽远忽近。

圆弧形摩托车道，车轮胎一个叠一个隔绝中间的草地与车道。

已是傍晚，路灯白色的光线打在车道上，莫名有种苍凉感。

车道上有人骑车，疾速驰骋，转弯，动作行云流水。

不管视觉抑或听觉，都激起人体内一阵热血。

易胭盯着车道上那道穿车服戴头盔的身影，一时有点移不开眼。

直到前面钱宇喊了她一声：“看什么呢，换衣服去。”

易胭朝车道那边抬下下巴：“那人骑得不错。”

钱宇进来也有注意到车道上的人，赞同：“的确不错。”

但男人的胜负欲与挑战欲也不可小觑：“或许我能骑得比他好。”

易胭知道钱宇说的是实话，钱宇这人自带自信气场，但不是说大话的类型。

她弯唇：“拭目以待。”

两人换好衣服出来，易胭一身橙白相间服装，一头长发束起来，比平时更神清气爽。

钱宇：“以后多扎头发吧。”

易胭直接拒绝："不扎。"

钱宇觉得易胭就喜欢跟他杠："行吧。"

车道上已经没人，只剩车道上炽亮灯光，天色全暗。

钱宇在告诉易胭一些事，两人都没注意前方走过来的人。

某刻易胭眼睛不经意一瞥，眼神一停。

前面的人一身黑白相间车服，衬得身材精瘦颀长，头盔夹在手臂间，头发微湿。

只一眼，易胭便愣住了。

就在易胭感觉格外强烈之时，前面的人抬起头，目光颓丧又阴郁，额前碎发浸汗微湿，带着荷尔蒙的冷。

易胭在触及苏岸目光时，脚不受控制地停下，像是被他的眼神制止一般。

身旁钱宇注意到易胭的动作，转头看向身侧："怎么了？"

说完注意到易胭的目光，顺着她的目光看到苏岸，再看回易胭："你认识？"

对面苏岸越走越近，两人无言，目光又毫不躲闪，直直看着对方，谁都没避开。

直到某刻，易胭转眸，没再看苏岸。

"不认识。"

易胭说完，与苏岸擦肩而过。

风疾速刮过耳际，车疾速贴近地面。

车道上传来摩托引擎刺耳的喧嚣声。

易胭和钱宇骑车结束后已经是晚上九点多。

易胭车刹停，单脚支地，摘下头盔，长发微乱。

钱宇也停在她身侧，取下头盔防护罩，侧头看她，"车骑得不错。"

易胭把头盔搁身前，抬手一把摘了头上发圈，头发一泻而下，发丝蓬松柔软。

她谦虚道："一般。"

有人骑得比她好。

钱宇毫不客气，把她所想一语道出："刚才进来遇到那男的骑得比你好。"

易胭沉默。

钱宇忽然说：“我知道他，上次在酒吧见过。”

易胭听这话也不意外，苏岸长得好看，自带气场，想不记得都难。

她“嗯”了一声。

“你们认识。”钱宇很肯定。

易胭不想解释什么，腿一跨下车。

“我赢了，可以选择不跟你吃饭。”

钱宇笑了下：“还真不客气。”

“送你回家？”他在后头问。

前面易胭停了脚步，回头，忽然正经叫了一次钱宇的名字。

钱宇有点意外，看向易胭：“嗯？”

“我没什么兴趣谈情说爱，对你，”易胭歪头拧眉想了下，“也不来电。”

钱宇很少遇到像易胭这种性格合他口味还难追到手的女人，今晚估计就是借骑车输赢来划清界限。

不过他也不是平常人，嘴角一勾，很轻松地问她：“不来电是不能谈恋爱，但做其他呢？”

易胭当然知道他说的其他是什么意思。

风吹过易胭发尾，她笑了下：“不行。”

看着钱宇，易胭又重复一遍自己的意愿：“我只对来电的人有需求。”

钱宇也不是死缠烂打的人，微点头：“行，那以后还是朋友。”

她点点头，打声招呼：“那我先回去了。”

易胭这态度就是不想坐他的车回去，钱宇也不勉强：“行。”

易胭走到半路，后头坐车上的钱宇忽然问：“你对刚才那人有需求吗？”

易胭脚步没停，也没打算回答这个问题，沉默。

她就知道什么都瞒不过钱宇。

“做过吗？”身后的钱宇又问。

话音落下，易胭脚步慢慢停住。

不知在想什么。

半晌，易胭重新迈开脚步，坦荡回答道：“做过。”

说完径直离开。

易胭不喜欢一个人在外面吃饭，打车回家，到家后点了外卖。

外卖点完不久纪糖电话便打进来。

易胭接了电话：“干吗？”

纪糖骂了一声：“我们这么多天没见面了，你这啥态度呢？”

“行吧，”易胭说，“为了表达我的想念之情，邀请你来我家吃外卖。”

纪糖：“滚吧。”

易胭笑了声。

“我最近忙死了，”纪糖跟易胭埋怨，“我爸看我整天没事干，把我塞到他其中一个公司里做基层员工，还不让我说是他儿子。”

易胭难得像姐姐一次：“纪糖，你爸这么做是为了你好，你的确有资本玩，可是你爸留给你的钱也总有花完的一天。”

纪糖其实也不是懒，就是身为富二代没有平常人为了谋生产生的烦恼，所以比别人少了事业心，从小纪家对他也不严格。

听到易胭教诲，纪糖也没顶嘴，知道自己理亏，“嗯”了一声：“所以我乖乖听话去他公司了，一天迟到旷工都没有。”

易胭笑：“跟我吐槽可以，就是别罢工。”

“我才不会，我爸说以后家里这担子都得扔给我，”纪糖说，“不过我爸每个星期给我放假一天，其实也就是跟他底下员工一样，一星期一休。我妈快心疼死了，我爸无动于衷。”

说着说着纪糖不知想到什么，叹了口气：“不过这样也好，我就没时间想其他了。”

易胭知道纪糖想什么，问：“多久没跟她联系了？”

纪糖：“半个月了，已经半个月没找过学姐了。也对，从来都是我主动联系她，她才不会联系我。”

纪糖虽从小成长环境优渥，却很少拈花惹草，从小到大也只喜欢过这么一个人，一追便是几年。

“算了，不管了，”纪糖说，“我俩怎么就喜欢在一棵树上吊死，真吊死了怎么办？”

易胭靠玄关墙上，脸被玄关壁灯镀上一层柔光。

沉默一会儿后，易胭开口，话出口不知几分真假："那就换一棵吧。"就不会吊死了。

纪糖也沉默，其实他们都清楚，如果这么容易就能换，他们两个也就不会耗这么久了。

想想话题仍是过分压抑，纪糖转移话题："对了，最近我爸公司有一女生追我，挺可爱一小姑娘，单纯冲着我的脸来，都不知道我是她老总儿子。"

"我俩座位离得近，这小姑娘天天请我喝星巴克。我爸公司的基层员工就那点工资，我都怕给人吃穷了。"

易胭："那你还喝。"

"没啊，我拒绝了，但她还是锲而不舍地送。"

说完纪糖叹了气："说白了我们就是作，喜欢我们的，我们不要，一个劲儿追不要我们的，真傻。"

纪糖说话直接又中二，却有理。

易胭听他的话沉默。

门铃响起，易胭背微使力从墙上起身："我去开门。"

"外卖来了啊。"

"估计是。"易胭说着到门边打开门。

外面一位穿着制服的外卖员，易胭还在跟纪糖讲电话，没看来人，接过递来的外卖。

视线往下，易胭看到外卖员腰间别着的黑色小包。

黑色小包拉链没拉紧，里头物品露出一角，盐酸曲马多的盒子。

易胭忽然警惕，但脸色未变，如往常一般。

她看向外卖员的脸，这才发现外卖员微低头，一顶鸭舌帽遮眼，脸上也戴了口罩。

易胭神色无变化，如常与纪糖对话："我外卖到了，你可以过来吃了。"

果不其然，她这话一落，本来稍有停顿的外卖员便转身走了。

纪糖那边则是一脸蒙："你这真诚邀请我吃外卖的语气是怎么回事？"

外卖员已进电梯，易胭关了门，进屋："你想吃我还不给你吃，谢谢。"

易朋把外卖盒放桌上，对电话那头纪糖说道："先这样，有空再联系。"

说完挂了电话。

易朋低头看向那袋外卖，方才她是故意让外卖员听见她和纪糖在打电话。其实一开始她还不确定盐酸曲马多和这外卖员有关系，事实上有的病人因为吃盐酸曲马多过频成瘾，医生见形势不对就不会再给人开药，这时候有些病人便会通过不正当渠道购买盐酸曲马多，通过外卖送货便是其中一种。

易朋只是最近见到这药有点敏感，本来还不确定是否有关，但在看到外卖员知道她在打电话后的反应，她确定一星期前那盒掺在感冒发烧药中的盐酸曲马多与外卖员有关系了。

外卖员知道易朋在跟人通话，如果稍有动作电话那头的人会知道，所以立马离开。

可同时易朋又觉得这事有几分奇怪，微微皱眉。

如若那盒盐酸曲马多是外卖员放的，他又为何要放，这样做反而更容易暴露。

那盒盐酸曲马多到底是谁放的？

外卖放桌上，易朋多了个心眼没随便吃，思索半天无果，披上外衣下楼。

最后易朋跟物业申请调取监控，隐去一部分细节跟物业说明原因，值班的人才给她调了监控。

那天易朋中午在崔家吃饭，当时还发着烧，吃完便回家睡觉，傍晚出去拿外卖时便看到挂在门口的药。

所以把药挂在她家门口的只有在中午到傍晚那段时间。

监控里一切如常，直到傍晚六点多，一个身影出现在易朋视线里。

在看到监控里的人时，易朋霎时愣住了。

监控画质没有清晰到看清人脸，但易朋只凭一个身影还是认出来了，是苏岸。

易朋看着画面里苏岸把药挂在她家门把上，整颗心脏瑟缩了一下。

苏岸把药挂她家门上后没有离开。

易朋盯着屏幕看，莫名紧张起来。

他微低着头，停在她门前许久没动。

半晌，他的手从她家门把上收回来，还是走了。

看到这里，易朋呼吸已经微微不顺畅。

她不是没想过那袋感冒药是苏岸送的，那天她和苏岸在电梯撞见，他看她那一眼目光满是审视，应该是看出她脸色不好生病了。

可易胭完全不敢想，想太多不可怕，最可怕的是自作多情。

如此一来，易胭也想明白苏岸出现在医院摘她口罩的原因。

他，在担心她？

易胭满腹疑问，脑内纷乱，监控却在如常播放。

可直到外卖员身影出现在监控里，中间不再有任何人来过。

易胭看着监控里外卖员的身影，与今晚的外卖员不是同一个。

她眉心一皱，注意着那人动作。

可直到她开门出来拿外卖，那外卖员都很正常，没动过她的袋子，也很礼貌地递给她外卖。

而后监控里她拿下了门把上挂着的那袋药，进门，又出门，是她下楼把那袋药扔了。

看到这里易胭整个人已经愣住，还未从苏岸送药的震惊中反应过来，已经因另一个事情怔住。

这药自始至终，只有苏岸动过。

那盒盐酸曲马多，也是苏岸送的。

“易小姐，”忽然，身侧的值班人员礼貌叫了易胭一声，“监控看完了，有看到你想找的人吗？”

易胭回过神来，起身，脸色恢复惯常神色，她没有多说，笑道：“谢谢，麻烦你了。”

离开物业中心，易胭整个人还没反应过来。

♥ 第八章 ♥　我不要喜欢你了

直到晚上睡下，易胭都没明白是怎么一回事。

苏岸给她送那盒药，是因为什么？

而那个身上带有盐酸曲马多的外卖员，又为何恰好行动那般奇怪？

一夜无梦，易胭准时五点多醒。

一醒她便没了睡意，从床上坐起。

昨晚因为想着事，回来没想起没吃外卖，现在看到茶几上摊着的外卖，易胭才想起昨晚外卖扔桌上就没去管。

昨夜睡前洗了头，醒来发质蓬松，易胭光着身子掀被下床。

走到半路，脚步忽然顿住。

易胭盯着那个外卖盒，脑子里忽然闪过崔依依跟她说过的话。

之前崔依依给她打电话时说过崔环杰无意中暴露出来的一些话，易胭拧眉。

崔环杰说过，他住在人很多的地方，环境差很挤，半夜还得爬起来送东西。

她脑中一怔，一个晚上想不通的事情，几乎是一瞬全部在脑子里连成一条线，一片明朗。

她在原地站了几秒后，反应过来转身朝床边走去，捞过一旁的睡袍穿上。

边系衣带边拿过手机给崔依依打电话。

崔依依平时需要照顾崔奶奶，都会早起做饭，做完饭陪老人吃完早餐才去上学。

但今天崔依依没有如易胭意料般早早接起电话。

一遍电话结束，崔依依那边仍无动静。

易胭心里感到几分怪异，没等她想出什么，崔依依的电话便进来了。

她接听，崔依依的声音传过来："易胭姐，怎么了？"

平时崔依依即使多早起，也很少会有声音疲惫的时候，因为她早就习惯早起，今天却一听便能听出深深的疲惫感。

易胭自然听得出来："你听起来很累？"

崔依依顿了一下，才如常回答："没有啊，就是昨晚熬夜做作业了，今天又早起，有点困，一熬夜声音也哑了。"

说完崔依依转移话题，问易胭："你找我有什么事吗？"

易胭的确有事要问："你知道崔环杰最近在做什么吗？"

崔依依如实跟易胭讲："最近他回家时间挺多的，一回来大多是吃和睡。"

易胭："你能不能大概猜出他在外面是忙什么？"

崔依依虽然几乎每日都能见到崔环杰，但崔环杰大概知道她跟易胭有来往，做什么事都不会让她知道，格外防着她。

崔依依说："不清楚，他没让我知道他在做什么，平时看到我都免不了骂我几句。"

"哦，对了，"崔依依像是突然想到什么，"我不知道这个有没有用，昨晚他衣服扔洗衣机里，手机放兜里也扔进去了，我帮他拿出来不小心按到他屏幕，通话记录里有很多没有备注名字的号码。"

说到这里，易胭已经弄明白是怎么回事了。

其实易胭就两年前见过崔环杰一面，对这人长相和身型记忆不深，但她已经能知道昨晚的外卖员就是崔环杰了。

这一切跟方才自己脑子里所想的来龙去脉重叠。

崔环杰说过住的地方人多拥挤，应该是住在宿舍，环境脏乱，半夜爬起来给人送外卖。从戒毒所出来后崔环杰这种人肯定不会走正道，昨晚包里露出来的盐酸曲马多估计就是他送的外卖。

盐酸曲马多在外不好买，必须由执业医师开处方才能购买，这种镇痛药含有毒品成分，稍不注意就会上瘾。

崔环杰不仅给人送外卖，也给人送药，手机里那堆没备注的号码应该都是点外卖顾客的号码。

挂了电话后，易胭在床沿坐下。

崔环杰是送盐酸曲马多的，如果他记恨易胭举报他吸毒想要报复，肯定不会这么蠢，故意到她面前塞这么一盒盐酸曲马多暴露自己身份。

而监控也证明这盒药不是他放的。

是苏岸。

苏岸这名字，无疑是易胭生命中最柔软的二字。

易胭撑床沿的手指微微蜷曲了一下。

她不傻，到目前所有的事她都清晰了。

苏岸放的那盒药不过是在提醒她，崔环杰最近在贩卖盐酸曲马多，让她以后多提防这种平时她总打交道的药品。

易胭也如他所想的那样从那以后便对这种镇疼药格外敏感。

如若一开始不是苏岸，易胭今天见到门外的外卖员，估计不会有任何防备。

理清来龙去脉后，易胭坐在床上半天仍未缓过神。

她疑惑自己和崔环杰这种私人恩怨苏岸怎么知道。

她自己不怎么害怕崔环杰的报复，苏岸的行为仿佛比她这个当事人还要上心几倍，可他从来不讲。

六点半需要到医院，易胭没再留在家里，起身离开家工作去了。

那天之后易胭没再点外卖。

其实她很不愿再和崔环杰牵扯上关系，自崔环杰从戒毒所出来，易胭没对这件事上心，其中除了懒得应付，便是怕再次惹麻烦。

消极应对，比担惊受怕好。

这天易胭主动约纪糖出来吃饭。

纪糖到的时候，易胭正拿着钳子烤肉。

他在易胭对面坐下："刚才你约我吃饭那电话简直救了我一命。"

"怎么了？"易胭抬头看他。

"小姑娘约我吃饭呢，我说我有事，这小姑娘不知道是不是一根筋，问我什么事，我被问住了，半天憋不出一句话来，"纪糖脱下身上大衣搭旁边，"幸亏你打电话过来了，救我一命。"

易胭笑他："人家小姑娘伤心死了。"

“那也没办法，”纪糖垮下嘴角，“我不想渣，不喜欢就别给别人留念想。”

易胭夹起烤肉放菜上：“是这样，但挺残酷的。”

特别是当自己成为追人那方的时候。

纪糖搓搓手：“这都春天了，还冷成这样，我脑子都快冻成冰了，今天工作半天脑子没转过来。”

易胭将烤肉送进嘴，朝滋滋冒气的烤炉抬了下下巴：“脑袋结冰搁上面滋滋，热乎还香，以后还能变聪明点。”

纪糖：“……”

说完纪糖也上手吃东西，吃着吃着突然问易胭：“你最近怎么一直主动找我吃饭？”

易胭：“不是你说的吗？一个人吃饭寂寞。”

“哦，敢情你是给我送温暖来了。”

易胭弯弯眼睛：“是，看我多好。”

纪糖嫌弃：“滚。”

两人坐窗边，说着说着烤肉店门开，带进一阵风。

纪糖背对门那边，瑟缩一下：“这风也太冷吧。”

易胭一个抬眸，愣了一下。

推门进来的苏岸显然也看到她，两人对视。

正烤肉的纪糖看对面易胭表情停滞，问了句：“怎么了？”

说着顺着她的视线回头，看到后面的苏岸。

纪糖其实有点怕苏岸，他身上那种冷漠气场太强，赶紧回头。

好在苏岸自始至终没分他一个眼神，只看着易胭。

苏岸不是一人来的，之前陆陆续续已经进去几个小伙。

崔童最先挤进来，猫腰裹紧身上的衣物：“太冷了！”

许骋和陈宙跟在身后。

即使后来知道那袋药是苏岸送的，易胭也没去问过苏岸，但现在面对苏岸，情绪不似以前那般急切地想逃离。

两人都看着对方，有瞬间一动没动。

走前面的几个队员也发现身后的苏岸没动，崔童转过头：“苏……”

下一瞬他的嘴被旁边的许骋捂住，许骋和陈宙把他带到里头找座位去了。

店门又是一开，陈辛言的出现打破了这一僵局。

“嘿，巧了，你也来了。”

易胭原本还看着苏岸，视线触及后面来的陈辛言，像是被唤起某种情绪。

她终于不再看苏岸，转开目光吃东西去了。

陈辛言身后还跟着另一个男人，高瘦，戴着一副金丝边眼镜。

易胭没注意。

陈辛言顺着苏岸的视线看到她，觉得有点眼熟，不知想到什么，挑挑眉，忽然转头跟男朋友小声说：“你先找个位置，我去上个洗手间。”

说完也不管身边的苏岸，朝易胭的位置走过去。

陈辛言停在易胭桌旁，歪头跟她打招呼：“美女，我看你长得挺漂亮，可以邀请你跟我去下洗手间吗？”

空气瞬间静止。

纪糖心想，怎么听起来像在撩妹？

易胭淡定抬眸，陈辛言长相甜美，朝易胭笑：“可以吗？”

陈辛言在易胭印象中还是苏岸女友。

易胭虽疑惑，但也很镇定，抽了张纸巾擦手，而后从容站起，对她笑了下：“走吧。”

二人全然没管其他人。

来到洗手间，易胭挤洗手液洗手。

陈辛言站在洗手台前，抱臂端详镜子里的易胭，诚心夸奖：“你长得真好看。”

易胭抬眸对上她的视线，弯唇谦虚接受：“谢谢，你也是。”

陈辛言开门见山：“我不是苏岸的女朋友。”

易胭任水流冲洗的手一顿，便又继续洗。

陈辛言：“你自己是不是没问过苏岸？”

两人不用过多铺垫，易胭关水龙头，思索一下后问：“问前男友是不是有了现任？”

陈辛言扑哧一笑，同为女生都能理解这句话的尴尬点：“也是，换作是我，遇到前男友打死也不会问他这种问题。”

“不过……”陈辛言转过身子靠在洗手台边，“苏岸这人你要是不问他，他不会说。”

陈辛言很好奇，偏头看易胭：“你俩以前怎么好上的？”

一个不会问，一个不会说。

易胭笑了下，听陈辛言这么一问，才意识到她和苏岸一直陷入死胡同。

以前一直是她主动，什么都敢问，苏岸格外被动。

她一不主动，两人就没结果了，但主动久了也会累。

陈辛言男朋友给她发消息，她拿出手机看了一眼：“我男朋友喊我过去了。”

说完继续道：“其实我跟苏岸之间真的没什么，不过就是双方都被家里人催婚，干脆互帮一把演个戏，我爸妈不让我跟我男朋友在一起，苏岸是他妈催婚催得紧。”

她笑：“这么多年他一直单身呢，他前段时间是不是惹你生气啦，一直在小区外等你。”

易胭愣住，与此同时，她大衣兜里手机振动，打断了她的思绪。

易胭拿出手机，看到崔依依来电。

“不好意思，接个电话。”

陈辛言刚好要回去：“那我不打扰你了。”

说完从洗手台边缘起身，离开洗手间。

易胭接听崔依依的电话，那边崔依依声音带着哭腔：“易胭姐，易胭姐，救救我。”

易胭眉心一皱，但还算镇定：“你别急，慢慢说，你现在在哪儿？”

崔依依那边又急促地说了几句，易胭眉心越蹙越紧，挂断电话匆忙离开。

在易胭和陈辛言去洗手间的时候，苏岸临时接到电话。

他退出门外接听。

禁毒支队几人坐在靠墙一桌，看着队长出去，对刚才围观的全程有点嘴痒。

有人提起话题：“队长前女友、现女友到洗手间干吗？”

“谈判？”

“宣示主权？”

“打架？”

崔童呸了声：“说什么呢？没看见刚才那位陈小姐有人陪着一起来啊，人家还很亲密，男女朋友没跑了，什么苏队现任。”

陈宙说：“不是，你们怎么就认为陈小姐是苏队女朋友了，你们看到他们俩在一起过？”

“也没有，”有人小声道，“就是上次陈小姐来市局找苏队，苏队身边很少出现女生，他们看起来关系也不差，大家就都这么认为了。”

刚去拿东西回来的许骋听到他们的话：“瞎猜什么。”

他在陈宙和崔童身边坐下：“我上次问过苏队了，他说不是。”

陈宙年纪比在座几位稍大一些，指了他们一下：“一个个乱猜。”

崔童越过陈宙问许骋：“苏队跟你说，你怎么都不帮他澄清一下啊，连我都不说。”

许骋：“你以为人人跟你一样八卦？”

“你！”崔童恶狠狠看了许骋一眼，“以后有八卦别指望我跟你讲。”

许骋笑：“小屁孩儿，幼稚。”

崔童：“我就小屁孩儿，我就幼稚怎么了！”

桌上格外吵闹。

“苏队干吗去了？”吃到一半有人问，“我们都快吃完一轮了。”

崔童塞了一块烤肉进嘴：“接电话去了吧，我刚看他出去接电话了。”

话落，苏岸便推门进来，崔童：“喏，回来了。”

苏岸径直走到桌边这群队员给他留的位置坐下。

“苏队，快吃，这家烤肉店真好吃。”

苏岸“嗯”了声，身上长外套未除，目光朝易胭那边看了一眼。

易胭还没回来。

这时陈辛言从洗手间回来，经过苏岸他们那桌，看到苏岸意味不明地说了一句：“主动点啊，哥。”

苏岸注意力没放在她这句话上，只注意到陈辛言身后没人。

他仍旧没什么表情，开口：“人呢？”

陈辛言脚步一顿，停下来后才知道苏岸是在问易胭，回答：“她在洗手间啊，接电话呢，有人给她打电话我就出来了。”

陈辛言话落，不远处的男朋友朝她招了招手，她看了苏岸一眼：“我过去了。”

苏岸“嗯”了声。

十分钟过去，走廊那边仍无动静，没人再走出来。

苏岸转眸瞥了眼易胭座位，她对面的纪糖似乎收到什么短信，脸色有几分焦急。

苏岸虽仍不动声色，但已经迅速从位置站起，朝纪糖那边走过去。

正看手机的纪糖抬眸看到苏岸，像是看到救命稻草般站起来朝苏岸跑过去。

还未等苏岸问，纪糖便急急拿出手机给苏岸看：“易胭，易胭给我发了这个地址。”

苏岸看了眼屏幕，没什么情绪的脸终于有丝波动，微蹙了眉。

下一秒没再说什么，苏岸冲出了店门。

彩灯流转，舞池人群极乐。

夜店喧闹的音乐扑面而来。

易胭径直往楼上包厢走去。

崔环杰是财迷，进戒毒所前干过一些见不得人的贩毒勾当，进去两年出来后市场已经变了不知几遭，无从下手。

吸毒没有大量钱财吸不起，家里老人、女儿根本要不到钱，要不到便拉出来赚钱，崔依依这几日便是被崔环杰撵出来打工。

而且必须是他自己指定的场所，哪里钱多就让崔依依去。

白天上课照顾崔老太太，下课便到酒吧打工，有时候一晚上都睡不了觉，通宵来不及休息就回学校上课。所以之前与易胭打电话才会那般疲倦。

一开始崔依依只需做些端酒水的活，她能忍受所以没告诉易胭，觉得给易胭添太多麻烦不好意思再打扰易胭。

直到今晚，崔环杰开始不满崔依依每天只给人端酒水。

让她到包厢陪人。

崔环杰不容崔依依拒绝，丝毫不在意崔依依是他女儿。

崔依依万分恐惧，找到机会给易胭打电话求救。

走廊灯光氤氲，铺着长红毯，易胭在路上遇到几个长相极佳的女生和穿制服的男员工。

崔依依给易胭发了房号，易胭找到房间，没有一丝犹豫按下门把，推门。

包厢里烟雾缭绕，光线不亮，易胭进来后对黑暗有点不适应。

几秒后她才看清包厢里的状况。

U型沙发上坐着人，三三两两分布，其中有个男人还搂着两个小姐。

包厢门突然被推开，里面人警惕，目光都落在易胭身上。

易胭见多这种场面，处变不惊，目光在屋内巡视一圈，迅速找到崔依依。

崔依依在一个三十多岁的男人身侧，战战兢兢地坐着，两手紧攥拘谨地放在大腿上，能看出眼眶很红，身子被男人歪搂着，男人正劝她喝酒。

看到易胭那瞬，崔依依脸上的害怕和绝望还未来得及收回，眼里全是惊恐。

在所有人的注视下，易胭从容走进包厢，顺手贴心关上门。

她朝崔依依走去。

崔依依身旁的男人有几分戒备："你干吗的？"

易胭来之前脸上的凝重已经消失，嘴角的笑意难辨真假，她仿佛没听见别人说话，仍是直直朝崔依依那边走去。

她停在崔依依三人面前，一把伸手拽起崔依依手臂拉起来："不好意思，我是她姐。"

搂崔依依那男人怀里人被拉走，不悦地皱了眉。

易胭搂着崔依依的肩："小姑娘还未成年，未成年接这个……也不太好，她不肯，闹出事怎么办？"

果然听到这句，男人脸上神色没那么不悦了。

旁边有人煽风点火："那怎么办，这还缺个小姐啊，再找一个太麻烦了，要不就你替你妹好了。"

原本这些人都以为会被拒绝，易胭却是粲然一笑："好啊。"

易胭大衣敞扣，里头穿着一件白色毛衣，崔依依听了她这话，心里一紧张，攥住她的袖子。

易胭知道崔依依在想什么，转头，低声跟她耳语："你先走，别管我，我能应付。”

崔依依身板很瘦，因害怕而微抖，她的声音带了丝哭腔：“他、他们是卖药的，迷药。”

易胭眉心微不可察一蹙，但没表现出来，她不能让崔依依紧张，也不能让旁人看出她的异样。

“没事，你先走。”易胭低声说道，脸上虽还是微笑，却小声说了两个字，“报警。”

原本不想惹上事，但既然无后路，就得报警。

崔依依听话地松开她袖子，出去了。

易胭转身在崔依依原来的位置坐下。

易胭身材比崔依依成熟，且她好看得多，男人当然不计较，搂过她的肩膀：“挺疼妹妹啊。”

说着一杯酒送到易胭唇边，易胭不经意间躲开：“还行。”

这帮人卖迷药，酒里会下什么，不言而喻。

她不动声色地扫视一圈，这屋里男人不少，且个个身材高大。

若刚好这帮人身手不错，她要走需要费一番力气。

易胭尽量保持滴酒不沾，酒杯推拒几个来回，一开始易胭拒绝，男人尚有心思和她周旋，到后来直接没了耐心。

男人眉心一皱，声音有几分严肃：“喝不喝？”

易胭心下一沉，知道拖不下去了。

就在易胭下定决心起身，准备摔翻身旁男人的时候，包厢门忽然被打开，走廊光亮泄进来。

时间仿佛突然静止。

易胭抬眸，一愣。

苏岸手还留在门把上，出现在门口。

两人目光对上。

短短时间内先后两个人闯进来，包厢里头几人本就干着不能见光的勾当，到此时都有点不耐烦了。

“这来的又是谁？”有一个人喊了那个坐在易胭身旁的男人一声，“你叫我来谈生意就是这样谈的？”

男人皱眉，脸现恶相，原本想冲门口的苏岸吼一声，却见苏岸迈步走进来，关上门。

苏岸眼神没分旁人半毫，朝易胭这边走来。

易胭原本可以甩开男人放在她肩上的手，可这时看着苏岸，她忽然不想动了，就那样直直地看着苏岸。

许是苏岸身上气场太过冷漠，男人到嘴边的话咽了回去。

等苏岸停在他们面前，男人才断续吐话：“你……做什么？”

而苏岸几乎是一刻不待，伸手抓过易胭的手臂，下一秒猛地把她扯进怀里。

易胭撞进苏岸的怀里，一瞬反应不过来，仰头看到他虽冷淡但颇为不悦的眉眼。

任何人都不能动易胭。

沙发上的男人有些不悦，皱眉：“搅场子的，是吧？”

待沙发上其他人跃跃欲试起身时，苏岸忽然说道：“买药。”

嗓音与包厢里这俗世烟火格格不入，过分冰冷。

沙发上的人闻言愣了下：“买药？”

苏岸没有敷衍，“嗯”了一声：“药效怎样？”

说着他松开易胭的手臂，拿出一沓现金，稍弯身放在桌上。

易胭一愣。

沙发上的人见钱，愣了一瞬后才反应过来苏岸问的话。

但做这行毕竟谨慎，男人朝苏岸身旁的易胭抬了下下巴，带了几分戏谑：“药效怎么样，不如让她替你试试？”

苏岸看了一眼易胭，易胭自他进来便肆无忌惮看他的目光被当场捕捉。

她心脏一动。

苏岸仍面色冷淡，转回头。

“我自己试。”

话落全屋人哑声。

亲身试迷药药效，闻所未闻。

易胭也皱了眉，苏岸这是要做什么？

苏岸却如无事人一般：“酒？”

为首那男人反应过来，赶紧拿药和酒：“马上马上。”

男人动作利索给苏岸当场兑了一杯，递过来时苏岸接过，骨感明晰的指节贴着杯壁。

他抬手，酒杯搭唇，一口喝下。

易胭没想到苏岸真的喝，心里一悸，差点阻止。

但她没有说话，此刻说什么话都会引起面前这帮人疑心，她和苏岸现在在一条船上。

未等她琢磨出什么来，苏岸已经单手将她揽进怀里。

易胭一阵诧异，被苏岸搂着转身，朝包厢内洗手间走去。

沙发上的人在后面说道：“玩得开心啊。”

两人进入洗手间，洗手间门被苏岸关上，隔绝外面纷扰。

洗手间里明亮如昼。

易胭转瞬被苏岸压在门板上。

她心脏一缩，事情太出乎意料，让她来不及应对，平时的镇静消失得一干二净，抬眸时眼睛里甚至有久违的慌乱。

下一瞬眼前一暗。

唇上压下柔软，易胭瞬间瞪大了眼睛。

苏岸俯身吻住了她的唇。

似乎对此仍不满足，苏岸抬手扣住她的下巴，撬开齿关，唇齿交缠，粗暴不讲理。

冰凉酒液漫过唇间。

苏岸渡了一半酒给易胭。

易胭整个人怔住，微微挣扎。

苏岸扣着她下巴的手微使力，易胭唔了一声，冰凉液体顷刻间滑入喉咙。

易胭全然没防备，被刺激到咳了一下。

可是苏岸并没有放开她，唇舌依旧紧追，她难以承受，踮起脚尖试图往后仰，后脑勺顶着门板。

但苏岸并不给易胭逃跑的机会。

她被苏岸亲得喘不过气，被动承受着铺天盖地的吻。

洗手间里瓷砖泛冷光，易胭却浑身发热。

欲望在唇齿间蔓延，易胭也控制不住，开始慢慢主动。

她两手攀上苏岸的脖子，仰头沉浸其中，早已分不清苏岸到底喂她喝了多少酒。

可在易胭主动的时候，苏岸往后退开，居高临下地看着她。

易胭得以松一口气，胸口微微起伏，头仰着对上苏岸视线。

不知是因为酒、迷药，还是溺死人的亲吻，苏岸眼角染上一丝绯红。

看到他的五官，易胭思绪卡了一瞬。

苏岸长得真漂亮。

看着看着，喉咙被呛后的痒意泛上来，她偏开头止不住咳嗽。

然而就在她难受这一秒，苏岸俯身，再次吻上她。

易胭难受到皱眉，再次唔唔出声。

她明白了，苏岸就是不让她好过。

她想亲，苏岸不给她亲。

她难受不想亲，他就亲到她喘不过气，游刃有余地折磨她。

直到最后她快喘不过气，声音带上哭腔，苏岸才放过她。

易胭真的受不了，眼角微湿。

她的手还挂在苏岸脖子上，止不住地喘气。

迷药药效还未完全发作，但已有迹象，易胭头稍晕，浑身脱力，额头靠在苏岸肩上。

“苏岸。”她头晕中唤他一声。

苏岸没应她。

易胭也没再说话，就那样靠着他，像是汲取好不容易触碰到的一丝暖。

身体越来越热，思绪越发模糊，越是燥热身体越是不安。

意识不清晰，易胭不再像之前那般忌惮他。

她靠在他肩上，不再逞强，哼哼两声，音色染上哭腔。

“苏岸……”

“你为什么那么坏？”

搂着易胭让她靠在自己身上的苏岸低头瞥了她一眼，冷淡地回答：“没有。”

易胭显然不认同他苏岸的话，不安分地扭身子：“有。”

苏岸微微皱眉，禁锢住她：“站好。”

易胭微阖眼眸，呼吸已经灼热，面朝苏岸脖子，额头贴着他的颈侧。

呼吸热烫，挠着苏岸肌肤。

可他没放开她。

酒全让易胭喝下去了。

她已经开始讲胡话：“你为什么就不能对我好点……”

这句话易胭说过两次。

苏岸低头看她一眼，易胭还在念念有词，但听不清在说什么。

苏岸移开眼眸，将她搂紧几分。

不知过了多久，外头传来门被踢开的声音，紧接着是严厉的吆喝声。

警察来了。

苏岸留在这里就是确保不让这些人走，如果警察还未到达之前这帮人想跑路，苏岸会出去顶一顶。

听到外面的动静，应该是拿住了。

易胭这个人就是不想惹上麻烦，也不想走一趟派出所。

苏岸低头看了眼易胭，知道她的脾性，脱下身上外衣罩到她身上，将她整个侧脸挡住。

而后才按下门把走出去。

崔童他们几人也跟在苏岸后头过来，他一出去便有人凑上来：“苏队。”

在看到苏岸怀里搂着人的时候，几人很识趣没有开口问是谁。

过来执行任务的是本地警察，苏岸他们拿出证件后本地警察也没过多盘问他们。

只是指指苏岸身上的人，问了句：“这是……”

苏岸十分冷静：“朋友，喝多了。”

两人从洗手间里出来的，喝多了，自然是到洗手间吐去了。

双方没再说太多，苏岸带易胭下楼。

禁毒支队几人跟在苏岸身后下楼。

几人从没见过苏岸跟别的女性这么近距离接触，觉得稀奇又不敢多问。

电梯没到，所有人站着等电梯，都没说话。

药效上来，易胭不安分地扭了几下身子。

苏岸目视电梯门，偏头瞥了她一眼，单手禁锢住她的身子。

许骋、崔童他们几个都站在苏岸身后，不知道苏岸怀里的人是谁，虽然前面二人都没说话，但还是没人敢上前。

电梯往下，到了他们所在楼层停下。

苏岸扶着易胭，将她带进去。

后面几位队员踌躇着没进去，苏岸抬眸和外面几人对上视线。

被苏岸这种审视目光一看，所有人汗毛一竖。

许骋反应快，还是惯常那副懒散模样，最先解围："苏队，我们走楼梯下去，正好锻炼锻炼身体。"

崔童也机灵接话："对对对，周队不老骂我们一个个身体底子差吗，训练没超过上次成绩，差点拎了我们扔下窗。"

陈宙闻言一拍手掌："都走，还杵这儿做什么，跑楼梯去。"

"对，走，热身去了。"

所有人说着往旁边楼梯间走去。

苏岸也不管他们，没说什么，抬手按了键关电梯门。

易胭一路不太安分，但也不过分闹。

出电梯，躲在柱子后头的崔依依认出易胭，跑了出来。

周围光线昏暗，音乐声放肆聒噪。

苏岸警惕地看她一眼，崔依依停在他们面前，伸手便要去扶易胭。

她手伸过来，苏岸搂着易胭那侧身体下意识地往后一移，躲过了崔依依的动作。

他这是反射性的保护欲。

崔依依一愣。

她其实认得苏岸，某一次易胭去她家，她看过易胭屏保上的照片。

易胭和一个男生穿着校服，易胭穿的是蓝白相间的校服，男生穿的衬衫西裤。

这张是易胭抓拍的，里头易胭弯唇笑，男生微微蹙眉，一脸不高兴。

苏岸五官优越又格外有辨识度，崔依依看过一眼便记得。

她看着苏岸，过一会儿才说话：“我知道易胭姐家在哪儿……”

她话没说完，苏岸开口：“我送她回去。”

既然易胭会用和这个人的合照做屏保，面前的人就应该是不构成威胁的人。

崔依依的手尴尬收回来：“易胭姐没事吧？”

这时被苏岸搂怀里的易胭正好不安地动了下，唤了声“苏岸”。

崔依依有几分诧异，苏岸微朝她颔首：“先走了。”

崔依依这才意识到自己还挡在他们身前，赶紧往旁边挪了挪：“啊，不好意思。”

苏岸没说什么，带着易胭穿过人群离开。

刚出夜店，没有了酒吧里震人耳朵的音乐，意识糊涂的易胭也能感觉到环境变化，越是安静体内越发燥热不安。

人如果没有理智捆绑，便容易被潜意识牵着鼻子走，潜意识里最想做什么就会干什么。

易胭整个人都挂在苏岸身上。

她忽然耍赖，一仰头，唇贴近苏岸下巴，苏岸的外套从她身上滑落。

她唇瓣张合，唇若即若离摩挲着苏岸的下巴：“苏岸，我不想走了，我好累，腿疼。”

如年少时一般跟他撒娇。

“我想要公主抱。”

几位禁毒支队队员从夜店出来看到的就是这副场景。

方才他们在楼上包厢还不知道苏岸怀里抱的是谁，好奇得要命，此刻外套滑落，他们将那张脸看得一清二楚。

苏队的前女友。

崔童走在最前面，脏话就快下意识出口。

许骋眼疾手快圈住他脖子捂住他嘴，凑近他压低声音戏谑道：“别破坏气氛啊。”

几人还没从震惊中回神，就见不远处苏岸稍弯身，手一晃捞起地上的外套。

站着的易胭见苏岸弯身便想往上趴。

苏岸迅速拎住她，声音冷淡斥责道：“站好。”

易胭微撇嘴。

虽然苏岸还是面无表情，但已经将她带到自己身边，手抄过人腿弯一把将人抱起来。

即使被捂住嘴巴，也不妨碍崔童连连惊叹。

许骋干脆把他给掳走了，一帮人暗自离开，没让前面的苏岸知道。

许骋松开崔童嘴巴，在他脑勺上呼了一巴掌。

崔童再次被打，不爽转头，嘴型无声控诉：“又抽我干吗？”

许骋耸肩，却还是笑着说：“你口水都糊我手上了，不揍你揍谁？”

陈宙在旁边慈爱地道：“老许啊，别揍太狠了，要是把我们孩子揍缺筋了可怎么办？”

崔童：“……”

苏岸没送易胭回她家，而是带回自己家。

回家路上这段时间，易胭越来越难受。

回家关门，苏岸进门直接将易胭抱着往浴室走去。

磨砂玻璃隔开浴室，他将易胭放进浴缸里。

灯光倾洒下来。

苏岸起身，微昂下巴，扯下领带。

易胭微微睁眼，看着苏岸不眨眼。

苏岸摘下花洒，单膝跪下。

他手肘搭在浴缸边缘，手懒懒垂下，温热水流从花洒渗出。

他看着易胭，没说话，也没动作。

热水慢慢淌湿易胭身上的衣物。

热水给人舒适感，却压制不了易胭体内躁动。

她脖子枕在浴缸边缘，闭上眼睛蹙着眉头，却倔强没有呻吟出声。

苏岸忽然擒住易胭下巴，俯身吻上去。

齿关被侵略，唇舌交缠，易胭呻吟出声。

苏岸就是不让她好过，要狠狠折磨她。

易胭得空呜咽出声：“不要……”

苏岸仿若没听到似的，径直亲吻。

她手脚开始在浴缸里扑腾，无力到快沉入浴缸底。

苏岸嘴角微微渗血，终于松开易胭的唇，揽住她的腰，防止她沉下。

这么多年来，终于有人抱她。

也是她最想抱的人。

易胭贴上苏岸，双手圈住他的脖子，拼命朝他靠近。

苏岸身上所有衣物顷刻间被打湿，两人紧紧相贴。

身上湿淋淋的衣物被剥除，易胭被苏岸打横抱起回屋。

肌肤相触，光溜身体紧贴男人微湿的衬衫。

房子很大却没有生气，直至今晚终于有了丝人气，像是特意在等谁。

易胭意识早已模糊，在苏岸身上捣乱，不安分地蹭他。

苏岸微皱眉头，却没放开她，抱往自己房间。

房门打开，苏岸连门都没关，将易胭放在床上。

两手刚撑在她的脸侧想起身，易胭伸手抓住他的衣领：“你去哪儿？”

说完不等苏岸回答，手上猛地一拽，就要昂头亲他。

卧室壁灯光线柔和，她那光洁的肌肤仿佛淋了一层薄薄的牛奶。

苏岸却是头稍偏一下，没接她的吻。

他伸手拽出她身下的被子，将她整个人包住。

易胭身体里躁动未解，被苏岸这么一束缚弄得不高兴，在被子里扭动一下。

“苏岸，”易胭皱眉，“你为什么不亲我，你亲亲我。”

苏岸两手困住她，严肃说道：“别动，再动就不要你了。”

这句话令易胭整个人一怔，没再动。

苏岸偏开头。

两人相互沉默。

但易胭毕竟不是清醒的时候，额头上也沁出一层细汗，也许平时委屈了会撑一撑，但此刻没有理智拉住她的情绪。

几秒后刚安静下来的易胭忽然在被子里闹腾起来：“你说的不要，不要就算了，你放开我。”

苏岸双手禁锢着她，头偏回来：“你到底要我怎样？”

要爱，或者不爱，抑或是厌倦了就逃。

她的爱永远热烈又狂妄，却又短暂致命。

被子里的人渐渐平息，易胭安分下来，眼神空洞。

“苏岸，”易胭盯着天花板，“我没有要怎样。”

她的唇瓣虚弱张合，声音过分脆弱。

“你知道的，我不过想跟你谈恋爱。”

“接吻。”

“在一起。”

她一句句慢慢说下去，始终盯着天花板。

“不好。”苏岸冰冷地说了两个字。

易胭终于转眸慢慢看向苏岸。

苏岸居高临下地看着她：“你只是想跟我谈恋爱。”

他在她的未来里不存在。

字字平静，又归于死寂，像是等人凌迟处置。

易胭看着苏岸，白皙双颊微微绯红，她声音轻飘飘的：“要不然呢？”

不知这句话哪里惹怒了苏岸，易胭只觉唇上一痛，苏岸俯身咬住她的唇。

易胭整张脸皱在一起，后脚跟狠蹭床单，却推拒不了他。

直到喘息渐重，苏岸放开她。

易胭得空呼吸，被单下身线起伏。

苏岸捏住易胭的下巴抬起，一向清冷无欲的眼睛里有一丝红。

“说，”他嗓音里带一丝沉哑，“这么多年，有没有想过我？”

易胭虽然头晕难受着，但也知道前几秒这人刚折磨过自己。

她不配合他，不说话，紧紧咬唇。

苏岸再次俯身咬住她的唇，撬开她齿关：“说话。”

易胭细碎呻吟泄出。

她眼角湿润，却反抗不了他，直至最后被吻到虚脱。

易胭缩在被子里，不知身处何处。

她鬓角稍湿，长发铺散，眼角也染上软绵的红。

易胭被欺负得厉害，嘴里喃喃：“苏岸，我不要喜欢你了。”

她鼻息微弱：“不要喜欢你了。”

苏岸眼神冷漠强硬，伸手连人带被圈进自己怀里。

“不准。”

他手上禁锢得更紧，偏头微蹭她鬓角：“我不准。”

易胭渐渐在床上睡去，还是保持原来蜷缩的模样，睡在苏岸怀里。

苏岸却一夜未眠。

他们什么都没做。

凌晨三点，苏岸起身。

被子遮挡在易胭锁骨下，他盯着她面庞看了一会儿，俯身，在她颈侧锁骨处留下红痕，而后面无表情下床。

木盒仍完好放置在床头柜，苏岸拿起木盒离开自己卧室。

他推开隔壁卧室的门，没有开灯。

大片落地玻璃，夜色溜进来窥探这方禁地。

落地窗边放置着一张单人沙发，苏岸在上面坐下，敞着腿，西裤经过一夜折腾微起几条细褶皱，却不显凌乱。

即使心情兴奋，苏岸也很少情绪外显，脸色仍旧一如既往。

木盒里所有物什的主人睡在隔壁。

苏岸终于不再像白日那般一丝不苟，窄瘦腰身陷进沙发。

他手肘搭着扶手，整条手臂懒散放松，木盒在骨节分明的手指间。

深夜房间里一片寂静，他就这样坐在那里。

许久之后，靠在沙发里微低头颈的苏岸的薄唇终于轻启。

他看着手里木盒，嗓音低沉，像一个孤独百世的小孩。

“她回来了。”

无数个孤独自语夜晚过去了。

今晚的苏岸，不过是一个得到喜爱之物，欢喜到半夜睡不着觉的平凡人。

他没再回隔壁卧室。

即使昨晚喝了酒，易胭还是五点多准时醒来。

睁开眼那瞬她整个人怔住了，完全不知发生过什么。

迷药有副作用，有些药效强的喝下后早上醒来会完全不知道昨晚发生什么，就像凭空失忆一般，又像只是睡了一觉。

易胭醒来整个人还裹在被子里，半晌才回神，她撑着手臂从床上坐起，软暖的被单从身上滑落。

易胭平时就习惯不穿衣服睡觉，醒来时身上没有衣物的感觉她早已习惯，所以刚才醒来那刻她才什么都没感觉。

直到她低头看到自己胸部往上一点的吻痕，才反应过来不对劲。

她难得一次对意外震惊，猛地想起来昨晚有意识时发生的事。

昨晚她去酒吧包厢找崔依依，后来苏岸过来把她带进洗手间，强吻她，喂她喝迷药。

后面的事易胭基本没印象，不过应该只有苏岸会带她回来。

她皱眉回溯，什么都记不起。

睁开眼，身上的红痕再次映入眼帘，易胭心脏一滞。

她和苏岸……

这震惊来得太过强烈，易胭一时没能缓过来，太阳穴一阵晕疼。

她环顾卧室，一片冷淡色调，空气中都透着几丝凉。

易胭万分肯定这是苏岸的卧室，即使她从未见过他的卧室。

经过从昨晚到早上的一切，她讶异，但不至于慌乱。

卧室里只有她一人，易胭看向房门。

隔着扇门，苏岸会不会在门外，他在家吗？

医生无休假，还是早上六点多上班。

即使身体稍有不适，易胭还是咬咬牙掀被下床。

浑身有点乏力，她双腿发软。

等易胭从床沿站起来，才发现床头边的衣服——一套修身裙装，外加风衣。

全是新的，版型、质地都不错。

易胭站在原地，第一次有种不真实的感觉。

但她也没惊讶多久，迅速换上衣服离开房间。

从卧室出来，易胭发现苏岸房子的装潢都是冷淡色，干净又安静。

她并没有见到苏岸，他不在家。

易胭因为起床耽误了点时间，也来不及再多想什么，径直离开了苏岸家。

易胭打车去医院，苏岸家的小区在高价地段，出门交通繁忙，她在路上堵了一会儿，到医院正好赶上上班时间。

易胭匆匆到更衣室换衣。

进去时遇到同个科室的住院医师，看到易胭身上的衣服："呀，没看你穿过这套衣服，新买的啊，真有钱，衣服真多，不过来医院不用穿那么好看啦。"

现在职场或日常社交，总有些人见不得别人一丝好，总是阴阳怪气。

小娜正好也在，她性格直爽也不怕得罪人，探头对易胭笑："哇，易医生你这身衣服好好看，我就喜欢你这种每时每刻都把自己打扮得漂漂亮亮的女孩，比那些只去见男人才精心打扮的人好多啦。哦，不对，你本来就长得漂亮，站那儿都比精心打扮的人好看一百倍。"

旁边那医生当然听得出小娜话里的意思，斜了她一眼。

易胭则是一向对这些明争暗斗无感，也从来不掺和："我先进去换衣服。"

小娜赶紧给她让路："好。"

换好衣服后易胭和小娜同时从更衣室里出来。

小娜不满地嘟囔："丁医生就是看你不顺眼，同样要升主治医生，有实力公平竞争呗，打嘴炮算怎么回事，天天阴阳怪气的，她就是想抢你的名额。"

易胭笑了："不用给我打抱不平，这些事顺其自然，是她的自然是她的，是我的我也不会让她拿走。"

小娜听易胭说话，正好转头看她的脸："不过易医生，你今天的脸色怎么看起来有点不好……"

说完她话头一顿，看到了易胭脖颈处那明显的吻痕。

易胭颈部线条修长好看，白大褂领上红痕赫然。

没听到小娜继续说话，她转头："会吗？"

小娜虽平时大大咧咧，但也是个还没谈恋爱的小姑娘，看到这些有点不好意思，但同时她也不好意思不告诉易胭，这要让别人看到了怎么办。

于是她凑近易胭，小声说："易医生，你脖子上那个……"

她还没说完，易胭就意识到是什么事了，却没一丝慌乱，只是后知后觉地"啊"了声。

她停下脚步："忘了，我去遮个瑕。"

小娜："啊，好的，那我先回诊室了。"

"嗯。"易胭点头，穿过走廊去办公室。

不远处从走廊过来的崔童看到易胭时，有一瞬间还觉得缘分真奇妙，每次来医院必碰到苏队前女友。

今早许骋和崔童送陈宙来医院，陈宙昨晚吃夜宵吃坏肚子，凌晨在床上打滚，许骋和崔童起床送他来急诊，来医院后才发现是急性阑尾炎。

此刻许骋和崔童正准备回市局上班，一夜没睡两人都发困。

易胭从他们面前经过，崔童眼尖，看到易胭脖上的吻痕时瞪大了眼睛。

他这次下意识闭嘴，没有发出感叹。

许骋没注意，崔童专业八卦二十年，等易胭离开了立马转头对许骋说道："苏队好猛啊。"

根本没注意到的许骋："……"

今天急诊看病的病人不少。

易胭上班时间忙碌，基本没有闲下来的时间，倒是忙得没时间多想。

一整天下来，易胭感觉身体疲惫，提不上力气，好在她的工作也不是体力活。

她有清醒跟苏岸发生关系的经历，每次都会被折腾，按理来说这么多年过去，苏岸应该更加会折腾人。

可今天事后感觉却让易胭有几分意外，没有感到太过不适。

直到下班，她也没收到苏岸任何一个电话抑或短信。

苏岸是知道她手机号码的。

下班易胭离开诊室，准备打车回家。

刚出急诊，一眼就看到外面倚在车门上的苏岸。

易胭一怔。

苏岸恰好抬眸，二人对视。

年少时与易胭挂钩的特性是叛逆，张扬，艳惑，小太妹，没人觉得她是个好人。

那时候小镇有点旧，沿路白墙黛瓦，青石板路。

毕业那年暑假，聚会后易胭把喝醉的苏岸骗到宾馆。

那晚阁楼外雨声淅沥，木窗内两个年轻的生命身躯交叠。

易胭不知道苏岸没醉。

一晚相拥入眠，醒来易胭跟苏岸说：“我们睡了，你必须跟我在一起。”

那时易胭以为苏岸会如往常一般拒绝，却没想到那次他竟点头，同意在一起。

易胭有一瞬惊讶，没想到苏岸真的答应了。

跟女孩睡了就得负责，易胭想，那时候的苏岸真乖啊。

但几秒后就被她抛到脑后，反正在一起了，管他什么理由。

她心甘情愿，怨不得谁。心甘情愿的事，也轮不到别人评头论足。

但与苏岸在一起后，易胭才知道和原来没在一起时没太大不同。

苏岸对她仍旧不热络，并不会因为她是他女朋友便多给她特权，还是跟以前一样不爱说话，她在旁边说个没完，他很少有回应。

没在一起之前易胭就喜欢对苏岸动手动脚，更何况两人交往后。

交往前还算有所收敛，交往后易胭根本不认识收敛二字。

易胭觉得跟苏岸在一起后，也就多了点这个好处，苏岸不像以前一样拒绝她靠近，但也绝对不会主动。

仅仅如此，她也乐此不疲。

没得到之前只觉得得到了就好，得到了已经是最大的幸运，却总归逃不过被欲望支配。

人性如此，得不到心痒，得到了不满足。

以前只想着在一起就好，到后来，贪心求他喜欢她。

即使是高三毕业的暑假苏岸也没空闲时间，已经开始补课，为大学做准备。

往常苏岸一走，易胭总会黏上去，可今天她站在原地没动。

发觉后头人没跟上，苏岸也没停下脚步。

易胭鼻头发酸，咬牙，终是不争气先开口：“苏岸，你就那么不喜欢我吗？”

前面的苏岸终于停住脚步。

他回头，淡淡说了一句："什么？"

易胭很肯定苏岸一定听到她刚才说什么了，就是不想回答。

她倔强道："不管我做什么你都不在意，你到底把我当什么？"

苏岸在一处机构补课，下午易胭照旧到教室等他，但没像往常那样进教室找他。

那时候正好有男生追易胭，那男生在走廊上遇到易胭便停下来搭讪。

往常易胭不会搭理，那天却是与人攀谈起来。

男生话里话外都在撩拨易胭，丝毫不掩饰。

那男生以前在高中是篮球队队员，长得不错，身材好，和易胭两人站走廊上，吸引不少人注意。

后来两人还约了晚上有空一起去吃饭。

可直到易胭跟人说完话，她往教室里看去，苏岸还是保持着她来时看到的姿势，仍在写题。

他什么都不在意，易胭做什么都丝毫影响不了他，他的情绪行为全然不受干扰。

易胭在小树林里发脾气，他还是和往常一样，没不满，没生气。

"不管我跟任何人好，或者做了什么，你都没在意过，连吃醋也不会。"

天已暗下来，树林外路灯光线被树叶筛得微弱，勉强能让易胭看清苏岸的脸。

他脸上是她受不了的平淡神色。

易胭心头一酸："为什么你不喜欢我还要答应跟我在一起？"

苏岸只是看着她，不说话。

易胭这才想起自己前几天跟他睡过后说的话，嘲讽一声："不对，本来就是我要求你跟我在一起的，我不要求你也不会跟我在一起。"

在苏岸面前，易胭从来没有自信可言，所有的耀眼张扬，在他面前通通不存在。

"也是，你能对我负责已经很好了。"

至少没有横眉冷对，只是像以前那般冷淡而已。

易胭的声音慢慢低下去："可是为什么我却不满足了？"

她这句说得小声，但苏岸还是听到了。

易胭没再说什么，转身就要往外走。

擦肩而过之际，苏岸抬手扣住她的手腕：“去哪儿？”

易胭：“还跟人约了吃晚饭呢，得去赴约，正好今晚不缠你了。”

却怎么也挣不开苏岸的手。

苏岸冷声说：“今天我还没陪你逛街。”

昨天易胭跟他说了今天陪她逛街，她扯了下嘴角，他总是这样，交往后，对她的日常陪伴负责，学习负责。

可偏偏没有负责喜欢她。

她说：“不逛了，我不差这个时间，明天再说。”

苏岸却仿若没听到易胭的话，转身拉着她往外走。

易胭力气不敌苏岸：“放开，我不想逛街，也不想跟你待在一起。”

走在前面的苏岸脚步顿停。

他回头，看着她，字字冰冷：“你说什么？”

易胭还是有点怵苏岸，他性子里的冷从来不对她掩饰，但她跟人约好了就得去赴约，即使不跟人吃饭也得去跟人说一声。

“跟人约好了，我得过去，”易胭转转手腕，“松开。”

黑暗里，苏岸看着易胭沉默。

易胭没发觉苏岸抓着她的手越来越紧。

她倔强，他沉默。

寂静几秒后，苏岸终于转过头，易胭看不到他的神色。

苏岸没再说什么，松开了易胭的手。

急诊门口人流匆忙。

易胭看着苏岸。

苏岸的到来，其实让她有一瞬不好的预感。

年少时跟他睡一觉后醒来，期待，欣喜，恨不得他天天找她。

可多年过后，两人一夜滚床单，她的心境却发生翻天覆地的变化，取而代之是隐藏在心里的惧怕。

她害怕醒来被负责，惧怕被负责的感情支配。

担架从救护车上下来，医护人员推着担架冲向急诊门口。

易胭目光也暂时从苏岸身上离开，往旁边退开。

人群阻隔两人的视线，易胭趁此时转身，想离开。

倚在车门上的苏岸将易胭的动静尽收眼底。

他背稍使力起身，穿过人群。

同个方向行走，苏岸腿长，没几步便追上易胭，扣住她的手腕。

易胭脚步一滞，下意识想甩开他的手。

苏岸却紧攥着没让她得逞。

她便不挣扎了，看向苏岸："有事？"

苏岸目光审视易胭的脸色，而后不动声色地扫了下她的脖颈，那里已被遮瑕遮住。

易胭还没反应过来苏岸在看什么，他已经转身，牵着她往车那边走去。

易胭知道反抗没用，任他牵着走。

来到车边，苏岸打开副驾驶座车门。

成年人处事相较冷静一些，易胭不再像以前那样拒绝不想做的事情。

她坐进副驾驶座。

昨晚的事易胭完全记不起，记忆断在她和苏岸进了包厢洗手间。

她系上安全带，试图想后面发生的事，然而一丁点都想不起来。

那边苏岸已经坐进驾驶座。

易胭安静坐在副驾驶座上。

沉默几秒，她开口："昨晚我们发生关系了？"

易胭的确不清楚昨晚两人到底有没有发生关系，药效不容小觑，她对苏岸一向没有抵抗力，多了几分迷药的效果，她更是招架不住。

所以她虽没有太大不适，却觉得应该发生什么了。

况且……她身上有苏岸留下的吻痕。

苏岸这次没沉默，格外坦荡，面不改色地回答："发生了。"

让她喝迷药不过是为了圆这个谎，而后顺理成章要到他想要的。

易胭一噎。

虽然不合时宜，但她心跳还是不争气地加快起来。

易胭有点尴尬地转头，看向窗外。

车厢里一时寂静。

她没说话，苏岸也没说话。

几秒后苏岸挂挡，打方向盘离开医院。

一路两人都没说话。

车一路开，走的路易胭格外陌生。

不是回她家的路，也不像早上坐出租车从苏岸家过来的路。

路口遇到一个红灯，车停了下来。

窗外高楼大厦，车水马龙，下班高峰，车鸣此起彼伏。

车里有点安静。

出于想缓解这方尴尬，易胭问出自己的疑惑："这是要去哪儿？"

苏岸手把着方向盘，看着前方车流，没转头看易胭。

"民政局。"

话音一落，易胭仿佛被人兜头浇了盆冷水，整个人怔在副驾驶座上："你说什么？"

苏岸终于回过头看易胭，直视她满是错愕的眼睛，他轻启薄唇，字字清晰地说道："民政局，结婚。"

民政局三个字已经让易胭足够震惊，当苏岸说出结婚以确认她所想时，她脑中"嗡"的一声。

半晌易胭才找到自己的语言，她的嘴唇微微颤抖："结婚，结什么婚？"

易胭全然没想到，多年后苏岸对她的负责会由在一起变成婚姻。

她任何一丝神情都落入苏岸眼底。

苏岸的眼睛弧形极其漂亮，眼尾开梢，一向孤冷安静的瞳眸此刻有点分不清情绪。

这时绿灯亮，他低敛眼眸，盖住了眼中情绪，转过头。

而易胭因为过分震惊，没看到最后一刻苏岸眼底滑过的一丝受伤——她不愿跟自己回家。

苏岸第一次知道易胭，不过那时他并不知道易胭这个名字。

他第一次认识易胭，是从听到隔壁二中校花开始。

他们总说，隔壁二中校花很漂亮，比明星还要漂亮。

不过除了外表，更多是关于她的花边传闻，譬如学校后街的小混混在追隔壁二中校花，过几天又有谁跟谁为了她打架了。

那时候高中通讯还不发达，这些事能在校园刮起一阵阵风。

不过苏岸并不对这位隔壁二中的校花感兴趣，他生来就很少对任何事物感兴趣。

那时正值夏日，整个学校都在谈论一件事。

隔壁二中校花跟高三田径队一位高岭之花学长走得很近。

那位学长的性格是出了名的难接近，从高中入学以来收过情书无数，可就没谈过一次恋爱，有小姑娘给他送情书反倒被他冷冰冰的态度吓哭了。

所以当隔壁二中校花和这位学长走得很近的传闻一出来，学校炸开锅，论坛、私下八卦都是这个消息。

就连平时与社交隔绝的苏岸都知道这件事。

那天田径队那位学长训练的时候，隔壁二中校花在跑道旁等他。训练结束后学长接过那位校花喝过的水，两人一起到食堂吃饭。

那时苏岸正在食堂吃饭，吃着吃着周围忽然热闹起来，那是苏岸第一次看到隔壁二中校花。

是个多年难见的美人胚子。

苏岸很少注意身边人，那天目光却在这女生身上多停留了两秒。

苏岸也越来越常碰见这个校花，因为她经常出现在一中，和田径队队长在一起。

多到苏岸曾在某晚梦见过她。

可是没过多久校园八卦再次沸腾，高岭之花学长跟隔壁二中校花告白被拒绝了。

原来两人之前只是朋友，但那位学长多掺杂了其他情绪，校花却没有那个意思，学长告白后被拒。

苏岸没去关心，也不知中途发生了什么，只是后来听说那位田径队学长辍学了。

苏岸以为不会再遇到易胭。

没想到不久后，她出现在他身边，扬言要追他。

那时候开始苏岸才知道，隔壁二中校花叫易胭。

苏岸又开始梦见她了。

自从被她追之后，她总在他身边转悠，下课找他，放学堵他，体育课陪他，他不答应在一起便不罢休。

他没觉得自己跟别人有何不同，她不过是想玩玩而已，玩够了便走，一拍两散。

那时候很多人总说，看吧，他总不答应她，过不久她就觉得没劲，自然就跑了。

可是好像没有。

日复一日，每次二中还没放学她就翻墙进一中等他放学，跟他一起回家。

他不爱说话她也不介意，每次都在他身边叽叽喳喳。

他说："你话好多。"

她说："哪有，你不爱说话我话才这么多，别人都恨不得跟我多说几句，你跟别人不一样。别人话多我觉得烦，久了就不想跟他们说话了。"

是个不久情的人。

后来时间久了，她总问："你为什么总是不理我，你对我好一点，好不好？"

他没有答应。

不管她怎么装可怜，怎么在他身边转悠，他也没答应她。

其实也挺好，不答应，她就会一直在身边，离不开他。

直到后来，她踏入他的禁地。

他早沦为她的阶下囚。

他觉得自己一定要对她好，醒来后他终于松口，两人在一起了。

易胭追了苏岸将近两年，他终于在高三毕业后松口。

可隔天苏岸就看到一起出游的几人里，别的男生邀她去喝酒，她答应了。

那晚的她没有陪他，直到三更半夜才回来。可他没问，两人关系再次降至冰点，恋爱不像恋爱。

那段时间，她不再像以前那样黏他，时不时放他鸽子。

有一次同学之间八卦不小心让他听见。她们说，看吧，追到了果然就不上心了。

苏岸面不改色。

他侥幸想过，会不会他是个例外。

他没去找她，她先找来了。

他对待她跟以前没什么不同，每天在渴望亲近与绝不能亲近的深海中沉浮。

他想她的。

小姑娘问他，你为什么总是不喜欢我。

因为怕稍微低头让她得逞，她就跑了，只要不答应，她就离不开他。

可后来她还是跑了。

他跟她任何前任一样，没有一丝不同，她还是丢下他走了。

八年里他找过全国很多城市，可再也找不到。

近三千多个日夜里，他总是在想，要是当初把她锁起来就好了。

结婚。

对易胭来说是无比陌生的两个字。

她甚至没见识过什么是婚姻，长辈没有教给她，她没有在有婚姻的家庭中长大。

可她不是没有憧憬过，任何女生或多或少都对结婚这两个字憧憬过。

易胭也是。

以前她天天想着大学后工作几年，然后就跟苏岸结婚。

那时候觉得苏岸喜不喜欢自己都无所谓，可是现在不一样了，她知道那种苏岸不喜欢她还对她负责的感觉有多难受。

绿灯亮，苏岸已经转过头，车越过停止线往前开。

两人再度沉默。

又过了一个红绿灯路口，易胭靠在靠背上，望着窗外忽然开口："不去民政局，送我回家吧。"

易胭没转头看苏岸，侧脸对着他。

苏岸从来不知道怎么跟易胭交流，与其说不会跟易胭交流，不如说他从来不知道该怎么跟人交流。

从小便如此，父母，抑或身边同学。

他永远有不为人知的一面。

易胭话落苏岸也没动作，车速不变，继续往前行驶。

又过了几秒，易胭终于转头，看向苏岸："我说了我不想去民政局。"

苏岸仍是直视前方，却给了回应："你决定不了。"

"为什么决定不了？"易胭说，"我不想结婚，大不了昨晚就当不存在，我不介意，一夜过后各走各的一拍两散没什么不好。"

这句话不知道刺激到苏岸哪根神经，他终于有所动作，瞥了眼后视镜，打方向盘车停在路边。

易胭以为苏岸是想放她下车，伸手去解安全带。

身侧的苏岸却俯身过来，一手扣住易胭的下巴，语气不善："你再说一遍？"

与此同时，右手覆上她解安全带的手，强势一扣。

"咔哒"一声，安全带重新被系上。

易胭没料想到苏岸是这个反应，被他掌心覆着的手一顿。

两人靠得近，她甚至能感觉到苏岸的气息。

苏岸冷淡的眼睛里没有怒意，却是一股冷到极致的狠厉，唇线抿直。

易胭对视他的眼睛，看着看着有点承受不住，躲开。

她眼睫微颤，虽是招架不住，但言语上没有示弱。

"我说，昨晚的一切就当不存在，你并不用对我负责。"

苏岸眼神一冷，扣着易胭下巴的指节瞬间收拢，紧了几分："不存在？"

话音一落，易胭唇上一麻，苏岸俯身咬在她唇上。

易胭一怔，旋即挣扎起来。

可她挣脱不了，苏岸狠狠压着她的双唇，手上也没松动。

易胭声音破碎："苏岸，你疯了吗？"

苏岸没理她，眼睛也没闭上，与其说是亲吻，不如说是在观赏她脸上的每一分表情。

看着她沉沦，也看着她难受。

昨晚在洗手间里易胭最后的记忆就停留在这样令人无法逃离的吻上，现在清醒状态时，感觉来得更加冲击。

她咬在苏岸的唇上。

苏岸眉心微皱，却没有退开，血腥味在口腔里漫延。

易胭心理防线在逐渐崩溃，她对苏岸完全没有抵抗力。

他的人，他的性格，他在情爱中不主动却总格外强势的行为。

还有在情爱中，她只为他打开的心扉。

易胭眉心微蹙，却没办法再推拒苏岸。

他像镰月，细利刀刃划过烈酒，冷冽又炽热，割得人肺腑俱疼。

她快要承受不住，下意识地回吻。

苏岸却在这时放开了她，在她唇里留下淡淡的血腥味。

易胭胸口难以控制地起伏，苏岸稍偏头，靠在她的耳边。

扣在她下巴上的手往上走，修长骨感的五指抚弄她另一边耳郭。

易胭浑身顿起战栗。

苏岸眼梢绯红，灼热气息喷在她的耳朵上："这样吗？跟一夜情的人这样接吻？"

易胭闭上眼睛。

半晌她睁开眼："会。"

苏岸稍带颓靡的眼眸瞬间转冷，之前的情绪消失得一干二净。

易胭却没看到他的神色："你不会吗？"

她说："一夜情也要做得尽责，发生关系不就是享乐一时吗？苏警官。"

"还是说，你从来就没发生过一夜情？"

苏岸不知何时已停下动作。

易胭不再感觉耳边有热息传来，也没听见苏岸的回答。

有一瞬她在害怕，她很清楚，不管苏岸的回答是怎样，肯定，或者否认，哪一面对她来说都是利刃。

好在她久久没听到耳边人回应。

一会儿过后，苏岸退开她耳旁。

易胭松了一口气。

苏岸身子靠回主驾驶靠背，启动车子。

车没转弯，苏岸根本没有返回的意思。

易胭看着陌生的道路："你这是做什么？"

苏岸手放松地置于方向盘上："没做什么，去民政局。"

"我不去。"

苏岸没偏头看她，只是道："你别忘了，我们从来没有分过手。"

易胭心跳猛然静止，什么话都说不出来。

提到分手，她才想起自从回来苏岸一直在怪她，似乎在怪她当年一走了之。

可她也只是陈述事实："苏岸，我们分手了，当年就已经分手了。"

苏岸侧脸淡漠，启唇："我没答应。"

强势、不可理喻，声线冷漠又执拗。

"昨晚你包落在店里，纪糖拿给我了，"苏岸说，"你交代他把你的身份证和户口本收好，他打不通你的电话，直接交给我了。"

易胭登时太阳穴嗡嗡响，突然有点想揍纪糖。

她无力靠在靠背上。

其实如果不想苏岸，她也就不会回这座城市了。

她想他。

一直都想，从未停止。

一开始和苏岸再次见面，她也拼了命想去接近他。可是同时她也是矛盾的，苏岸靠近，她又开始贪心。

她要的不仅仅是苏岸的人。

不是。

可心哪有那么容易拿到，如果那么容易拿到，这世界也就不会有这么多一厢情愿的伪童话了。

一厢情愿再怎么包装成动情故事，也成不了童话。

易胭没再跟苏岸针锋相对，静静地靠在靠背上。

没再和苏岸说话。

车没开去民政局，而是半路在一家照相馆停下。

易胭不明白为什么停在这里，可她也不想开口问。

苏岸：“下车。”

“来这里干吗？”

“领婚证需要合照。”

易胭能感觉苏岸其实一直在迁就她，即使刚才她在路上激怒他，他也不为所动。

她没动。

苏岸下车，绕过车头，打开副驾驶座的门。

易胭还是没动，视线垂落在苏岸漂亮的指节上：“可以给我点时间吗？”

苏岸俯身，手绕过易胭身前，搭在她身侧，按下安全带卡扣：“不可以。”

安全带一解，易胭想趁苏岸不备推开他。

苏岸却仿佛早已预见，手一挡，而后单手扣住易胭双手手腕。

他看着她的眼睛，冷漠偏执：“你别想离开我身边一步。”

别再想离开我。

再也不会让你离开。

易胭看着苏岸：“有什么用？结婚，有用吗？”

可不论她怎么刺激苏岸，苏岸都不会因为她的话动摇。

她说：“结婚了还不是各玩各的。”

易胭话落，苏岸眼神有半秒涣散。

不过转瞬即逝，易胭没注意到。

苏岸起身，将她从车里拉出来。

“随便你。”

♥ 第十章 ♥ 我不跑

照相馆是一位年轻女人开的。

装饰风格是旧港风，推门而入，窗边一张皮沙发，茶几上花瓶里插几朵素色花。

墙壁上挂着几幅照片，还有几幅画。

易胭被苏岸牵进去，看似情侣间牵手，其实是苏岸禁锢了她的手腕以防她逃脱。

易胭知道自己逃不了，便索性放弃，任由苏岸带她走，只是不说话。

柜台后没人，一层帘布遮住内门，听得出里屋有动静。

苏岸和易胭在沙发上坐下。

不一会儿帘布掀开，有人走出来。

女人脖子上悬挂着相机，一头长发松松散散挽了个髻，发丝垂落。

身后有人跟出来，一个脸色严肃的男人，黑色夹克下能看出肌肉紧实。

女人看到沙发上的苏岸和易胭，问："拍照？"

易胭定然不会说话，苏岸："是。"

女人朝他们笑了一下："稍等一下。"

说完走到柜台后，拿笔写了几个字，撕下单子递给黑夹克男人："后天过来拿照片。"

男人接过，"嗯"了一声，而后没再多说，推门离开。

这两人看着不像老板和顾客关系，坐沙发上观完全程的易胭想。

女人忙完事情从柜台后走出来，问："拍什么照？"

沙发上易胭手还被苏岸紧扣着，苏岸说："结婚证件照。"

“行，”女人笑了下，“跟我进来。”

里屋是给顾客拍照的地方，易胭跟苏岸一起进去。

女人拿着红布铺上身后木板。

她看着眼前明显不明白流程的两人，问易胭：“穿白衬衫了没？”

至于为什么没问苏岸，因为苏岸穿的正是衬衫西裤。

易胭：“没有。”

女人不讶异，应该是见过不少这种新人，习以为常。

她笑着说：“结婚要穿白衬衫，我拿件让你换上吧？”

说着她往楼上走去，木梯有些褪色，踩上去微微咯吱响：“等一下，我去楼上拿下来。”

易胭没像进来前那般沉默，“嗯”了一声。

女人一走，周围又开始恢复安静。

苏岸和易胭没说话。

女人下楼来，手里拿着一件白衬衫，走到易胭身前：“没穿过的。”

易胭接过：“谢谢。”

女人说道：“在这里换吧，布帘一拉外面什么也看不到。”

易胭也不介意：“行。”

她说完身边苏岸终于松开易胭的手，没说一句话，自觉掀帘出去，避开她换衣服。

女人目光从苏岸的背影收回来：“男朋友？”

易胭知道她为什么会这么问，因为他们两人之间的互动看起来完全不像情侣之间的相处，而且还是准备领证的情侣。

哪里都不像。

易胭坦诚：“不是。”

女人闻言神色没惊讶：“是不像。”

不过说完她也没多问，低头翻相机里照片。

同是女人，易胭也不避开，脱下身上大衣，紧身毛衣，里衬。

光洁的背仿若笼了一层薄纱，弧度瘦美。

“咔嚓”一声，相机声轻响。

易胭没回头，继续若无其事穿衬衫，系衣扣。

女人拿着相机走过来，调出照片给她看。

易胭偏过头看。

这屋里不太透光，也没开灯，女人美背微微朦胧，身姿窈窕，颇有一番风情。

女人："留吗？"

易胭："留吧。"

"行，"女人笑了下，"免费，洗出来送你，我自己不留。"

易胭勾下嘴角。

她系上最顶上一颗衣扣，女人忽然突兀出声："知道那男人跟我是什么关系吗？"

易胭抻衣领，知道她说的是谁，那个进来时遇到的穿黑夹克的男人。

易胭没回答，她知道女人不需要她回答。

果不其然，女人指指自己："金主和情人。"

易胭看向她，女人笑了下："金主，你知道的吧，他给你钱，跟你睡，但不会给你情，不会跟你结婚。"

女人面容姣好，细眉红唇，一番美人相。

"可我怎么就愿意过这样的生活？"从没怨过。

这样好看的人，却困在金丝笼。

易胭又何尝不是，她的目光从女人脸上移开。

被爱的高人一等，不被爱的甘愿做阶下囚。

因为喜欢，所以什么都甘愿。

易胭没再说话。

女人也没再与易胭谈论其他话题，等易胭梳理好头发后，掀开布帘，对外面的苏岸说："可以进来了。"

易胭背对着苏岸，拢了拢肩上长发。

苏岸的目光从易胭身上离开，背身脱下身上长外套。

易胭还是站镜子前没动，苏岸走过来，扣住她手腕拉往背景板前。

背景板上披着红布。

两人穿着白衬衫，长相好看，画卷一般。

可两位当事人脸上都没笑容。

一个不擅长笑，一个没心情笑。

拍照的女人没多问，也没让他们笑。

“咔嚓”几声，照片定格。

证件照加快洗出来，顺便在店里把该打印的东西都打印好，两人从店里出来去民政局。

苏岸明显有备而来，领证流程比易胭清楚得多。

易胭仍是一路上没说话，相比之前的生气不说话，现在则是沉寂的安静。

苏岸也不打算迁就她，继续冷着她。

到民政局门口，易胭也没像之前那么反抗了，顺从地下车不用苏岸动手。

两人沉默地往里头走。

走到半路，易胭忽然开口：“我要去洗手间。”

苏岸侧头看她。

易胭知道他在想什么：“我不跑。”

她看向他：“你要跟来也可以。”

苏岸许是对她放心，松口：“去吧。”

易胭进了女洗手间，苏岸没有跟过来。

她洗手后从洗手间出来，洗手间处于走廊中间，两头都有楼梯间，易胭没有往来路走，绕到另一头下楼。

楼梯间门关着，她推门进去。

刚进去易胭一个没留神，身侧忽然伸出来一只手，将她往旁边一扯。

转瞬易胭便被压在墙上。

易胭反射性防卫，身侧拳头挥出，还未抬起就被人制住，强力压在身侧。

身前人呼吸稍重，气息灼热，像是极力奔跑过后的微喘。

闻到苏岸身上独特又干净的味道，看清面前人是他，易胭整个人怔住。

方才她在洗手间有留意外头，苏岸根本没经过，而她只在洗手间里洗了个手便匆忙出来。

苏岸在这短短时间内下楼到另一边上楼，在这楼梯间里堵她，甚至比她还快一步到楼梯间。

最重要的是，苏岸知道她会逃。

苏岸的热息隔着几厘米洒在易胭脸上，她背贴墙，有点无所适从。

苏岸极力压抑的嗓音传来："你说你不会跑。"

易胭低头没看苏岸。

每次都是这样，每次都想从他身边逃跑。

上次一跑八年多，这次呢？

"你骗我。"

不知是不是易胭的错觉，她觉得苏岸声线里有着极力压抑的颤抖。

可未等她捕捉，他的声音已经恢复惯常的冷淡。

苏岸抬手扣住易胭的下巴。

易胭被迫抬头。

"你别想跑。"

"我跟你说过，你别想离开我身边一步。"

他一字一句说道："这辈子都别想。"

两人认识以来，这是唯一一次苏岸话比易胭多。

字字沉重砸在易胭心上。

她的眼神渐渐空洞："可是为什么，苏岸，你为什么要跟我结婚？"

她自顾自说下去："我不想被困。"

她的性格生来就不受禁锢，而她也不配安稳，结婚了又如何？

对于命运不公，第一次让易胭如此无奈又痛恨。

她鼻子发酸："苏岸，我不想结婚，结婚对你没有任何好处。"

她以前不是没想过跟苏岸结婚，可是临到头，她却胆怯了。比苏岸对她负责还害怕的情绪。

苏岸没问易胭为什么这样说。

他松开对她的禁锢，俯身。

温热的唇若即若离贴在她的颈侧，贪噬她身上的每一寸肌肤，即使是强取豪夺。

"不行。"

他亲吻她的脖颈，又重复一遍："不行。"

执念千万遍。

易胭整个人仿若跌入冰窖，一朝被他拖入牢笼。

他俯身在她脖间狠狠落下一吻：“必须结婚。”

即使她会恨他。

上交身份证、户口本、证件照，两人填写了声明书，最终拿到了结婚证。

两个红本被苏岸收起来。

易胭被苏岸牵着下楼，两人十指相扣。

已是傍晚，天还未全暗，路灯已经亮起，红绿灯交错，车水马龙。

苏岸拉开车门坐进车里，易胭坐进副驾驶座。

或许是知道结果已定改变不了，易胭也不再反抗，但还是话不多。

苏岸看着她系好安全带，车开上马路汇入车流：“晚饭想吃什么？”

易胭靠着靠背，看着窗外，几秒后她说：“送我回家吧，我回家吃。”

苏岸目光注意路况，没看她，嘴上不忘说：“不准吃外卖。”

易胭一秒被识破。

苏岸：“所以跟我在外面吃完再送你回去。”

易胭终于偏头看苏岸，路灯一盏盏后退，在苏岸立体五官上投下明明灭灭的光影。

这张脸还是一如既往的好看，却少了很多人情味。

易胭到嘴边拒绝的话最终还是没说出来。

她知道自己拒绝没用，苏岸有的是办法治她。

她干脆转回头，继续看窗外。

苏岸带易胭去吃了清淡的东西，没让她吃那些上火的。

易胭没什么异议，折腾一天也没太大胃口。

两人吃饭也很少话。

苏岸给她盛了碗粥，易胭一小口一小口吃着。

吃着吃着易胭便吃不下了，勺子搅着粥水，粥面已经泛水，没有那么稠密。

对面的苏岸看了易胭一眼，而后伸手拿走她面前的碗，又给她盛了一碗新的放在她面前。

热粥泛水汽，米粒饱满稠密。

易胭抬眼看苏岸："不吃了，我吃不下。"

根本没吃。

"再吃几口，"苏岸没抬眼看她，"不吃今晚去我那里过夜。"

易胭当然不会选择去苏岸那里睡觉，当即拿起勺子舀了几口粥放进嘴里慢吞吞咽下。

而后两个人各吃各的，格外安静。

一顿饭吃完已经晚上八点。

易胭在饭店门外等苏岸，苏岸的车开过来，易胭拉门上车。

窗外夜色越发浓郁，树影漆黑。

半个多小时后车停在易胭小区外。

易胭没和苏岸道别，解开安全带，推门下车。

苏岸也没叫住她，看着她绕过车头朝小区里走去，直到她背影消失在视线里，苏岸才收回目光。

在原地又停留了半个小时，苏岸才伸手挂挡，驱车离开。

二十几分钟后苏岸回到自己的住处。

房子在昨晚多了个人热闹过一晚后，再次恢复往常死寂。

一室明亮，打在地板上的灯光略显寂寥。

沙发上的苏岸两手手肘搭在膝盖上，微低头看手里的两个小本，封皮新亮整洁，"结婚证"三个字格外抓人眼。

他两手捏紧，没其他动作，只目光落在上面，很久没动。

不知过多久，他拇指轻轻摩挲了下两本结婚证。

不管以后发生什么，他的人再也跑不掉了。

易胭一整晚睡不安稳，梦里乱七八糟。

前一秒还在高中校园，下一秒便是跟苏岸扯证后的生活。

梦里的生活其实也不像生活，更像是她一厢情愿，如年少时候一般。

她哭着问苏岸可不可以多喜欢她一点。

易胭不知为什么会做这样的梦，实际上结婚证也不过领了一天，他们还没过领证后的生活。

直到早上起床，易胭脑子里还满是不真实。

仿佛昨天一切只是一场梦。

易胭今天终于能开自己的车去医院。

昨天天气不错，阳光稀薄不至于过热，风也不是特别冷。

但今天天气立马变脸，飘起毛毛细雨，天幕灰白，风带着刺骨的冷。

恶劣天气加重交通负担，易胭上班时间早不至于碰上早高峰，但到医院也比平时多花了几分钟。

她把车停在停车场后，打伞下车去急诊部，水泥地上一片泥泞。

路上陆陆续续遇见几位家属拎着早餐去住院楼。

天格外冷，易胭脸色有几分木然，径直往急诊部走。

急诊大厅的瓷砖印着零乱带水的脚印，淌着几条水痕。

易胭前脚刚进来，后脚护士小娜和另一位护士便赶上来。

“早啊，易医生。”另一位护士打了声招呼。

小娜也跟易胭打招呼。

易胭：“早。”

小娜裹紧身上的衣物：“这鬼天气真的快折磨死我了，昨天我还以为要升温了，结果就是一场骗局。”

另一位护士：“我昨晚准备的衣服早上都穿不了了，太冷了。”

小娜见易胭穿得似乎很单薄：“易医生，你真扛冻，穿这么少不冷吗？”

易胭：“还行。”

说完易胭进入办公室。

小娜和另一位护士则直接往更衣室去。

另一位护士对小娜说：“哪里穿得不多啦，易医生那是瘦，看起来才没穿那么多，哪像我们穿两件毛衣就臃肿得跟猪似的。”

小娜：“姐妹……你太扎心了，都不保护一下我受伤的心灵，你看人家易医生直接承认自己穿得少，没说实话伤害我们。不过易医生看起来瘦，但该有肉的地方都有肉，真是我八百年羡慕不来的身材。”

护士拍拍小娜的肩膀：“别想了，首先我们这辈子都没办法长一张像易医生那样的脸。”

小娜：“我心上又中了一刀。”

“不过易医生条件这么好，为什么来医院这么久就没见过她谈恋爱？”

小娜忽然想起昨天早上不小心看到易胭脖子上的吻痕。

但这是人家隐私，她也不好多说，只是含糊道：“长得好条件又好，追求者肯定很多，男朋友一定很好看。”

雨天事故发生率上升，今天中午急诊部接了两位雨天出车祸的人。

一台手术结束后已经是下午两点。

回诊室陆陆续续有病人进来，易胭几乎没停歇时间，一直忙到下班。

一天一晃而过。

忙碌起来不至于想太多，但一闲下来便会想起苏岸。

直到下班，苏岸也没给她打过一个电话。

这倒也在易胭意料之中，就像以前两人谈恋爱一样，苏岸什么都允她索求，但不会主动。

从来只有她去找他，他不会来找她。

或许是早有心理建设，易胭不至于失望。

昨天原本还格外胆怯他这种对她负责的感情，临到头倒没那么畏惧了，甚至能坦然应对。

所谓船到桥头自然直，只要她不去找他，这本证就领得没什么意义了。

换班间隙，同科室一位医生进办公室问：“一起去聚餐吗？”

有人问：“什么聚餐？”

“跟门诊部几位医生约了吃饭，很多男医生，”那位医生笑，“而且都到了该结婚的年纪了，干了这行都没时间谈恋爱，大家想着今晚趁饭局联谊一下，就当肥水不流外人田了。”

办公室里那位单身医生立马举手：“我我我，报名。反正下班了正愁晚饭点什么外卖呢。”

有两位准备去交班的单身医生说：“真好，我们还得上班就不去了，下次再组织一次联谊饭局呗。”

"行。"

那位来喊大家去聚餐的医生叫岑慧萍，跟易胭算是同事中关系比较熟的，她走到易胭桌边。

"易胭，一起去？"

易胭正在整理资料，刚才她正回复手机上的工作消息，没注意周围发生了什么。

她抬头看来人："什么？"

岑慧萍甩甩褐色大波浪头发，敲敲易胭桌面："聚餐啊，门诊几位医生跟咱们急诊约了聚餐，现在下班就过去，他们都在外头等着呢，一起去？"

易胭："聚餐？"她中午上了一台手术，占据了午饭时间，后来回诊室病人多，忙到根本无暇吃饭，正好饿着。

岑慧萍知道易胭是个不喜欢聚餐聚会的人，以为她这么问是不想去，但还是继续劝说："门诊部几个男医生都长得不错，家庭条件也好，昨天组饭局的时候还有一个问你去不去，你也单身这么久了，正好可以去物色有没有合适的。"

岑慧萍要比易胭年长一点，平时对易胭也不错。

"别总是不着急了，你这年纪也不小了，"岑慧萍话糙理不糙，"虽然这样说不太好，但女人还是吃青春饭的，你现在正是最好相亲的年纪，等过了这段时间就难一些了。"

易胭看她这么操心的模样，开玩笑道："我做独立女性不行吗？"

岑慧萍："行啊，你想做独立女性我也不反对，现在这社会独立女性挺多，个个有钱有颜，你也算一个。但你也得多跟人交流交流吧？"

"哎，我开玩笑的，"易胭笑了下，"我不是什么独立女性。"

"那不就得了，"岑慧萍说道，"收拾收拾准备一起聚餐，人多热闹。"

易胭挥挥手里几张纸张："等我先把这些处理了，来得及吗？"

"来得及，"岑慧萍说，"我先去收拾东西，待会儿过来找你。"

易胭："行。"

市局禁毒支队。

审讯室里正审问一位毒贩。

昨晚半夜禁毒队员临时出动，搅了一个毒品交易点，缴获毒品并擒拿了几位当事人。

卖方只有一位，买方倒是好几位。

但审讯一天一夜也无果，毒贩嘴硬，硬是没说出背后供货方是谁。

苏岸从审讯室里出来。

许骋："这毒贩心里很清楚从他身上缴获的毒品不至于判他死刑，根本不害怕。"

旁边崔童埋怨："这嘴也太硬了，跟他说举报能减刑他都不为所动，根本没打算开口。"

昨晚苏岸不在市局，接到电话立马赶往交易点，其他队员也第一时间赶到案发现场。

所有人几乎一宿没睡，白天也没时间休息，严重缺乏睡眠，现在都有点疲累。

崔童打了个哈欠伸懒腰："我去办公室眯一会儿，困死了。"

说完看向许骋："你点外卖吗？顺便捎上我一份，累死了懒得出去吃，这几天那个口味的方便面也快吃吐了。"

许骋点头："行。"

崔童又打了个哈欠："待会儿你去拿外卖啊，我先去办公室睡会儿。今晚我拿夜宵外卖，换你睡。"

"就你话多，知道了。"

崔童："我好心帮你拿外卖还要被你嫌弃，要不然今晚又让你下去拿好了。"

许骋勾了下嘴角："行啊，小屁孩儿。"

说完许骋看向身边惯常没理会他们嘴战的苏岸："苏队，你中午还没来得及吃饭，要不要一起叫个外卖？"

苏岸正看手机，像是在等谁消息。

他闻言收起手机："不用了，有事出去。"

"啊，"旁边崔童探出头，"苏队，你还有事啊，用不用帮忙？"

苏岸侧头看他们一眼："不用，你们去休息。"

说完正好到楼梯口，苏岸穿上搭在臂间的大衣："先走了。"

身后崔童看着苏岸下楼背影，八卦之心就没停过。

“苏队平时都是跟我们一起工作，他工作上有什么事我们都知道得一清二楚，这是啥事啊，好像很重要很紧急的样子，有点好奇，”崔童说，“难道跟那位医生重新好上了？”

上次所有队员都在夜店外看到他们苏队抱了人家姑娘，后来回来还讨论了很久。

一群小伙子大多数单身，平时除了聊聊案件、打打游戏外，很少有其他消遣的项目。队长身边出现女性，并且可能会谈恋爱，这个话题让他们格外感兴趣，毕竟都是还没谈恋爱的年轻人，精力过分旺盛。

崔童：“这么累还去陪女朋友，好感人。”

许骋想都不想再次呼了崔童后脑勺一巴掌：“一聊八卦你就不困了是吧，那你别睡了，待会儿下去拿外卖。”

崔童护住自己脑袋，骂了许骋一声后往办公室那边跑：“睡睡睡，我怎么就不睡了？”

易胭工作差不多结束的时候岑慧萍拎包走了进来。

“弄好了吗？”岑慧萍已经换了身衣服。

易胭合上钢笔：“好了。”

两人刚话落，小娜便从办公室外进来。

小娜也已经下班了，换下一身白护士服，她进来还易胭东西。

“易医生，我把充电宝给你重新充满了。”小娜把充电宝拿给易胭。

易胭接过：“谢谢。”

三人一同走出办公室。

小娜这人跟谁都聊得来，平时大家都一起工作，岑慧萍跟她也熟，问她：“小娜，一起去吃饭？”

小娜：“你平时不都叫外卖吗？怎么今天出去吃啦？”

岑慧萍佯装打了她一下：“去你的，又揭我老底。”

“朋友之间不需要老底啊，”小娜笑，“你们是要一起去吃饭吗？”

岑慧萍点头：“对啊，其实就是一个聚餐，算半个联谊。”

听到联谊，单身的小娜一下便来了兴致：“有门诊部那个新来的小哥吗？”

“有啊，他也去了，估计现在都在医院门口等着呢，”岑慧萍朝易胭那边抬抬下巴，“你们易医生也去。”

“啊？”小娜难以置信，看向易胭，“易医生也去？”

小娜刚开始是讶异易胭居然要去聚餐，半秒后则突然想到昨天不小心撞见的易胭的小秘密。

岑慧萍：“对啊，也得去看看能不能找个男朋友了，你看她每天清心寡欲的，多好的条件啊，都浪费了。”

小娜下意识地回道：“易医生不是有男朋友吗？”话落才知不妥。

易胭倒不介意。

旁边的岑慧萍说：“怎么可能？你家易医生从到医院这边就没见她跟哪个男的好过，不用说好没好上，就连接近过的，你见过吗？”

小娜：“这倒是没见过。”

岑慧萍：“所以啊，要多关爱关爱你们易医生，带她去联谊。”

易胭在旁边笑了下：“你们够了啊，我只是想去吃个饭，饿了。”

小娜昨天就格外好奇易胭有没有男朋友，眼下有机会问，她立马问：“那易医生你有男朋友了吗？”

岑慧萍直接帮她回答了：“怎么可能有，有的话就不会答应去这个联谊聚餐了。”

身后突然传来一道冷冷的话音：“谁说没有。”

易胭一怔。

崔慧萍和小娜也皆怔住。

易胭回头，看到侧后方的苏岸。

她们出来时都没发现等在门外的苏岸。

两人对视。

几秒后苏岸抬脚朝易胭走来，面色一如既往冷漠。

苏岸停在易胭身侧，没再看她，而是看向小娜和崔慧萍。

“聚餐你们去，我先带她回去了。”

说罢扣住易胭的手腕，强行带她离开。

天空暗灰，细雨绵绵。

赶上晚高峰，车流拥堵，鸣笛声此起彼伏。

车厢里闷塞安静，只有刮雨器发出的声响。

易胭坐在副驾驶座上，身侧车窗雨滴汇集成细细水柱，弯弯曲曲。

苏岸自上车后也没说话，两人就这样诡异沉默。

直到又过了几个红绿灯，易胭主动开口："你怎么过来了？"

苏岸操纵方向盘，习惯性没回答。

他没说话，易胭早就习惯了，没觉得哪里不自在。

苏岸却是顿了下，半晌开口："吃饭。"

强行改正自己总是不开口的毛病。

苏岸甫一开口，易胭却愣了，以为他不会理她这种无意义的话题。

她诧异地侧头看向他。

苏岸却没回过头，侧脸依旧淡漠冷静。

半晌她不知回什么，只能"哦"了一声，而后转过头继续看窗外，两人又再次沉默。

易胭说不清现在对苏岸是怎样一种心态，想疏远疏远不了，靠近也做不到。

两人无交流，车停在一家餐厅前。

易胭下车，未等苏岸停好车，她先进店。

正停车的苏岸抬头，视线透过挡风玻璃落在她的背影上，无声收回目光。

易胭在窗边落座，随后苏岸推门而入，在她对面坐下。

服务员送了壶热水过来，易胭正用热水烫洗餐具。

她放下瓷壶，苏岸那边拆了餐具，端过来浇水冲洗。

与周围微传出人声的卡座相比，他们这桌显得格外宁静。

这家餐厅先结账后用餐，服务员来了又走，拿着点好菜的单子离开。

落地玻璃窗外马路上车流路灯成河。

易胭侧头看着窗外，不知何时开口。

"你不用这么尽职，"易胭终于转回头看向苏岸，"我不介意。"

苏岸正在回复消息，那位毒贩有松口迹象，队员正在跟他汇报，他闻言抬头看向易胭。

“我不会像以前那样了，”易胭不知为什么被苏岸看得有几分不适应，垂眸，“以前总想把你绑在身边，现在不会了。”

苏岸悬在屏幕上方的指节微动了下，本欲说什么，听到她这句话后还是沉默。

靠近她便远离，这是她的定律。

苏岸的目光从易胭脸上移开，低头继续回复消息。

易胭入眼是苏岸深邃的眼廓和高挺的鼻梁，神色很平淡。

餐厅上菜不慢，很快服务员推着餐车过来，将菜肴放上。

易胭喜欢吃肉，服务员当然不知道这些，她喜欢的几道菜都放在苏岸那边。

中途她去了趟洗手间，回来时发现菜已经被换到她这边。

易胭看向苏岸，他没动筷，十指交叉身前，侧首看窗外，似乎在思索什么，面色有几分严肃，眉心微锁。

易胭走过去在对面坐下，苏岸回神敛住神色，铺开餐巾。

易胭动筷后他才动筷。

易胭不知道苏岸这是什么执念，他从高中开始就有这个习惯，她不吃他不会吃。

今天胃口难得好了点，易胭吃了不少。

中途放旁边的手机振动起来，易胭停下手中的筷子，捞过手机，发现是一个陌生号码。

易胭接通手机放耳边：“你好。”

那边一道男声传过来：“易胭。”

易胭一怔，这声音很熟悉。

“听得出来我是谁吗？”那边声音带着笑意。

易胭：“钱宇？”

对面的苏岸神色骤冷。

但易胭没发现，钱宇在那边说道：“对啊，以为你把我忘了呢。”

“你怎么有我的号码？”

钱宇没有告诉她，只是说道：“想要自然拿得到。”

易胭也不多问了，转而问：“找我有事？”

“你还真说对了，”钱宇说，“有事。”

听筒那边传来风声，钱宇的声音传过来：“车坏在你家附近。”

那头钱宇似乎是转身观察了下周围，停顿一下才说：“附近没什么歇脚的店，过来拖车的还有段时间，能收留下我吗？这外头又冷又下雨的。”

易胭听钱宇说完，说：“那你淋雨去吧。”

钱宇：“这么狠心？好歹认识一场，上次说好的还是朋友呢。”

“我在外面。”

“回不来？”钱宇问。

易胭抬头看向对面的苏岸。

苏岸神色如常地吃东西，姿态矜贵冷淡，仿佛周边发生什么都与他无关。

即使不抱期待，但易胭在看到苏岸态度这般漠然时，心里还是一酸。

不过一秒她便收回目光：“可以。”说完挂断了电话。

易胭已经吃得差不多，放下筷子：“我吃饱了，先回去，你慢吃。”

苏岸也放下筷子，准备起身，拿餐纸按压下嘴角。

“送你回去。”

易胭已经先一步站起来：“不用了，我自己回去。”说着已经走出去。

经过苏岸身旁，苏岸长臂一伸，握住易胭的手臂，紧接着苏岸起身，将她拉出餐厅。

易胭根本反抗不得，力气敌不过他，被他拉出餐厅。

来到车位旁，苏岸打开车门准备将她塞进副驾驶座那刻，易胭忍不住甩了下手，但仍是没有甩开苏岸的桎梏。

“你强迫我结婚，我答应了，”她眉心微皱，“但能不能别再强迫我做别的事？”

这种名存实亡的婚姻她根本不想要。

对她百般好，可没有情人之间的动情，就成了负担。

苏岸的手一僵，却没松手。

“这段时间你不用来找我，”易胭说，“就算我们领了证，可我一开始就没要求你需要对我做什么。”

两人的关系现在处于冷战阶段，苏岸如此尽职做好自己的工作，仿佛无喜怒哀乐般，易胭却不会接受。

“不行。”苏岸仍是禁锢着她的手臂，没松开。

苏岸看着她：“对你做这些事，不是负责，只是我想做而已。”

不过寥寥十几个字，易胭瞬间被他顺毛服帖。

她虽面不改色，心里却骂了自己几百句不争气。

易胭没再回嘴，两人之间又沉默了几秒。

正在易胭想回话之时，苏岸外衣兜里的手机响起。

铃声打破僵局。

或许是做警察惯了，苏岸听到来电迅速拿出手机，接通放到耳边。

易胭这位置能微微听到那边传来的人声，说什么却听不真切。

不过几句，便见苏岸眉心微皱。

他一向没什么表情，一旦有表情，会让易胭有种事情特别严重的错觉。

易胭自觉苏岸应该是工作上有事，很快开口：“我先回去了。”

一有工作，其他闲事在苏岸这里都无足轻重。

苏岸收起手机，没什么犹豫，松开她的手：“嗯。”

说完他不再停顿，拉开驾驶座门正想进去，他抬眼看向易胭：“自己路上小心。”

不等易胭回应便坐进车里。

易胭看着苏岸启动的车子瞬间驰骋出视线。

苏岸高中除了学习没别的爱好，其他事他皆不上心，如今不过是学习换成工作而已。

易胭丝毫不讶异，上一秒还不让她走，下一秒有工作就毫不犹豫放弃跟她僵持，还真是跟以前一模一样。

她也没在原地停留过久，打车离开。

路上钱宇给易胭发了地址。

易胭给司机看了地址，坐在后面闭眼小憩。

餐厅离易胭家不近，离医院也不近，医院旁边餐馆林立，随便找一家吃都行。

易胭不知道苏岸为什么就是想往那些远的地方跑。

车外雨下不停，半个多小时后才到钱宇所在的地点。

钱宇正站在一家卷帘门外面躲雨，易胭透过车窗看他。

车估计已经被拖走了。

钱宇看到她，从檐下走出来，优哉游哉地穿过人行道。

他没坐进副驾驶座，拉开后车门钻进车里。

易胭白了他一眼："车都拖走了，你不能自己打车回去？"

钱宇吊儿郎当地往靠背上一靠，手交叉放在脑后："这不是不舍得拒绝你？"

易胭懒得再跟他说什么，前面司机问了句"去哪儿"。

易胭说了个地点。

钱宇闻言转头看她："你家开星巴克的？"

易胭开玩笑："是啊。"

"你说你好意思吗，朋友来做客你都不请他去家里坐坐。"

易胭冷冷瞥了他一眼："单身女性的家不让随便进。"

钱宇"啧"一声："其实你就是不把我当朋友，只把我当男性。"

易胭很诚实："是的。"

钱宇妥协："算了，我们不去星巴克了，找个喝的地方也应该找能喝酒的地方啊，怎么找星巴克？"

易胭很久没喝酒，上次接触到酒精不过一口，苏岸让她喝的。

她"嗯"了声："行。"

于是出租车改了地址往另一个方向驶去。

整个禁毒支队全然没想到那位被擒拿的毒贩所谓的松口是什么。

再次审讯时，毒贩当着警察的面当场咬舌自尽，毫无预兆，突然到来，根本来不及阻止。

整个办公室萦绕着线索骤然断掉的颓败感。

底下几个队员趴在办公桌上，异于寻常的安静。

这几天所有人没怎么休息，一个接一个的案子。

周蓝星和苏岸推门进来。

周蓝星是禁毒支队队长，苏岸是副队，他年纪比苏岸要大。

"给你们放个假，都回去好好睡一觉，明天继续干活，"周蓝星拍拍手，"都别垂头丧气了。”

其实做缉毒警这行，这种事遇得不少。

崔童比较乐观，从桌上直起身来：“周队，要不你请我们吃烧烤，我们立马给你表演不丧。”

一大群小伙子立马举手：“附议。”

周蓝星刚好走到崔童身后，呼了他后脑勺一巴掌，笑道：“臭小子，就会坑队长。”

虽是这么说，人却往外走：“走走走，请你们吃。”

一群人欢呼成一团。

周蓝星问身旁苏岸：“走吧，跟这群孩子吃烧烤去。”

苏岸瞥了眼墙上的电子钟：“不了，有事回去。”

这时身后的陈宙听到，探头问：“苏队，你有事啊，什么事儿啊？”

身旁崔童立马拉过他往外走：“苏队没什么事儿！别问了。”

周蓝星倒是没多问什么：“行，要是有事就先回去吧。”

说完拍了拍苏岸的肩：“最近最累的就是你，你也休息休息，过阵子还有得忙。”

“嗯。”苏岸点头。

“行，忙你的去吧，我们就先去撸串了，”周蓝星笑，“你嫂子都不让我喝酒，趁这次好好喝一次。”

苏岸“嗯”了声，在楼梯口和周蓝星分开。

夜幕下的水湾小区格外宁静，是一幢蛰伏在黑夜里的睡兽。

已是午夜一点，树下停着一辆车，黑暗里不甚分明。

车内，苏岸一动不动地坐着。

他已经在这里等了三个小时。

中控台里的手机屏幕灰暗，光洁屏幕上指纹凌乱，主人在触碰屏幕时力度不小。

从到这小区后，打给易胭的电话全部石沉大海。

而易胭屋内一大片玻璃窗都是黑暗，没开灯，她没回家。

现在是午夜一点，她还没有回来。

下午她是去见什么人，苏岸很清楚，他不止一次见过那个男人。

不知过了多久，车灯灯光划破黑暗，蓝色出租车停在苏岸对面，两车相对。

车后座门被推开，易胭和钱宇从车上下来。

易胭正想跟钱宇说不用下来，目光半路却被前面的车截住。

车灯打亮对面车车头，照上苏岸好看的轮廓。

易胭看过去。

透过挡风玻璃，四目蓦然相对。

♥第十一章♥ 是你让我留下来的

下车的钱宇目光越过出租车车顶："我送你上去。"说着注意到易胭的目光，顺着她看的方向看过去。

他也看到了苏岸。

苏岸在钱宇看过去那瞬眼风淡淡扫过来。

钱宇挑下眉，同是男人，他看出了苏岸眼里的警示意味。

他的目光不露凶色，很平静，但男人之间能嗅出强烈的警示。

而后苏岸便不再看他一眼，转眸看向易胭，他这次不像之前坐在车里没动，推门下车。

那边易胭回过神来，侧头对钱宇说："你先回去。"

钱宇看到苏岸，这次倒没有坚持，而是懒散地点点头："行。"

随后钱宇坐进车里，出租车快开走时他探头对易胭说道："有本事也别让这位男士上你单身女性的楼啊。"

易胭骂他一声："滚。"

钱宇这才笑着对前面司机说："走吧。"

出租车一走，周围再次恢复宁静。

苏岸停在易胭身边，冷淡得很："去哪儿了？"

易胭身上带着微微酒气，她酒量偏好，喝适量不至于醉，但头会发晕。

"喝酒。"她说。

苏岸没再问她其他，只是说道："上楼。"

或许是喝了酒乖了一些，易胭没反驳苏岸："嗯。"

走着走着也不知道苏岸哪根筋搭错，转头看她："让我上楼吗？"虽是询问，但更像质问。

她偏头看他：“我不让你上，你就不会上吗？”

苏岸看了她几秒，转回头。

易胭喝酒后话比较多，对苏岸也没那般冷淡，她问他：“我是不是挺有自知之明？”似乎有了少年时期的样子。

不知是不是易胭的错觉，她似乎觉得苏岸嘴角微微勾了下，但等她想仔细看时已经抓不到踪迹。

两人一起上楼。

进电梯，易胭靠在梯壁上，仰头看着一层一层上升的字数。

她忽然问：“你饿吗？”

苏岸明白易胭这么问的目的，侧头：“想吃什么？”

她饿了。

易胭的目光从红色的数字上收回来，也不绕圈子，直接说：“想吃烧烤。”

她说：“想吃烤鸡翅、烤茄子、烤热狗。”

苏岸已经拿出手机，低头点外卖：“嗯。”

易胭视线定在苏岸线条好看的侧脸上，忽然说：“我什么烧烤都想吃。”

苏岸抬眸看她：“吃得下？”

易胭目光描摹着苏岸双眼眼梢，那双眼睛总是清冷沉默，仿佛任何人都入不了他的眼，能被这样的人包容任性，胜过摘天上星。

“我不管，”她任性地说，“我就是想吃。”

电梯到达易胭家楼层，电梯门打开，她仍靠在梯壁上没动。

苏岸收起手机，牵过易胭的手腕将她拉起，走出电梯：“嗯，那就每样都点。”

易胭觉得自己可能真的醉酒了，她往苏岸身边靠。

走廊灯光明亮，瓷砖反射出冷光。一层二户，隔壁那家门紧闭。

走到一半，苏岸脚步顿住。

他面色虽毫无波动，视线却警惕地看向楼梯间，而身后的易胭明显也注意到异常。

苏岸回头时她也正看着那扇关一半的楼梯间门，两人对视，都明白对方的意思。

易胭忽然向前一步，故意制造出声响，挽住苏岸的手，她勾起嘴角对着苏岸说：“你怎么还送我上楼？以后不用送我上楼了，这么腻歪你就不怕我腻吗？”

说者无心听者有意，苏岸沉默看着易胭，眼神仿佛要将她吃了。

她不明所以，小动作捅捅苏岸，让他说话。

苏岸这才开口：“不怕。”

易胭余光时常注意楼梯间那边动静，眼神却直勾勾看着苏岸：“要不，你今晚就留我家别走了？”

说着两人已经到了门前。

苏岸低头看易胭，毫不推拒：“嗯。”

苏岸的目光太过炽热，以致易胭有几分不适。

易胭移开目光，指纹开锁时还不忘全套做戏：“好啊。”

房门打开，易胭进屋，苏岸紧随其后。

房门阖上，两人就没了方才在外头的暧昧旖旎。

易胭率先开口：“最近都忘了崔环杰这人了。”

刚才在楼梯间里那人八九不离十是崔环杰，上次易胭搅了他的场，旧仇未消又添新仇，崔环杰大概不会放过她。

苏岸“嗯”了声，易胭的猜测也是他的猜测。

说起崔环杰，易胭想起不久前在物业那里看到的监控，她发烧那日苏岸挂了感冒药和盐酸曲马多在她家门把上。

她往屋里走去，问苏岸：“你早就知道崔环杰了，是吗？”

苏岸是不喜欢说，但只要易胭问他，他都会回答：“嗯。”

易胭走前面，没再问什么。

苏岸不仅认识崔环杰，他还清楚崔环杰和她有纠纷，不然也不会对崔环杰这人上心。

易胭头微晕，进屋后在沙发上坐下，她靠在沙发背里，微仰着头看苏岸。

苏岸则单手拿手机，估计还在帮她点烧烤。

易胭捞过旁边抱枕抱怀里：“我刚才在开玩笑，不用点那么多，吃不完。”

苏岸抬头看了她一眼，一言不发重新低下头，估计在删除购物车里的东西。

易胭忽然觉得有点好笑，唤了他一声：“苏岸，怎么我说什么你都信啊？”

苏岸手上动作没停，将方才认认真真加进购物车里的东西一样一样取消。

他没抬头，也没回答她的询问。

易胭将抱枕放在身侧，起身："我去喝水。"

家里厨房呈开放式，L 形吧台隔开客厅与厨房。

但易胭基本不在家做饭，吧台那块地方干净到不像个做饭的地方，连油盐酱醋都没有。

易胭插电煮热水。

"平时不做饭？"不知何时苏岸已经跟她来到吧台这边。

易胭给水通电，回答苏岸："做饭麻烦，外卖省事多了。"

她稍稍踮脚，打开顶上橱柜拿出咖啡罐和茶罐："苏警官，你喝咖啡还是喝茶？"

苏岸看着这两样提神之物，沉默两秒后说："白开水。"

易胭把咖啡罐和茶罐放下："我请你喝我特意买的咖啡和茶，你居然不要，不要我自己喝。"

苏岸终于发现易胭哪里不对劲了，应该是酒劲后知后觉上来，她有点醉了。

他朝易胭那边走过去，易胭正揭开咖啡罐子，拿着勺子准备舀一勺咖啡粉进去。

还没舀起一勺 ，她的手腕忽然被擒住。

苏岸从她身后覆上来，两人前胸贴后背。

她一愣。

苏岸另一边左手伸出，拿下她手里的咖啡勺。

这个姿势，仿若将她环抱在怀里。

而他似乎是俯身，鼻息若有似无擦过她的耳际："这么晚就不要喝咖啡了。"

苏岸已经很多夜没休息好，嗓音低沉中带着一丝喑哑。

易胭心脏一缩。

还未等她回神，他再次靠近她耳边。

"也不准和别的男人出去。"

易胭心神一颤，想要逃开，可苏岸没给她机会。

他再次逼近，这次唇贴上她耳郭，若有似无摩挲，话出口却像是咬牙说出来的。

“一秒都不准。”

易胭的耳朵是敏感地带，浑身微颤，她两手撑在吧台上，一只手被苏岸抓着手腕。

易胭感觉到苏岸扣着她的右手往下走，覆上她的手背，五指穿过她的指间，狠狠扣住。

他偏头：“听到没有？”

易胭被苏岸灼热气息一烫，她试图躲避，偏开头。

苏岸却抬起没桎梏她的另一边手扣住她的下巴，将她的脸转回来。

仅仅这些小动作已经将他激怒。

苏岸的吻细细落在她的鬓发边：“听到没有？”

易胭撑吧台上的手指节微微蜷曲，指尖划过光滑瓷面。

苏岸擒着她脸的手不松一分力度，她被迫头微仰，承受他的控制。

在苏岸这里，她的力量永远不堪一击。可她不知为何倔着一股劲：“不要。”她不要听话，“你现在从我家离开。”

苏岸：“不走，是你让我留下来的。”

易胭想起刚才进门前说的话：“你应该清楚那是开玩笑。”

话音一落，她感觉到苏岸松了对她的禁锢。

可未等她反应过来，肩上一紧，她被苏岸翻了个身。

紧接着一阵天旋地转，整个人被苏岸扛上肩。

易胭瞬间扑腾起来：“放我下来！你干什么！”

可苏岸怎么会听她的话。

易胭光顾着想从他身上下来，没注意苏岸想做什么。

不过几秒之间，易胭再次眼前发晕，苏岸将她往沙发上一扔。

喝酒乏力，易胭反应没平时快，正想撑手坐起。

可下一瞬苏岸却压下来，他两手撑在她耳侧，困住了她。

易胭想靠蛮力逃出他怀里，却被他俯身狠狠吻住。

易胭被迫承受，眉心都皱起。

她的手脚被苏岸身躯困住，动弹不得，可再怎么不适，苏岸总有把她吻得浑身发软的能力。

他对她来说一向如此，千万遍都减不了她对他的沉迷。

她渐渐适应，迎合他的吻。

易胭睁眼看苏岸，这才发现苏岸那双冷凛静默的眼睛一直在盯着她看，从头至尾没移开一瞬。

还是和以前一样，总喜欢观赏她动情时脸上的神色。

时隔许多年，她对他故技重施。

易胭不知何时搂上苏岸的脖子，她下巴紧靠着他的肩膀，偏头靠近他的耳边："要吗？"

易胭的声音带着喑哑。

"苏警官。"

苏岸没回答她的话，却是身体力行，用行动回应她。

易胭第一次在苏岸身上看到不冷静的影子。

苏岸进门时已脱下身上的外套，上身就一件白衬衫，袖子松散卷搭在臂间。

易胭掌心贴上他的手臂，手下触感异样。

她回应他的亲吻霎时一顿，瞬间仿佛一盆冷水兜头而下，顷刻清醒。

苏岸感觉到她不专心，又在她的唇上轻咬一口，唇上微疼召回易胭的神智。

苏岸像是没有发觉她手握着自己的手臂。

易胭已经顾不上和苏岸亲吻，也不管他还在身上，躲开他的吻坐起来。

她还扣着苏岸的手，视线一刻不待落在他手腕往上几公分的手臂上。

易胭心脏骤然紧缩。

苏岸手臂白皙的肌肤上，几道结痂伤口，整整齐齐排下来。

伤口越往上未痊愈的痕迹越深，每一道都不是同一时间的割伤，而是隔段时间割一道，靠近手腕那道基本已经痊愈，痕迹将消。

猩红色伤口与他白皙肌肤成强烈对比，像是故意伤害。

意识到此，易胭手心微抖，会这样做的人只有苏岸自己。

不过两秒，苏岸迅速收回了自己的手臂，这两秒足以让易胭看清他手上的伤痕怎么回事。

可她不知道苏岸的意图，苏岸一开始就知道她会摸到他的伤口，他警惕性这么强，如果不想让易胭看到，一开始她就连近他身的机会都不会有。

一切不过是故意罢了。

她看到的只有苏岸收回手，骨感修长的指节翻卷下衬衫袖，遮住了那些伤口。

易胭衣衫微微凌乱，难以置信地看着他：“这是怎么回事？”

苏岸却是仿若无事人一般，背脊直挺，抬手扣袖扣。

“没什么。”

易胭却不会让苏岸含糊过去：“这些伤口都是你自己划伤的？”

苏岸情动后眼尾微微绯红，与他身上冷漠气质形成强烈反差。

他听着易胭说话，毫无波澜，半晌只是侧眸，终于看向她。

“是。”他承认。

他承认得如此坦荡，反倒让易胭不自在起来。

像是自己窥探到别人的秘密，还问了出来，丝毫不顾对方的感受。

苏岸那双眼睛弧形漂亮无辜，眼神却是极致冷淡，可他视线虽冷漠，看人时却格外认真。

他话不多，这样的对视会让人感觉到被尊重。

易胭心脏莫名一动，有种自己被他视若珍宝的错觉，但这丝想法很快被对苏岸伤口的探究压下去。

她唇瓣犹豫张合，不知道该不该问出口，害怕知道什么，又害怕不知道真相。

可如若这些秘密是苏岸不愿意说出口的，这样问又是否不妥。

她还没纠结出所以然，嘴上已先思绪一步：“这些伤口怎么回事？”

苏岸没立即回答，而是转开头，没再看她，低垂下眼睫。

过了许久，他冷漠的声线在空荡的客厅响起：“数数你自己回来和我见过多少次面？”

他话音一落，易胭怔住。

这句话不难懂，见多少次面，多少道伤痕。确切来说，是他对她冷漠多少次，就有几道痕迹。

易胭眼睛里的震惊和不相信无所遁形。

不知何时她撑在沙发上的手指都蜷缩起来：“什么意思？”

苏岸似乎对她这个回答不满，转头看了她一眼。

易胭还想再问，可话未出口，苏岸搁桌上的手机开始振动。与此同时，门铃响起，点的烧烤到了。

易胭想问的话生生被打断，而身边苏岸接通电话，起身到门口拿外卖。

易胭身上衣物有几丝凌乱，但她也不去打理，就那样看着苏岸拎着一大袋外卖进来放桌上。

等烧烤拿出来，易胭才发现点的基本都是她喜欢吃的。

以前易胭喜欢吃夜宵，追苏岸时经常拉着他晚上去烧烤摊吃烧烤，久而久之，易胭喜欢的吃食苏岸一清二楚。

两人都爱干净，不约而同起身到厨房洗手。

回来后两人都没提起刚才的事。

苏岸对烧烤没多大热情，买回来的烧烤多半都被易胭席卷。

她吃完最后一个烤翅，洗手回来后，纸巾在苏岸那边。

苏岸目光一直跟着易胭，易胭一抬眼目光便和他撞上。

只一个眼神，苏岸便领会她想做什么，拿过纸巾盒递过去。

易胭收回目光，抽了纸巾出来擦手。

本来很多话想说，到此刻却都沉默了。

人一直深信不疑的一件事忽然变成了另一副模样，连易胭这样平时镇静的人都难以保持冷静，更何况苏岸对她来说非同一般。

她在旁边单人沙发上坐下。

苏岸坐在她身旁的长沙发上。

两人长时间不说话，易胭平时工作起得早，此时已是凌晨，生物钟早已起效，何况她还喝了酒，更加困乏。

易胭蜷缩在沙发上，脑子里本来还在思考怎么问清楚，可不过几分钟，她难抵困倦还是睡过去了。

隔天易胭醒来，苏岸已经不在她家了。

昨晚尚有意识时她是在单人沙发上，可现在她已经在自己卧室床上了。

易胭睁眼看着天花板，不用想也知道是苏岸把她抱进来的。

她躺在床上，半天缓不过神来。

昨晚熬夜外加喝酒，头隐隐发晕，她从床上坐起，下床洗漱。

洗漱后易胭直接出门打车去医院，自己的车昨天留在医院停车场。

五点多小区还未苏醒，天蒙蒙亮，路灯在将明未明的天色中作业。

出了小区，易胭准备再走一段路，穿过人行横道到那边打车。

她走在人行道上，人行道一边是马路，一边是不知什么公司的围墙，旁边种了一排树，在黎明里轮廓不甚清晰。

马路上陆陆续续有车经过。

就在易胭快走出这片围墙时，转角处忽然冲出一人，迅速朝她飞扑过来。

易胭没有防备，但好在反应力强，迅速往旁边一躲。

酒瓶带着风从她耳际擦过。

来人带着酒瓶，若是刚才易胭没来得及躲开，此时估计头上鲜血淋漓，她不用想就知道是谁。

崔环杰的偷袭也让易胭逃脱，他怒骂一声，说完抡着酒瓶再次朝易胭砸过来。

易胭手上没有利器，对方又是体格健壮的男人，行动毫无章法，她一时找不到下手地方，只能躲开他的袭击。

崔环杰这类人多半脑子不清醒，睚眦必报，冲过来一阵吼。

人混乱时最容易被找到死穴，易胭抓住崔环杰愤怒扑过来这一刻的时机，没有躲开，正想反攻。

崔环杰却在这一秒迅速打出一道强光朝易胭射过来。

强光刺激，易胭眼前一花，生理性闭上眼睛。

仅仅一秒之间局势陡转。

她转瞬被崔环杰从后面勒住了脖子。

崔环杰臂力不小，使劲卡着易胭的脖子，脏话连篇：“终于让我抓住了是吧，跑啊！”

易胭本身也不是善茬，使劲想逃脱他的桎梏。

崔环杰力气比易胭大，她一时挣脱不开。

易胭不是个容易被制服的主儿，几番挣扎，两人倒地。

两人严实摔在水泥地上，易胭浑身骨头发疼，但她丝毫没放松警惕。

崔环杰坐在地上，从背后勒着她的脖子咬牙切齿骂：“举报我是吧，居然让人抓我，爱多管闲事呢？”

这个姿势她再也逃脱不了。

崔环杰牙根咬紧，就像要把易胭咬碎一般：“两年出来世道变了，生意都让你搅糊了！要不是被你举报进去，我现在也不至于沦落到这个地步！”

易胭脸色逐渐涨红，脚不住地蹬地。

她的目光落在不远处崔环杰方才扔下的酒瓶上，挣扎中往那边靠。

“跟你妈一样！你以为你妈在里面多干净！”

听到崔环杰骂易檬，易胭瞳孔骤然一缩。

“我不弄死她都算我好心！”

气已快绝，易胭却在这时手往旁边奋力一伸，捞过旁边的酒瓶子，使尽浑身解数往后面崔环杰头上一砸。

一声清脆声响，伴随着崔环杰的怒骂。

易胭喉间骤然一松，空气顷刻间涌入呼吸道。

她剧烈咳嗽起来，却还不忘回身迅速当胸给崔环杰一脚。

崔环杰始料未及，整个人往后撞在围墙上。

易胭摇晃从地上站起，崔环杰还试图站起，她手一扬，碎裂酒瓶再次断了一截。

又给了一拳，崔环杰才没站起来。

易胭手上已经被酒瓶锋利处割破，血液纵横掌纹。

身上衣物也沾上灰尘，头发微乱。

她注意着崔环杰的动静，用流血的手从兜里掏出手机，拨通医院电话。

救护车很快过来。

易胭和崔环杰一起上的救护车。

崔环杰已经陷入昏迷，车上医生给易胭受伤的手消毒。

跟车的医生同属急诊科，看到这情况心里着急：“怎么回事？这是趁天还没亮劫财？还是其他？”

其他，不用说出来大家都懂，当今社会女性危机。

“都不是，”易胭淡淡瞥了崔环杰一眼，“有点过节。”

“有过节也不该对一个女生下手这么重，”那医生看了眼易胭的脖子，“这脖子都勒出血了。”

易胭脖子上一圈红紫，崔环杰用力不小，勒到那一圈皮下毛细血管短时间内破裂。

她经过刚才猛烈咳嗽后已经没有太多不适，就是嗓子发痒。

到医院后医生已经帮易胭处理好伤口。

每天急诊病人都不少。

易胭径直往办公室走去，因为路上这点小插曲她已经耽误了上班时间，迟到了半个小时。

她喝了杯水后换上白大褂迅速回到诊室，开始工作。

虽然手受伤了，但好在影响不大。

中途那个给易胭处理伤口的医生过来诊室，跟易胭说崔环杰麻药的药效还没过，仍在沉睡当中。

易胭没打算去看他，就这样在诊室忙碌了一天。

直到下班易胭才有时间看手机。

苏岸给她发了短信。

“下班一起吃饭。”

崔环杰这事对易胭没有太大影响，这远远不是她遇到过的最大伤害。

如若不是昨天崔环杰出其不意的一道强光，易胭也不至于受伤。

一天下来她心情也没太受影响。

虽是一整天上班没看手机，但中途易胭也有想到苏岸，想到昨晚的事。她不是不明白昨晚苏岸说的话是什么意思，而是难以置信。

人总是如此，那些过往刺伤自己的总在潜意识里疯狂滋长，成了最敏感的触角，一碰便急切想逃，缩进无人能碰的暗壳里。饶是易胭也逃不过这种人性弱点。

苏岸的出现对她来说本身就是一道过不去的坎。

他对自己的不喜欢，成了她这辈子最敏感脆弱的触角，无人知道，但她自己一直清楚。

易胭深信不疑苏岸从未喜欢过她，某一天他却撕开冷漠表面，让她窥探到他的秘密。

她第一反应不是兴奋，而是难以置信，潜意识里不相信。

距离昨天十几个小时，直至今天仍有一种恍惚感。

易胭看着苏岸发过来的短信，回复消息。

“好。”

她朝更衣室里的镜子看了一眼，脖子处红紫未消。

崔环杰这事苏岸清楚，易胭也不想瞒他。

再说她恶劣趣味作怪，高中时候最喜欢的莫过受伤了就到苏岸面前撒娇装可怜。

俗话说会哭的孩子有糖吃，事实也的确如此，每次她一装可怜，苏岸态度便不似平常那般冷漠。

这么多年过去，易胭反倒活得没有十年前的自己通透。

她看着镜子里自己的伤口，无声勾起嘴角。

出来时天已经暗了，这座城市四季不分明，春天没多暖，风里仍带冷冽。

易胭脖上圈着围巾，出急诊科便看到苏岸的车。

身旁陆续有人经过，易胭不知为何突然想起以前，虽然以前谈恋爱时苏岸对她不算好，但不管约会还是其他，他一直很准时，不会让她等。

她半边脸埋进围巾里，走过去拉开车门，坐进副驾驶座。

苏岸问：“想吃什么？”

她系上安全带：“火锅。”

易胭说完哈口气：“外面好冷，想吃热的。”

苏岸无话，顿了几秒发现自己没回答她，“嗯”了一声。

易胭没发现异常，车里暖，她摘下围巾，里头一件低领毛衣，她修长脖颈一览无遗。

苏岸的车开离医院，他注意路况没看过来。

易胭也不急，闲适地靠靠背上，侧头看窗外马路上繁忙车流。

车玻璃上映出苏岸的侧影。

易胭难得觉得这么放松，目光描摹他的轮廓。

苏岸五官不是硬气类型，相反是秀气，眉眼鼻唇格外漂亮，只不过笼了层寒霜，满脸写着生人勿近，即使这样仍掩盖不了他的漂亮。

明明苏岸未曾转过来看一眼，但某刻易胭看见他两片薄唇翕动。

“脖子怎么了？”

她转回头看向驾驶座的他：“什么时候发现的？”

苏岸没回答她，冷声问：“崔环杰？”

易胭没打算瞒他，漫不经心地点了下头：“是。”

说到这，她也不继续说下去了，就等苏岸自己问。不过苏岸最擅长的就是憋话，易胭也不清楚他会不会问。

没想她话落没有一秒苏岸便问：“怎么回事？”

易胭忽然被自己暗戳戳的心理活动弄笑。

苏岸侧眸淡淡瞥了她一眼。

她忙正色，解释：“早上上班他在楼下堵我，然后就这样了。”

她话音一落，苏岸放在方向盘上的手一顿。

易胭感觉车头不受控制偏移了下，她没反应过来：“你干吗？”

车已经重新被控制，苏岸冷脸没回答。

早上她上班时间，正是他离开小区几个小时后。

易胭能察觉苏岸异样，具体因为什么她大概也清楚。

这是正常人都能想出来的原因，明知崔环杰在附近，可他仍没有留在她家过夜注意动静。

可易胭自己觉得没什么，她习以为常，也不需要人保护，她自己一人足够应付。况且苏岸职业不稳定因素多，半夜随时出警也是平常。

她看苏岸不说话，自己开口：“你别觉得是你的错，不怪你，也不怪我，要怪就怪崔环杰。”

苏岸沉默不语，几秒后问：“报警了吗？”

易胭头靠靠背看他：“没，我也打他了，还把人打到昏迷。那附近没监控，报警后顶多关他几天，出来还不是找我报复，况且他就记仇我两年前举报他吸毒的事，现在再让他蹲派出所，这种人出来只会更猖狂。”

易胭从小便这样，出事一般不找警察，自己出手跟人打架，揍到别人服气不敢找她麻烦。

以前还因为这事跟苏岸闹过别扭。

他不让她打架，可她又习惯这样解决问题。

多年后苏岸也还是跟以前一样：“以后先报警。”

易胭不想跟他倔，随口应下：“好。”说完问了句，“昨晚接任务了？”

“嗯。”

讲清崔环杰的事后，两人话题也差不多完结。

没话讲便会想起昨晚的事，易胭目光若有似无地滑过苏岸的右手手臂。

他身上已经不是昨晚那身衣服，换了一身，手臂伤痕被规束在一丝不苟的衣物下。

易胭记得苏岸有洁癖，从高中起认识他就没见他不整洁过。

她看着他的手臂：“手还疼吗？”

火锅店离医院不远，她话落后正好到店前。

苏岸停车：“不会。”

车里黑暗，只有外头路灯照进来的微亮。

易胭看着苏岸，问出了两人之间忌讳的话题：“苏岸，离开这八年，你恨过我吗？”

两人应该下车，可是苏岸闻言后没动，也没看她。

安静曼延。

易胭一直盯着苏岸的侧脸看，就在她以为苏岸不会回答的时候，他冷淡地开口。

“恨过。”

因为恨过生气过，所以才会在她刚回来时对她那般冷淡。

可他终究对她念念不忘。

想靠近，又百般冷淡，何尝好受。

每次冷淡让她难过一次，他手上便多一痕，想她想疯了便用痛觉止住。

即使知道答案如此，易胭还是心里一酸。

苏岸却没就此停下：“你为什么就那样走了？”

她一愣。

这种话若是换作高中时候的苏岸，肯定不会问出口。

可这个问题，易胭不能回答，也回答不了，她说出来对苏岸无益。

相互沉默几秒，她先一步动作，解下安全带："去吃饭吧。"

苏岸转眸不着痕迹地看了易胭一眼，但她不准备回答，他也不强求。

他没再说什么，同她一起下车。

吃火锅时两人也没再谈论这个话题。

他们之间敏感话题多，有时不恰当时机问出口，双方都有折损。

火锅店里灯光明亮，易胭这才注意到苏岸脸色不算好，眼底青灰明显，显然没多少时间阖眼休息。

吃完饭苏岸送易胭回家。

警局还有事，他不过抽空出来陪她吃顿饭。

下车之际，苏岸跟她说："明天早上过来接你上班。"

易胭本想推拒，毕竟她上班时间早，苏岸又明显睡眠不足。

但估计他不让，于是她便答应："行。"

经过昨晚一夜，易胭对苏岸的靠近没再那么抗拒。

至少他和她在一起不是为了负责。

易胭围上围巾后才下车，还有心情调侃他："明天见啊，苏警官。"

即使今天遇上糟心事也没有影响易胭心情，人在生活中总要找点乐子，这八年来她感情平淡如水，和苏岸重逢后总算有点起色。

易胭自己没觉不妥，倒是苏岸朝她看了一眼。

虽还是面无波澜，但估计有点不习惯，易胭很久没对他这般开朗过。

昨晚他不经意间的算计，还是起了作用。

结婚惹她生气后，这是她第一次对他没那么冷漠。

其实除了结婚一事苏岸没有遵从易胭，其他事上他对易胭还是极其尊重。

即使领了证，两人也没有过上婚姻生活。

他不过为了那两本证而已。

直到易胭背影消失，苏岸才启车离开。

隔日早上易胭下楼，苏岸已经在楼下等着。

她前晚没睡好，即使昨晚睡眠舒适，早起仍是困，一路在车上睡过去了。

苏岸将她送到医院后便离开。

易胭进急诊科后正好遇到要离开的小娜。

小娜昨晚值夜班，正要下班回家。

她跟易胭打招呼："易医生。"

易胭应声。

"对了，"小娜停下来跟她说，"昨晚崔环杰被警察带走了。"

易胭不知道这事："什么时候？"

"大概九点的时候警察就过来了，他们来的时候崔环杰还没醒，等崔环杰醒后就被带走了。"

"哦，对，"小娜说到这儿有点兴奋，满脸掩盖不住八卦的欲望，"吃联谊饭那天过来医院接你的那位警察也来了。"

易胭大概能猜到是苏岸报的警，但没想到他自己会过来。

昨晚他送她到家时大概八点多，所以苏岸回头还去了医院。

早上送她上班也没提崔环杰一句。

小娜说到这儿看向易胭围巾围住的脖子："易医生，你脖子好点了吗？"

易胭："差不多了。"

这时她手机刚好有短信进来。

她顺势低头看了一眼，是崔依依发过来的短信。

"易胭姐，我刚接到警察电话，我爸是去找你了吗？你没事吧？"

易胭自上次夜店分别后没再和崔依依见过面。

小娜这两天值夜班，易胭上白天班，两人没什么说话机会。

上次看到易医生被那个帅帅的警察牵手带走，小娜早就八卦心爆棚，她凑近易胭，问："易医生，那个警察是你男朋友吗？"

易胭暂时没回崔依依短信，收起手机，她朝诊室走去，弯下唇："快了吧。"

♥ 第十二章 ♥ 我们回家

急诊科人群络绎不绝。

一个小孩贪玩被剪刀剪了手，一块肉掉下来，哇哇大哭。

易胭戴着口罩，棉球还没碰到孩子伤口，孩子便先一步放声大哭。

小孩父母抱着孩子不停地哄，又是着急又是无奈，跟易胭说："平时告诉他剪刀不能玩，他就是不听，早上趁我出去买菜，自己拿剪刀玩。"

易胭抬眼，小孩那张小脸满是泪痕。

小孩仍是不配合，扭来扭去就是不让易胭处理伤口。

她平时工作也遇见不少不配合的孩子，司空见惯。

这时诊室外突然进来一个人，易胭抬头，崔依依从诊室门口进来。

她走过来，手里拿着糖："小朋友，这是什么？"

小孩子虽然顽皮，但听到这话还是看过去。

崔依依手里赫然几颗糖果。

小孩奶奶的声音立马回应："是糖糖。"

崔依依问："想吃吗？"

小孩眼里还满是泪珠，点点头："想吃。"

崔依依指指易胭，没以大人身份跟小孩对话，而是跟小孩打商量道："你手上流血了，乖乖让医生姐姐处理好不好？伤口处理好了我就让你吃糖。"

小孩妈妈抱着他坐椅子上："乖，让医生处理伤口，姐姐就给你糖吃，不能哭。"

小孩吸吸鼻子，看看易胭，又看看崔依依，最后怯怯地点头。

易胭口罩遮挡半边脸，朝崔依依微微点头，低头消毒。

经过这番折腾才把小孩伤口处理好。

之后又连续来了两位病人，崔依依一直在旁边等着，也不打扰易胭。

易胭处理完几位病人，起身到洗手台冲水洗手。

她的声音从口罩后传来：“找我有事？”

崔依依身上穿着一身校服，少女单薄的身板包裹在校服里，显得十分消瘦。

她看向易胭：“没，也没什么事。”

易胭抽纸巾擦手，扔进纸篓，问：“奶奶最近身体怎么样？”

崔依依沉默一瞬，还是回答：“挺好的，奶奶最近吃得下，睡眠也好。”

易胭注意到崔依依身前的手，十指不安地攥着校服，动作格外细微。

她转开眼眸，拍下身边的椅子：“别站着了，过来坐。”

崔依依看了易胭一眼，低下头：“哦。”

她在易胭身旁的椅子坐下，或许是家庭原因，崔依依气质上总有股不自信，虽平时跟人交流看起来开朗，但实际在很多事情上畏首畏尾。

易胭知道她有话说。

果不其然，几秒后崔依依低下头：“易胭姐。”她停顿几秒，“对不起。”

没等易胭问什么，崔依依不知怎么就哭了：“对不起，易胭姐，我不是故意的，他到你家小区找你，这些我都知道，可是他拿走了我的手机，把我锁在家里不让我上学，我没办法出来找你。”

崔依依是个很记恩的女孩，易胭帮过她什么忙她都记得一清二楚，一旦有事她没能帮到易胭，便会愧疚到不能自已。

易胭：“不是你的错，况且我自己早就发现他了，你说不说都一样，别太自责。”

她端详崔依依的脸，很清秀的长相，眼睫低垂，只不过眼尾的一点青紫美中不足。

她皱眉：“崔环杰打你？”

听到易胭这话，崔依依身子反射性一抖，这是人害怕至极的反应。

她的手缩了一下：“没，没有。”

易胭很清楚，崔依依这反应说明崔环杰打过她，而且揍的力度不小。

亲身经历过，易胭知道崔环杰下手有多不分轻重，崔依依这小身板根本受不了。

易胭没再逼问她，只是问："上药了没？"

崔依依知道瞒不过易胭，最终还是承认，点头："上药了。"

崔依依是早上六点多给她发的短信，这是这几天来崔依依给她发的第一条短信，估计是崔环杰被抓后她才有机会拿到自己的手机。

"他还在吸，"崔依依低着头，"当着我和奶奶的面吸，玻璃仪器什么的都堆在家里。"

易胭知道崔环杰出来肯定会继续吸。

但没想他比以前还要猖狂，以前至少会躲开崔老太太和崔依依，私底下吸。

易胭无言。

"易胭姐，"崔依依说，"你以后别管我们了。"

"麻烦我和奶奶自己解决，你本来就不应该掺和进来的"

崔依依一直记得那天易胭在酒吧被一个西装革履的男人搂在怀里的样子，男人对她的保护欲格外强。

易胭该过的应该是那种被捧在手心里宠爱的生活，而不是被她这个残败家庭缠住，她们已经给易胭带来很多麻烦了。

这时候挂好号的病人进来诊室。

"医生。"

崔依依从椅子上站起来，准备离开："那我先走了。"

易胭重新戴上口罩，点点头。

崔依依刚转身，下一秒又转回来："易胭姐，这两年谢谢你。"

易胭知道崔依依讲的是真心话，弯下唇，口罩上的眼睛弧度微弯了下。

"知道了。"她接受这句话。

崔依依也对她笑："那我先走了，我还得去上课，再见。"

易胭点头。

半个月来都是苏岸送易胭上下班，两人关系有所回温，但毕竟过去八年的坎在那里，谁都没法一时释然。

虽然每天都是苏岸接送，但两人待一起的时间并不多。

苏岸很忙，一般陪易胭吃个饭，送她回家后便离开，半个月来苏岸不曾上过她家一次。

总被接送，易胭自己的车也搁置了很久。

易胭今天上夜班，早上四点多的时候收到纪糖发的消息。

凌晨四点，正常人都在睡觉，纪糖给她发微信。

“在上班吗？”

易胭正好闲着，回消息。

“大半夜不睡，你干吗？”

纪糖一个电话打了过来，接通起来第一句话：“现在没病人啊？你竟然才有空回我消息。”

易胭转手里的笔：“是啊，你怎么大半夜还不睡？我记得你生活挺健康的啊，纪少爷。”

纪糖叹口气：“别说了，愁。”他问，“下班有时间一起吃饭吗？都半个多月没约饭了。”

两人上次吃烤肉后就没再见过面。

“行啊，不过大早上的你不用上班？”

纪糖停顿一瞬：“不上了。”

易胭毕竟跟纪糖是多年好友，听得出他话里颓丧：“怎么了？这么丧？”

纪糖：“吃饭再说，等你下班约个地方。”

“行。”

挂断电话后，易胭想给苏岸发消息让他不用过来接自己，等打开微信她才发现还没加苏岸好友。

她顿了下，几秒后还是退出，直接给他打电话。

苏岸没接听。

易胭又打了一遍，还是响了几秒后自动挂断。

苏岸大概在忙，易胭没再打，发了条短信。

苏岸这边昨晚结了个案子，毒枭洛又一条贩毒链被端掉。

凌晨上面让所有队员回去休息，这几日缉毒警就没歇过几个小时，大家都疲累，一通知回去休息，没一会儿人便走光。

苏岸本想回家休息，看一眼时间，凌晨四点，距离易胭下班也不过两个多小时。

苏岸没回家，驱车到医院。

车停在医院外面，易胭工作他不想打扰，在车上闭眼小憩。

两个多小时一晃而过，易胭和纪糖约了个地方会面。

从急诊科离开后她径直去停车场取车，而后驱车到一家酒店，纪糖父亲旗下的产业。

这酒店不仅因为居住环境好，价格高昂得名，还有酒店五楼每天四点多开始营业的粤式早茶也很出名。

易胭蹭过不少次早茶，每次纪糖都带她来这里蹭吃蹭喝。

卖相和味道都很不错，厨师对菜品明显精雕细琢。

易胭坐电梯上去时纪糖已经到了，绕过雕花屏风，纪糖坐在落地窗边，易胭过去在他对面坐下。

“点了？”她问。

“没点，看我进来他们就自己张罗去了，问都不问我，”纪糖说，“他们只会挑好吃的送上来，放心好了。”

早晨七点，吃早茶的人不少。

竹蒸笼里几颗圆润金黄的干蒸，白瓷盘上泛香的肠粉，精雕细琢的天鹅榴梿酥……

纪糖端起瓷茶壶给易胭倒了杯热茶。

她接过茶杯，喝了一口：“你遇到什么事了？”

纪糖放下瓷壶：“都是些糟心事。”

他抬手烦躁地抓了抓脑袋：“我真的是，唉，什么都做不好。”

平时的纪糖性格大大咧咧，很少有这么颓败的时候，以前能让纪糖这么颓败的，就属他那师姐一个。

易胭来了兴趣，放下茶杯：“快说来我笑笑。”

纪糖白了她一眼：“你就知道看我笑话。”

“这不是给你纾解纾解，别憋坏了。”

纪糖叹口气：“以前不是跟你说过我爸公司里有一个女生追我吗？”

易胭挑眉。

“我爸不是想让我直接坐他办公室了吗，不想让我做基层员工了，前几天就跟员工公布了我的身份，”纪糖皱着眉，“结果那女生知道我是我爸儿子后，居然不是高兴，竟然躲着我走，都不找我说话了。”

易胭笑：“喝不了星巴克了？”

纪糖：“你能不能别哪壶不开提哪壶啊？”

“叫你不理人家小姑娘，以前你躲她，现在她躲你。”

“不是，”纪糖百思不得其解，“你说她为什么反倒不敢接近我了，正常人知道自己喜欢的人是有钱人都会高兴吧，怎么到了她这里，知道我家有钱反倒跑了？”

易胭莫名觉得有点好笑。

纪糖苦恼：“真的是在公司一遇到我就跑没影了。”

易胭忽然问：“你喜欢人家女孩？”

这话一落，纪糖卡壳，半晌才说一句：“什么？”

“不然你苦恼什么？”她说，“以前能让你这么苦恼的也就你学姐。”

说到学姐，纪糖才想起自己已经很久没跟学姐联系了，也很少想到她了。

一个不留神，他被嘴边的茶水呛了下。

易胭递张纸巾给他：“你自己好好想想吧，是不是喜欢上人家小姑娘了？”

苏岸醒来时车窗外晨光微熹。

周边人来人往，马路上车流匆忙。

他拿过手机，看到两个未接电话，一条短信，都来自易胭。

“我跟纪糖吃饭，早上你不用过来接我下班了。”

苏岸看了一眼时间，早晨六点多，那时候易胭已经下班几分钟了。

他看一眼急诊科大门，易胭估计已经离开了。

苏岸没在原地停留，手机放回中控台，驱车离开。

易胭和纪糖一顿饭吃了两个多小时。

期间纪糖试图给那小姑娘打电话，打过去才知道自己被拉黑了，挫败到不行。

出来时没遇到早高峰。

两人都开了车，纪糖昨晚苦恼得一夜没睡，再加上被人家女孩子拉黑心情不好，现在只想回家睡觉。

易胭则是上夜班，到了该休息的时间。

两人在酒店前分别，各自开车回家。

半个小时后回到水湾小区，易胭正准备进去，旁边一辆车上忽然下来一个人，隔着段距离抬手拦下她的车。

拦车的是位中年人，一身黑西装一丝不苟。

易胭淡定刹车，车缓缓停在这人面前，她对视上挡风玻璃外的人。

等车停下，那人便立刻上来。

易胭知道这人有话要说，降下车窗。

男人说明自己意图："易小姐，我家夫人想见你一面。"

易胭有几分诧异，正想问是谁。

旁边那辆黑色轿车后座车窗落下，她余光注意到，侧眸望过去。

苏母弧线优美的矜贵侧脸出现在易胭视线里。

易胭年少时对苏母印象深，回来后还在医院见过一面，且苏母本身气质优越，易胭一眼便认出来了。

苏母会来找她的原因，不外乎是因为苏岸。

易胭坐在车里没动，回过头看男人："有事？"

男人语气礼貌："有事跟你谈谈。"

易胭原本想无视，但想想是苏岸的母亲，还是忍下："怎么谈？"

苏母明显有备而来，男人说："一家咖啡馆，我们在前面带路，你跟着我们就好。"

"行，"她懒散点下头，"带路吧。"

得到易胭的答复，男人这才回到车上，转弯和易胭的车擦肩而过。

易胭也打方向盘转弯，紧跟其后。

易胭家小区在交通发达地带，咖啡馆不消多久便到。这家咖啡馆出名的贵，但胜在东西好喝，装修高雅，一般高消费人群才会选择来这里消遣。

苏母的车停在前面，易胭也找了个停车位停车。

苏母先一步下车往店里去，易胭也下车，两人一前一后进咖啡馆。

推门而入，咖啡馆舒缓音乐扑面而来。

易胭随着苏母在一个卡座落座。

两人相对而坐，却一时都没人开口，如八年多前一般。

还是旁边见客人进来过来服务的服务生打破僵局："请问两位喝什么？"

苏母和易胭各点了一杯咖啡。

原本对方是长辈，易胭理应先开口，但面对苏母这样的人，完全不知何时一句话就会触她逆鳞，她宛如一颗不定时炸弹。

易胭干脆沉默。

等到咖啡馆乐曲一曲结束，对面苏母忽然开口："为什么回来？"

易胭抬眸，苏母看着她，眼睛里仿佛含着一层水。

行事风格凌厉的一个人，说话声音却格外温婉，连外表都极其柔美。

易胭漫不经心地搅着咖啡："回来需要理由吗？想回来就回来了。"

苏母一向不喜欢易胭，这么多年来从未改观过。易胭如此态度说话，更是惹她不喜欢。

"你敢说你回来不是因为苏岸吗？"苏母没动眼前的咖啡，眼睛直直地看着易胭。

易胭对视上她的目光，停下手里搅动的咖啡勺，平淡地说道："我说假话你不满，说真话你又生气，所以你想听哪种？"

这么多年过去，她面对苏母的态度还是跟以前一样，一分没变。

苏母从小养尊处优，家庭背景好，待人接物上自然礼貌得体。

易胭这种态度和行为明显与她三观相悖。

"为什么这么多年来你一点都没改？"后面的话苏母没说出口。

还是这么不服管教、待人不礼貌、没有尊卑观念。

易胭理所应当地回答："我为什么要改？"

她看着苏母："我没觉得自己有错，也没觉得自己这样不好。"

苏母格外讶异："什么？"

易胭："八年前你找过我，我的态度很清楚，你再怎么阻止我和你儿子都是徒劳，我不会听。"

苏母难以置信地看着她，语气生硬："你到底在坚持什么，你相信他喜欢你吗？"

苏母外表看着柔弱，但实际上戳别人心窝戳得比任何人都准。

苏岸和易胭之间的问题，苏母看得比他们透。

易胭最忌讳的，莫过于苏岸不喜欢她。

沉默几秒，她声音镇静肯定，直直逼问苏母："你怎么就知道他不喜欢我？"

说着说着她忽然笑了："你知道我和他领证了，对吧？不然你也不会跑来找我。"

苏母被易胭看穿。

的确，要不是因为两人领证，苏母也不会来费这个口舌。

让她更生气的是，苏岸所需要的户口本，还是趁丈夫和她不在家的时候拿走的。苏母想到这里，心里憋着的气更盛。

易胭面前咖啡没喝一口："你最近肯定监视他了，也知道我们最近都待在一起吧？"

苏母的行径被易胭猜破，从小接受的教育使得她根本说不出谎话，只能任由易胭说着，无法反驳。

易胭已经不想说太多，该说的已说尽，更何况这些话八年前的苏母已经听得够多。

她站起来："我还有事，先走了。"

苏母没看易胭，盯着对面她的位置。

易胭不再说什么，转身离开。

刚走出几步，苏母声音忽然在背后响起。

"你放过他，好不好？"苏母声线里满是凄婉，"算我求求你了。"

"当年你让他死过一次，别再来折磨他了，好不好？"

易胭脚步一顿，她回头："你什么意思？"

"易胭，"苏母眼睛里盛满了泪，"阿姨求求你，你别喜欢他，不喜欢他他就会忘了你，就什么都好了，你别理他，算阿姨求你。"

易胭隐约觉得当年有事发生，可是苏母肯定不愿意告诉她。

苏母话里全是难过，但易胭没再管，结账后转身出了咖啡馆。

今天天气好，天空几丝云，四处卷散，阳光打在柏油路上有些刺眼。

易胭迫不及待地上车，在车里冷静了一会儿。

其实刚才在苏母面前的一切不过装腔作势，她只不过是懂得要比对方更强硬这个道理。

不知过了多久，易胭拿出手机。

上面最后一条信息是苏岸回复她的让他不用过来接她的短信。

看着看着，她鬼使神差地发了条短信过去。

“你在哪儿？”

苏岸那边很快回复。

“市局。”

指尖悬空几秒，按了按屏幕。

“我想见你。”

几秒后消息进来，简短一字。

“好。”

市局不在这附近。

易胭穿越三分之一城市去找苏岸，半路收到苏岸短信，内容言简意赅。

“市局对面。”

易胭知道苏岸会这样发给她，估计已经下楼在对面等着了。

马路车流繁忙，红绿灯一个接一个，但一路易胭并没遇见多少红灯，大多遇到绿灯。

一路畅通无阻到达市局，大楼威严肃穆。

苏岸在马路对面，易胭正好不用绕一圈过去找他，直行两个人便能见面。

阳光越来越刺眼，照得人睁不开眼，却不热。

苏岸站在马路对面，微垂头颈，手插兜里懒散倚着树干，像是感应到什么，他漫不经心地侧过头。

透过挡风玻璃，易胭目光和车外的苏岸对上。

看到易胭，苏岸后背在树干上微使下力，站直了身子等她过来。

易胭车停在停车区，推车门下车走近苏岸。

他皮肤白，眼底稍重的黑眼圈使得他神情懒倦，柔化不少平时的冷硬，仿佛刚睡醒，还带着点慵懒。

她问："你刚在睡觉？"

苏岸带着鼻音哼一声："嗯。"

他在睡觉，但她出咖啡馆后给他发的短信他几乎是秒回。

工作原因，苏岸休息时很少将手机静音，随时待命成了习惯，警惕心强。

易胭给他发短信，他立马便警觉。

看到是她发来的短信还有点不真切感，早上以为她不想让他接她是有点厌倦了。

但她来找他了。

易胭："我是不是打扰你休息了？"

苏岸微摇头，薄唇掀阖："没有。"

易胭这才发现苏岸的头发有几丝散乱，估计是睡觉时弄的，她动作先意识一步，微微踮起脚尖抬手抚他短发几下。

他低头，目光移到她脸上。

头顶细碎日光筛过罅隙，小光斑打在易胭的肌肤上。

对视上苏岸的目光，易胭才意识到自己做了什么，她手还停在苏岸短发边，恍惚回到以前她总对苏岸动手动脚的日子。

虽然回来后两人也有过不少亲密动作，但亲密时她都不是清醒状态，没有清醒时来得强烈。

此刻心脏竟然有少女时代般的怦动。

被苏岸漂亮的眼睛看着，心脏一下一下有力地跳动。

她安静了几秒，手没有收回来，反而指节穿过他短发胡乱揉了一把，跟以前一样爱捣乱。

似乎是太久没见过这样的易胭，苏岸迷茫地看着她。

易胭后脚跟落地，虽然表面镇定，实际心跳很不争气地加快，很久没有这种感觉了。

她胡说八道："你头发太整齐了，我帮你弄乱。"

苏岸没拆穿她："好。"

易胭忽然被苏岸这样子逗笑："怎么我说什么你都说好啊，是不是我哪天把你卖了你都说好啊？"

易胭不过在开玩笑，哪知苏岸却格外认真地看着她，几秒后应声："是。"

易胭一愣。

苏岸转移话题："找我什么事？"

"你觉得我找你能有什么事啊？"

苏岸淡淡瞥她一眼，冷漠道："不知道。"

易胭有时觉得苏岸也挺坏，他明明知道她短信里说了想见他才来找他。

她也不让他得逞，说："晚上一起吃个饭吧，苏警官。"

她觉得苏岸在用看智障的眼神看她："你这什么眼神？"

他声音淡漠："你特地过来就是为了约个晚饭？"

"对啊，有什么问题？"

易胭不知道为什么苏岸今天话多了点。

他说："你的手机用来做什么的？"

经过这么一茬，易胭厚脸皮程度上升："我就是乐意过来找你啊，不行啊。"

这时苏岸的手机铃声响。

他伸手掏兜里手机，另一只手却是懒散一抬，单手将易胭扣进怀里。

"知道了。"

易胭一怔，她下巴顶在他肩上，还愣神着，他手腕微动，单手揉乱她的头发："你头发太整齐了，我帮你弄乱。"

长本事了，都会用她的话回呛她了！

苏岸接起电话，易胭听到那边似乎说了几句。

苏岸"嗯"了一声，说道："马上过去。"说完便松开了她。

两人都没提刚才的事，易胭一脸淡然："有任务？"

苏岸点头，脸上还是那样冷淡平静："嗯。"

她说："晚上别忘记一起吃饭。"

他点头："先回去了。"

“嗯。”

易胭离开市局，回家睡了一觉。

之前有段时间经常靠药物入睡，最近都不怎么需要便一觉安稳。

她一觉睡醒时已是日暮黄昏。

易胭从床上起身，捞过手机看一眼时间，下午五点多。

她揉揉长发，刚揉一下便想起早上马路边苏岸将她搂怀里那一幕，他还揉了她的脑袋。

两人现在说不上变得跟以前情侣时一般，但总归缓和了陷入僵局的关系。

易胭想，慢慢来总会好的。

五点多苏岸还没联系她，应该还在忙。她没打扰他，先下床洗漱，洗完澡出来落地窗外不见太阳，只剩天际一抹红。

黑夜在降临。

手机躺在地板上，屏幕暗着，没亮。

易胭长发洗后还湿着，拿着擦头巾拭干，走过去捡起手机按亮屏幕，屏幕上干干净净，没有一通电话或短信。

两人约了吃饭，苏岸不应当到现在还没有短信过来。

她正想着，一条短信进来，来自苏岸。

“有紧急任务，晚饭没办法一起吃。”

原本期待的事落空，易胭自然也有几分失望，但苏岸这个职业有突发状况她也能理解。

她回复短信。

“好，没事。”

没了晚饭约，易胭也没太大兴致自己出去吃饭，约纪糖出来吃饭也是不可能了，纪糖现在估计管自己都管不过来。

上午回家洗漱后直接蒙头睡，就这样睡到下午，中午也没吃饭，易胭现在有点饿。

她吹干头发后坐在床边拿手机点外卖，还没打开软件就有电话进来，是一个陌生号码。

易胭接听放到耳边。

“易胭，还记得我吗？”刚接通那边便响起一道开朗的男生声音，“听得出来我是谁吗？”

易胭觉得声音有点熟悉，但一时想不起是谁。

她正想问是谁，那边便说：“我是希芋，林希芋，你老同学，还记得吗？”

声音与人脸对上，易胭记起来，莞尔一笑：“记得啊。”

林希芋算是易胭高中时的朋友之一，跟她不同学校，林希芋是一中的，而且还是苏岸前桌。

这人长相跟纪糖同类型，五官都可爱精致。

两人很多年没联系，因为林希芋一直没找到易胭号码。易胭当年一走了之，回来后也只联系了纪糖。

易胭跟林希芋关系算好的，林希芋这人待人也好，性格也颇为搞笑可爱。

“终于联系到你了啊，”林希芋在电话那头说，“很久没见到你了，这次有同学知道你号码，我就跟她要了。”

易胭笑了一声：“是好久不见了。”

两人隔八年多交谈也无一分生疏，如当年一般。

“刚才是不是没认出我的声音？”林希芋笑。

易胭格外诚实：“听得出声音，但对不上人脸。”

林希芋笑：“姐，怎么这么坦诚呢。”

易胭笑。

“这些年过得怎么样？”林希芋问她，“都去哪儿了啊，一个人影都没见着。”

她避重就轻：“这不回来了？”

林希芋听易胭这么说，猜出她大概不想继续这个话题，便转移话头说正事：“对了，我最近不是约了一帮老朋友吗，今晚大家一起出来叙叙旧喝喝酒，我的朋友中你怎么可以不在，一起出来吧。”

易胭这些年来远离人群太久，以前高中总是呼朋引伴，现在想起以前的日子都是恍惚。

“可能最近……”

她下意识想拒绝，话被林希芋打断：“别说你忙啊，来吧，就当是放松，而且老朋友之间也可以见见面。”

“其实你那些朋友我也就跟你比较熟，去不去也没什么意义，你要是想聚了，我们两个约个饭就行了。”

林希芋有点急：“啥叫你就跟我熟啊？你不记得苏岸了吗？当年你还追他追到我们班。”

易胭一怔。

林希芋不像纪糖知道苏岸和她之间这么多事，他应该只记得高中的时候她很喜欢苏岸。

她问林希芋：“怎么突然提起这个？”

林希芋说：“你不想见他吗？”

她一愣：“什么？”

“苏岸也来这个聚会啊，”林希芋说，“就今晚。”

易胭脑中“嗡”的一声，十分钟前她还收到苏岸有事不能跟她吃晚饭的短信，他推掉和她的晚饭去同学聚会？

易胭心里忽地发酸。

林希芋没发觉易胭这边异常，还在问她：“来吗？来的话我把地址发你手机上。”

易胭安静一瞬，沉默几秒，她鬼使神差地点头：“去。”

同学聚会地点在一家会所，约定时间晚上八点。

易胭没发短信问苏岸，苏岸也没有一个电话或短信跟她解释。

暮色四合，夜幕彻底落下。

不过半天时间，易胭心情便经历从高空到低谷。如果只是一个聚会而已，苏岸为何不明说。

她总觉得哪里不对劲，可又说不出哪里出错。

在家待到晚上七点多，易胭才从楼上下来，去停车场开车去会所。

会所开在繁忙地带，服务周全设施完备。地方离易胭家小区不远，十几分钟路程便到。

易胭到那里后停好车，在服务生的指引下乘电梯上楼，走廊铺着厚厚红地毯，壁灯灯光明亮。

她找到房号，推门而入。

包厢里已经有不少人，台球桌边几人擦杆打台球，有的人则端酒闲聊。

看到门打开，有些人看了过来，而易胭仿佛谁都没看到。

她目光穿过人群，和沙发上的苏岸对视上。

包厢里灯光暧昧不明，不过分明亮，也不过分暗淡。

易胭放在门把上的手还未收回，看着苏岸，他身旁还坐着一个女人。

看到她那瞬苏岸脸色不变一分，如刃眉峰下的眼睛依旧冰冷，仿若不认识面前的人。

易胭的目光从苏岸脸上移开，落在他旁边女人身上。女人的长相有几分熟悉，但她一时想不起是谁。

女人正笑着跟苏岸说话。

易胭见到苏岸脸色也没什么波动，她神色如常地走进去带上门，隔绝外头喧嚣。

林希芋正坐沙发上跟人胡侃，看到易胭，朝易胭招招手："易胭，你来啦。"

易胭对他笑："是啊。"

林希芋拍拍身侧空位："过来这边坐。"

易胭没再看苏岸，朝那边走过去。

她在林希芋身侧落座，林希芋递了杯饮料给她："好久不见啊，现在一看就你没长残，还是跟以前一样漂亮，你看我们班很多人过了这么多年都长残了。"

说完他嘘一声："别让他们听见。"

易胭接过饮料，笑着说："你自己不也没长残吗？"说着伸手一捏林希芋那可爱脸蛋，"怎么脸还是这么好捏？"

林希芋拍开她的手："干吗呢，有话好好说，干吗动手动脚？"

林希芋这人粗脑筋，没什么心眼，平时大大咧咧的。易胭高中和他玩得来，两人关系不错。

"这些年过得怎样？"易胭问。

"也就那样吧，"林希芋说，"你真不够意思，回来了也不告诉我一声，每年都在等你回来，结果你回来都不告诉我这个朋友。"

易胭举起杯搭唇边，酒水缓缓入口。

她放下酒杯，诚实地说："回来也只告诉了纪糖，没想让太多人知道，再说我朋友能有几个？"

林希芋也不介意："也是。"

话落他目光朝旁边沙发瞥去，苏岸旁边坐着一个女人，女人正在跟他说话。

林希芋觉得有点奇怪，凑近易胭，朝那边抬了下下巴："喏，看到了没？"

易胭顺着他的目光悠悠扫了一眼。

林希芋："苏岸，你看他也没怎么变吧，还是跟以前一样好看。"甚至成年了更好看了。

这点易胭倒是承认："嗯。"

他们这帮人同学聚会几乎每年一次，林希芋平常只会约那么几个人过来，但默认可以带家属或朋友，所以每次前来的人数总多了几倍，才会这般热闹。

他眉心微皱，疑惑道："每年同学聚会苏岸都会来，但就没见他跟旁边女生说过话，今天怎么了？"

第一次看见他跟别人说话。

易胭侧眸看向林希芋："你说他，每年都来？"

林希芋收回目光，对上易胭的视线，点头："对，每年。"

"同学聚会不就为了叙叙旧吗，苏岸认识的人也不多，来了一般只跟我们几个认识的男生打招呼，然后就坐在角落里不说话。看他长得好身材也好，想跟他搭讪的女生不少，但他都没理。"

从别人口中听说那八年她缺失的苏岸，易胭心里一阵说不出的感受。

他总是孤独生活着。

旁边的林希芋说着说着突然咳了一声："那个，其实，以前聚会有一次有你们二中的同学来过，然后当时他们聊到苏岸，我们听了点八卦……"

他又清清嗓子，有点不自在："确切说是你和他的八卦。"

易胭神绪被牵扯回来，看向他："什么？"

林希芋："她们说苏岸来同学聚会是来找你的。"

易胭一愣。

"当年你不是走了吗，谁都没告诉，他们说你走后苏岸一直在找你。"

易胭怔然："什么意思……"

林希芋："你和苏岸共同认识的人不就只有我吗，她们说苏岸可能觉得我和你是朋友，你可能会来我的朋友聚会，所以便年年来，在我组织的聚会里看能不能找到你。"

林希芋一串话说下来不带停歇，一字一句宛如弹珠砸在易胭心尖上。

她从来不知道在别人口中他们二人是什么样子。

当年她离开了，切断与过去所有的联络。纪糖不是他们这个圈子里的人，也不知过去八年苏岸做过什么。

易胭的目光不自觉朝不远处的苏岸望去。

林希芋胳膊杵杵易胭手臂，小声跟她说："我们苏岸多好的人啊，你赶紧的，他刚进来那女生就一直找他说话。"

"对了，"林希芋说，"你还记得那女生不？以前也是你们二中的，一小胖子姑娘，这次是跟她一中一朋友过来参加聚会。以前很胖，现在瘦得可怕，你们女生减肥果然都下得去手。"

经林希芋这么一提，易胭才知道为什么刚才进门觉得这女人面相有点熟悉。

高中时候这女生因为体型原因在班级受人欺负排挤。

那时候易胭也有一帮姐妹，年少时候张扬放肆，见到别人欺负这女生，几人二话不说过去揍了霸凌者一顿。

后来没人再敢欺负这女生，女生因为感谢她们，总给她们几人送吃的，还是易胭几位朋友阻止她才没再送。

易胭对这位女生的五官有点印象。

旁边林希芋还在跟她说话："真是女大十八变，现在变漂亮了也自信了，看这架势是准备追苏岸呢。"

他话刚说完，旁边正好有人叫他过去。那人和林希芋从小青梅竹马，一起长大，成年后也一直待一起，可谓两小无猜，性格比林希芋要稳重一些。

林希芋应声过去，临走前还不忘叮嘱易胭："别害怕，上！小苏岸属于你。"

易胭原本心情有点沉重，林希芋这独特的"小苏岸"昵称把她逗笑了。

苏岸高中时很少以冷漠示人，前桌林希芋一直以为苏岸是个和蔼可亲的小男生，一口一个"小苏岸"。

到现在即使知道苏岸就是一冷美人，这“小苏岸”三字也总改不了口。

易胭嘴角弧度还未压下，目光不经意经过苏岸那边，视线一顿。

苏岸也在看着她，但这时旁边女人不知又和苏岸说了什么，他被迫收回目光倾听。

仅仅这一个眼神，易胭忽然发现出不对劲，哪哪都不对劲。

不管是苏岸推掉和她的晚餐来同学聚会，还是苏岸跟这女人的耐心交谈……

这不像苏岸的行事风格，处处透着不对劲。

他一向不喜跟人交谈，除了身边人，他与陌生人如此耐心交谈的画面百年不见一次。

易胭想起苏岸傍晚时发给她的短信，他说有紧急任务。

思及此她目光从苏岸脸上移开，落在旁边女人的脸上。

躯体四肢消瘦，腰肢盈盈一握，脸部也瘦，是一个减肥成功的人，却略显不健康，粉底也掩盖不了眼底浓重的黑眼圈，精神上却没丝毫疲累，仿佛有用不完的精力。

易胭顷刻间恍然大悟，瞬间对苏岸身边那女人警惕起来。

如果说易胭通过对吸毒的人形态的熟悉猜测出女人是吸毒或者贩毒人士，那么苏岸坐在她身边这一行为更是肯定了易胭的猜测。

苏岸不是来同学聚会的，而是在执行任务。

他向来低调，身边没几人知道他的职业。

如果那女人已经沾染上毒品，那她对苏岸的接近大抵不是为了追求，而是为了一夜欢愉。

这想法让易胭有几分不适，她缺席那几年，苏岸就是这样被觊觎的。

同时她也为几个小时前自己对苏岸的猜疑揣测生出愧疚，她忽觉胸口一口气喘不上来，她对苏岸，似乎总是下意识地不信任。

苏岸工作时也没顾上易胭，除了方才不自禁一眼，他没再分心。

他在执行任务，易胭不便打扰，她靠进沙发背里，余光不太明显地注意着苏岸。

褪去平时冷漠，脸上戴上温和面具，她仿佛再次看到高中时在同学面前演戏伪装的苏岸。

这样的苏岸颦笑之间莫名有种可怖的诡异，像是下一秒便会悄无声息断人喉骨。

易胭收回目光，没再看苏岸。

包厢里两三人聚一起，高谈阔论。

有人在打扑克，有人在猜拳，有人什么都没做，就和以前同学说话。

时间一分一秒过，某刻易胭余光阴影起晃，她侧头，是女人从沙发上起身，不知俯身笑着和苏岸说了句什么。

而后苏岸也起身，两人前后出了包厢。

包厢各处角落里不少明眼人看出猫腻，笑着调侃倒是便宜那女人了，在此之前这是多少女人调戏不来的男人。

这里面也有不少人知道高中时易胭和苏岸的事。

目光若有似无朝她飞来，有了不少闲言碎语。

但易胭不为所动，她陷在椅背里，跷腿喝无酒精饮料。

出包厢的两人出去便再没回来。

三个小时以后，易胭放下杯子，从沙发上起身，离开包厢。

她去了趟洗手间，手放在水下不断冲洗，她也不打电话问苏岸什么，今天两人在这里见面，苏岸的事情结束自然会找她。

她不擅长的事便不捣乱。

易胭关掉水流，转身出洗手间。

走廊外没什么人，半途易胭忽然被身后的声音叫住：“易胭。”

听见有人叫她，易胭转头看向身后。

一个长相好看，戴着金丝边眼镜的男人正看着她，这人五官长得不错，也有辨识度，易胭一眼便想起是谁，一中那位田径队学长。

那位学长已经走过来，停在易胭面前：“还记得我吗？”

易胭从容转身面向他，点头：“记得。”

相较之下男人则是有点不自在：“刚才在里面有看到你，但没找你说话。”

易胭很快“嗯”了一声：“没事。”

“这几年过得怎样？”

易胭弯下唇："挺好的。"

相继沉默几秒，男人还是开口："那年的事，对不起。"

十年前尚是少男少女，在那个懂很多却又很多不懂的年纪里，错事最容易扎根。

易胭只是把他当朋友，没考虑过在一起，他却意图逼迫她答应追求。

最后自然没有得逞，易胭不让，随后不留情面决裂。

易胭一向对不爱的东西不介怀，她仍是一句："没事。"

后来易胭大抵也明白了，她对很多人都没有爱，不然也不会不愿意让人动她。

自始至终能轻而易举动她的人，也不过苏岸一个。

"没事我先走了。"易胭说。

她转身，脚步一顿。

苏岸在走廊那端，静静看着这边，垂在身侧的手胡乱用纱布缠着，血迹微微渗出。

他来找她了。

易胭就知道苏岸会来找她，她没看身后人，穿过走廊朝苏岸走过去。

苏岸眼神很安静，一直看着她。

易胭停在苏岸面前，微仰头看他。

她抬起一只手，轻摸了摸他的脸："我们回家。"

♥ 第十三章 ♥ 下次不准理别的男人

易胭掌心覆在苏岸脸侧。

苏岸亦低头看她，乖得不像话。

半晌，易胭手垂下，五指穿过他指间，扣住，眼睛仍是紧紧看着他。

苏岸默然几秒，回握住易胭的手，被她牵着一起离开。

电梯没人，两人一同乘电梯下楼。

出会所门，易胭说："我开车来了。"

苏岸"嗯"了一声："我没开车。"

苏岸一只手还胡乱缠着纱布，易胭低头看一眼，再抬眼看他："你来会所开的自己的车吧，任务完成后打车过来的？你车停哪儿了？"

苏岸倒不隐瞒："让队员开回去了。"

易胭笑："你是故意想蹭我的车吗？"

苏岸瞥了她一眼。

易胭："手受伤了，去我家吧，给你重新包扎一下。"

这次他点头："嗯。"

两人一起开车回家。

车停在停车场，易胭推车门从驾驶座下来，苏岸也下车，两人朝电梯走去。

停车场寂静得有些空洞，易胭走着走着忽然问："崔环杰那事怎么样了？"

上次崔环杰在医院被带走后，易胭没过问过。

"他贩毒了，"苏岸侧头看她，"吸毒不犯罪，但贩毒犯罪。"

"找到证据了吗？"易胭问。

"他不承认。"

易胭也明白了，苏岸这样说便是还找不到崔环杰贩毒的证据，但他应该推理出崔环杰做过的事。

电梯到负一层，苏岸和易胭一起进电梯。

不知苏岸是陈述事情，还是在安慰易胭，沉默几秒后他说："证据总会有，他不会逍遥多久。"

易胭站在苏岸身侧，听到这句话，莫名一愣。

他……这是在让她不用担心？

苏岸不善言辞，不会安慰人，话出口也是冷冰冰的，但确实是在关心她，莫名有种反差。

她忍俊不禁："我不怕他啊，他坐牢或者不坐对我来说没什么区别。"

她似乎总是对这些威胁不上心，苏岸却不以为然。

之前易胭没把崔环杰的报复放心上，苏岸却已经对她和崔环杰的恩怨知根知底，还用盐酸曲马多告诫她对身边的可疑人员警惕。

他轻飘飘地看她一眼，没再说话。

开门进屋。

易胭找出家里医药箱，让苏岸在客厅沙发坐下。

她蹲在地板上，让苏岸伸手："手伸过来。"

苏岸手伸出，易胭纤细手指隔着一层衬衫布料握着他的手腕。

她拆掉他手上胡乱缠着的纱布，伤口赫然血红一片，掺着点玻璃碎渣。

易胭倒吸一口凉气，平时虽然处理了很多病人的伤口，但一旦是身边人受伤，她的感官还是会不自觉放大。

"那毒贩用玻璃瓶扎你手了？"易胭问。

苏岸轻摇头："不是，她想伤自己。"

女毒贩因为害怕，紧急之时逃不了想自尽，后面的苏岸不用说，易胭都明白是怎么一回事了。

苏岸的伤口是因为夺走那人酒瓶。

她没再问，将纱布拆下来扔旁边，也没看他，从旁边药箱里拿药出来："以后受伤别这样随便缠绷带上去，要先清洗消炎。"

她朝他示意一下手里药物："买这种，消炎防止发炎。"

自两人再见面后，易胭已不少次看到苏岸受伤，第一次见面是在医院，他背部带伤，后来受伤次数也不少。

这职业本就危险，易胭也没让他别从事这个行业，只是让他多注意一点。

苏岸瞥一眼易胭手里的药："知道了。"

易胭这才放下手里的药，低头帮他处理伤口。

夹出玻璃碎渣后清洗消毒，上药包扎，她的动作熟练，不消几分钟完成。

易胭给苏岸处理好伤口后收拾东西，收着收着突然说："好想自己做饭。"

她话落，苏岸明显不相信，淡淡地瞥她一眼："你会做饭？"

易胭很诚实："不会。"

苏岸："……"

她盖上药箱，仰头看他："你会做吗？"

苏岸没回答，只是问："家里有菜吗？"问完才觉得多余。

易胭家里多年没有生火，厨房连基本的柴米油盐都没有。

他换了个问题："想吃什么？"

易胭说："三菜一汤，要两个肉菜。"

"但你的手受伤了，"易胭说，"这顿先欠着，你还没吃吧，今晚先煮个方便面一起吃。"

苏岸倒不觉得这点伤有什么，但易胭这么说便是不同意他现在做饭，他没有异议。

易胭起身去厨房，打开顶上橱柜，拿出两包方便面看了一眼。

苏岸在身后出声："注意看过期了没有。"

易胭翻着看了一眼："没过期。"

苏岸的手从她身后伸出，拿过方便面。

她说："我去烧水。"

他抬眸："我自己来。"

"苏警官，你这什么眼神，嫌弃我给你捣乱呢？"

苏岸转身拿锅装水："嗯。"

易胭脑里飘过一串省略号。

她没再在吧台那里给苏岸捣乱，到客厅里坐着，客厅有点安静，易胭开电视调了个台。

她坐沙发上，看着吧台那边苏岸的背影。

苏岸这些年还是变了很多，越发肩宽腿长，长高了些，性格相较以前只有更冷。

也还是和以前一样好看，只不过褪去了少年感，多了深邃。

易胭一直记得会所里林希芋跟她说过的话。

他们都说，苏岸这些年一直在找她。

电视开着，却无人观看，易胭看着厨房那边，看着看着从沙发上起来，赤脚朝那边走过去，地板凉意淌进她的脚心。

苏岸正下方便面，身后忽然一双手环住了他的腰，他拿筷子的手一顿。

易胭搂着他的腰，脸慢慢贴在他的肩背上。

炉火上热水滚沸，白烟湿润。

苏岸手悬空，修长骨感的指节被热烟熏红，仿若未觉。

易胭没松手，脸感受男人衬衫下的温热体温，背部随着呼吸轻微起伏。

满室只有沸水咕咚声，泡起泡碎。

寂静些许时间后，易胭唤了他一声："苏岸。"

苏岸一时没回答。

易胭自顾自又唤了他一声："苏岸。"

她脸侧轻轻摩挲他肩背："你想我吗？"

易胭知道自己就是坏，即使很多人都说苏岸这些年一直在念着她，可她还是想听苏岸亲口承认，旁人怎么说都抵不过他亲口说一句。

她像是着了迷，束着他腰腹的手渐渐不安分，指尖在男人质感冷凉的皮带上摩挲："这些年来，你除了恨我，想过我吗？"

筷子"啪嗒"一声被压在大理石上，炉火被关，紧接着易胭双手被苏岸擒住。

"别闹。"低沉嗓音有着克制后的沙哑。

"我没闹啊，苏警官，我很正经。"易胭声音略带几分调戏。

她微踮脚尖，昂头与苏岸交颈，朝他耳朵靠近，热息氤氲苏岸耳郭。

"很正经地想跟你发生关系。"

话音刚落她惊呼一声，下一秒被苏岸压在了料理台边缘。

苏岸不给她任何反应机会，俯身封住她的唇，她亦勾住他纠缠。

他和以前一样，没闭眼，观赏她脸上的神色。

易胭对苏岸全无招架之力，没一会儿浑身发软。

苏岸伸手托住她，易胭瞬间腾空，被他抱起放在大理石台面上。

吻得正尽兴，某一刻苏岸在她唇瓣上微咬了下，易胭“唔”了一声，眉心蹙起。

苏岸松开她的唇瓣，易胭再次向他索吻，可不过几秒之间，他又在她唇上咬了一口。

易胭唇上微疼，发起被打扰后的小脾气，伸手欲推开苏岸。

苏岸却禁锢住她的手，唇与她分开。

他目光沉冷，紧盯她的双眸：“下次不准理别的男人。”

来了，易胭想。

她本来还遗憾苏岸为什么没跟她算账，刚才风平浪静，原来是逮着现在才教训她。

她很乐意，同时又觉得这样的苏岸有趣，故意逗他：“凭什么？为什么不能理？”

话落唇上再次被苏岸一咬，她眉心再次蹙起，可是没躲开。

苏岸声音沉得可怕：“我说不准。”任何对她有爱意的男人都不准。

“一句话都不准。”字字都是占有欲，眼里隐隐泛出红丝。

易胭看着他的眼睛，半晌抬手，十指穿过他发间，指腹微动，抓抓他的短发：“好。”

她凑过去，鼻尖碰了碰他的鼻尖：“不理，都听你的，好不好？”

易胭本就不容易被驯服，她忽然这般乖巧应答，反倒让苏岸怔住。

他看着她，眼神慢慢现出迷茫。

易胭忽然觉得好笑，又抓抓他的短发。

易胭看着这样的苏岸，就想欺负他。

苏岸强力忍耐着，易胭能闻到他受伤那边手刺鼻的药水味。

可苏岸终究也不是善茬，他明晰指节停在她脊椎上，指节一动，易胭只觉内衣扣瞬间一松。

她愣住，脸现诧异。

以前是易胭教会苏岸解内衣扣。易胭走后，那些旧时缠绵的夜晚成为苏岸为数不多想念她的方式。

易胭教会他的所有东西，他通通记得，可她就那样走了。

易胭看着苏岸，问：“你怎么这么熟练？”

苏岸似乎不愿回答这个问题。

不知是不是易胭的错觉，她觉得苏岸似乎有点不开心。

苏岸没回答她，而是俯身，再次吻住她的唇，留在她背后的手没再有动作。

就在易胭以为快把苏岸拐上床的时候，苏岸忽然松开她，易胭一怔。

他禁锢住她的腰身，将她从大理石上抱下来：“我去浴室。”

说完便不再看她，转身，易胭愣在原地。

冷却的水再次微微滚沸，她站了一会儿，回到卧室。

浴室里隐隐有水声传来。

易胭闭眼休息，不知不觉就睡了过去。

半个多小时后苏岸从浴室出来，他看着床上的易胭，走了过去。

易胭呼吸很平稳，小声到几乎要抓不住。

半晌苏岸俯身，温热的手扣住她后颈。

他低头，鼻尖轻擦她鼻尖，又吻了下她的额头。

他起身离开，房门轻阖上。

几秒后，床上的易胭睁开眼睛。

易胭已经记不清以前和苏岸在一起后吵过多少次。

人是永久的欲望动物，得不到时欲望难解，得到了不再满足，一生不停觊觎彼岸花。

即便是易胭也难以免俗。

恋爱有其正向一面，同时也有其消极一面，有时候恋爱不过是两个感情病人互相拉扯。

矫情、嫉妒、不安、脆弱，这些不过是恋爱中格外正常的消极因素，人却常常不自知。

易胭也如此，那时候的她不满苏岸寡言少语，不满他看起来总是对她不上心。

一开始总想着把他绑住了便好，管他什么理由，后来还是跌入欲望牢笼。

恋爱后变得容易阴晴不定，那时候苏岸微不足道的一个表现或者言语都能激怒易胭。

那天是高三届回去看老师的日子。

夜晚只有教学楼几扇窗口还亮着灯，后面那栋废弃老楼宛如黑夜里的佝偻老人。

易胭和苏岸坐在废弃教室里的课桌上。

苏岸瞥了一眼易胭，抬手，骨节分明的长指搭上她的衣襟。

易胭慢悠悠回过神，任由苏岸动作。

几秒后她忽然抬手拍开苏岸的手。力气不小，苏岸很白，手背立红。

苏岸却像没感觉到，甚至毫无停顿，再次伸手将她的衣服拉上。

易胭再次拍开，仿佛就是要跟他倔。

最近易胭都是如此，苏岸也早已习惯。他没有生气，也没有不满，这次被拍开直接单手锁住她的双腕。

易胭挣扎，可力气终究敌不过苏岸。直到帮她整理好衣服，苏岸才松开她的手。

易胭被松开后一会儿没动，她不动，苏岸也没走，两人就这样僵持着。

不知过多久，易胭目光盯着虚空："苏岸，你喜欢过我吗？"

黑暗里夜色浓重，苏岸转眸看她，易胭的轮廓在夜色里影绰朦胧。

沉默许久，他薄唇微动。却不知想到什么，最后还是什么都没说。

许久没等到身边人回答，意识到他不会再回答的时候，易胭心里发酸。

黑暗隐匿脆弱，她脸上细微的难受不过一瞬，没让苏岸看到。

废弃教室里的空气仿佛都是古朽味。

又过去几分钟，易胭终于再次开口："我们分手吧。"

话落，苏岸低敛的眼睫颤了下，从头至尾的平静镇定终于有了丝情绪波动。

似乎没意料到这个结果，他慢了半拍才缓缓抬眸看向易胭。

易胭没有看他，她已整理好情绪，从课桌上跳了下来，往教室门口走去，擦肩而过之际，身侧的苏岸手伸出扣住了她的手腕。

易胭没回头，转动手腕想从苏岸手里挣脱出来。

苏岸没让。

易胭感觉到扣着她手的力度越来越大，手腕生疼，她眉心皱起，倒吸一口凉气，却倔强地没喊疼："放开我。"

听到她的嘶气声，苏岸才意识到自己的行为。

他骤然松了力度，仍是没松开她的手。

"你刚说什么？"他声线阴冷，一字一句地问。

这是易胭第一次跟苏岸说分手二字，以前再怎么难过也终究舍不得。

她回过头，对上苏岸的视线。

"我说，"她字句清晰，"我们分手。"

她看着苏岸："你听不懂吗？"

以为已经讲清楚了苏岸会放她走，易胭再次想挣脱开他的手。

苏岸分神间差点让她逃脱，他赶紧禁锢住，声音冷漠："我不同意。"

易胭难以置信，再次看他。

"你不用想着对我负责，"易胭看着苏岸，"好聚好散，对谁都好。"

苏岸一愣。

易胭却偏过头，想离开。

苏岸紧紧扣住不让她动。

易胭平时打架不在话下，一直斗不过苏岸有一部分原因是苏岸力气比她大，更多的其实是她根本不舍得打苏岸。

她没见过苏岸打架，怕他打不过她。

她垂在身侧的手已经攥成拳头，却迟迟下不去手。半晌，易胭终是松了手。

"苏岸，"她背对着他，"放过我吧，你这人一点都不适合我。"

即使她一开始便义无反顾，可她也是需要爱的人，她想要更多。

身后没有声音。

可既然要不到，就让双方结束得体面一点，不至于最后鱼死网破，对谁都好。

从来都是她低头，也该不低头一次了。

"我对你已经厌倦了。"

这句话是最后一根压垮苏岸的稻草。

厌倦。

苏岸眼神瞬间空茫涣散，可背对他的易胭看不到。

几秒之后，易胭感觉手上一松，苏岸放开了她。她没留在原地，头也没回地离开了教室。

她终究还是不要他了。

昨晚苏岸走后，易胭便没再起来，不久后便又迷糊睡过去。

一觉无梦到清晨。

最近又开始上白天班，易胭洗漱一番后出门，开车去医院上班。

天亮得越来越早，天际现出一抹日黄，马路上车流不多，一路畅通无阻到医院。

进诊室时昨晚值班的护士还未换班，小娜正在胡说八道："我冬天冬困，春天春困，夏天空调困，秋天天气转凉困。"

另一位护士说："困死你好了，谁叫你该睡觉的时候不睡觉，玩手机啊，到点当然起不来。"

护士转眸看到易胭，跟易胭打招呼："易医生，你来啦。"

小娜闻声也转头跟易胭打招呼："易医生，早上好。"

易胭点头："早上好。"

有病人正好进来，易胭回到桌边。

一分钟后诊室外一位值日班的护士进来，这护士平时跟小娜关系不错，进来便问："听说昨晚急诊接了个受伤的小姑娘？"

急诊每天接的病人不少，这种形容很模糊，但丝毫不影响小娜听懂，她们都清楚是哪个受伤的小姑娘。

这似乎是不能多说的话题，小娜下意识地压低声音："对，昨晚接的，现在估计快醒了。"

易胭正跟病人对话，没注意旁边护士的八卦。

小娜说："昨晚送来的时候真的看得人心惊，右手断了两根手指，脸上还被砍了一刀。"

仅仅是字面描述，对面的小护士都感觉后背发凉，倒吸口凉气："早上我起床刷群里消息看到的，没想到是真的。"

“我昨晚亲眼看到的，”小娜叹了口气，“也是惨了那小姑娘，还没十八岁呢，现在还在上高中，脸上带疤右手还断指，以后可怎么办？”

小护士说：“群里人说一开始是小姑娘想砍她爸？”

这小娜不清楚：“不是吧，明明她才是受伤的那个。”

小护士继续说：“他们说后来刀被她爸抢过去了，小姑娘才会变成这样。”

“唉，警察调查结果都还没出来，别听风就是雨了。”小娜虽然平时喜欢八卦，遇到这种让人觉得难受的事却不太喜欢议论。

昨晚是小姑娘奶奶叫的救护车，老人家估计大致说了下经过，也不知道这些消息怎么就在群里传开了。

小娜已不想再议论，推推身前好友：“我先下班了，恭喜你接下来有十几个小时的工作时间，好好工作啊。”

“炫耀啥？你这种人会遭报应的，”小娜对面的护士说，“报应就在今晚，等你下午要来换班的时候我就给你发微信报告‘我下班了’。”

小娜：“去你的。”说完笑着离开诊室。

找易胭看病的那位病人问题不是很大，易胭给开了外涂药。

和病人交谈时没注意旁边护士们在说什么，后来开药时难免听到一些，毕竟诊室里就只有她们两人说话。

但易胭没放心上，待在医院见过的稀奇事太多。

诊室陆续来病人，易胭继续工作。

上班时易胭手机习惯静音，有时候一个上午都不看手机，今天却有些心不在焉，总想着口袋里的手机，不时便拿出看一眼。

旁边护士看到易胭这反常行为，打趣道：“易医生是谈恋爱了吗？像在等男朋友电话。”

如果不是护士说，易胭还没注意到自己原来看手机看得如此频繁。

她神色不变，正想将手机揣回白大褂兜里，手机屏幕亮起。

苏岸的短信进来。

易胭手一顿，她发现在她上班期间苏岸一般不会给她来电，只发短信，还是简短几字。

“中午一起吃饭。”

易胭正想回短信，想起昨晚苏岸断在一半的亲热，撇撇嘴，谁让他昨晚不继续下去。

她悬空屏幕上方的手指收了回来，将手机揣回兜里。

又给一个病人处理完伤口，易胭洗手后才准备给苏岸回短信，拿出手机才发现苏岸又发了一条短信进来。

“汪。”

易胭一愣。

乍看完全不是苏岸的风格，她一开始也茫然。

可下一秒不知想到什么，易胭忍不住笑了起来。

高中时候苏岸经常惹易胭生气，那时候易胭一生气最喜欢说的坑苏岸的话就是：“我再跟你说话你就是狗。”

让她不跟苏岸说话是不可能的，但这个狗必须苏岸当。

这次他汪了，易胭就得跟他说话。

她的苏岸想让她跟他说话了。

易胭当即去楼梯间给苏岸打电话。

那边很快接通，易胭先开口：“怎么中午有空跟我吃饭？今天不忙吗？”

苏岸说：“吃饭后回去。”

“很忙？”

苏岸原本不打算回答这个问题，但易胭问，他“嗯”了一声。

“市局离医院不近吧，”易胭忽然有点想笑，调侃他，“你吃个饭跑这么远划算吗，苏警官？”

苏岸没打算理她的调侃，他问：“什么时候可以吃饭？”

“现在，”易胭问，“你现在到哪儿了？”

“医院外面。”

易胭靠在楼梯间墙上，明知看不到，但还是瞥了眼窗外，果不其然什么都看不见。

她从墙上起身往外走去：“怎么这么快，你什么时候来的？”

“刚到。”

易胭穿过走廊：“行，我先去换个衣服，你等我一下。”

挂电话后易胭去更衣室换掉身上的白大褂，下楼，出门一眼便看见苏岸的车。

她走过去拉开副驾驶座门，坐了进去，系安全带时苏岸问她：“想吃什么？”

易胭按下卡扣，侧头看正打方向盘的苏岸，五指修长骨节硬朗，闲散转着方向盘。

易胭是“手控”，看了一会儿才收回目光：“随便，逛逛吧。”

苏岸偏头瞥她一眼。

易胭看懂他眼中的疑惑，说：“平时很少出来吃饭，一般叫外卖或者吃医院食堂。”

苏岸这才转回头。

“你呢？”她问，“平常会出来吃饭吗？”

他沉默几秒，开口：“很少。”

“真巧呢，”易胭上来视线就没从苏岸身上离开过，“很少出来吃饭的人怎么就约到一起吃饭了呢，因为什么？”

换作回来刚见到苏岸那会儿，易胭定然不敢这么跟苏岸说话，可近些日子两人关系在逐渐缓和，相处模式也逐渐趋向自然。

车已汇入马路车流，苏岸视线直视前方注意路况，听到易胭提问，他没回答。

易胭不过调侃苏岸而已，看着他的侧脸，想起方才在诊室里收到的那条短信。

短信内容乖顺，和面前这个冷冰冰的苏岸完全联系不到一起，可那又的的确确是苏岸。

一个想要讨好她的苏岸，先跟她低头的苏岸。

八年前交往时从没有过这种待遇的易胭觉得这样的苏岸有点稀奇，多难得。

注意到易胭的目光，苏岸转眸过来，淡淡看她一眼。

易胭瞬间回神，破天荒有种偷看被抓到的慌乱感。

她很久没有这种感觉，心跳怦然对她来说不过是高中时候的事，这么多年心无波澜地过去，仿佛随着年纪增长，人的动心程度也下降，如今才知道不是。

她回正身子，车正停在一个路口，红灯亮，秒数递次减少。

易胭看附近路标和建筑：“福源路？”

苏岸：“嗯。”

“这附近好像有一家口碑不错的餐厅。”易胭说。

平时诊室里小护士们喜欢聊天，话题不过帅哥、娱乐圈八卦、化妆品、衣服、包包和吃喝玩乐。

易胭年纪比她们大一点，平时也不喜欢八卦，很少加入她们的话题。不过听倒是听了不少，毕竟同个诊室。

她记得有次小娜吃到一家好吃的餐厅，逢人便强力推荐这家店。小娜喜欢的东西不管吃的玩的，她都时常挂嘴边。那段时间念得易胭都下意识记住了这家店大致坐标，不过时间久了忘了店名。

“同事说过附近有一家口碑很好的店，但店名忘了，我问一下。”易胭说着给小娜发了一条消息。

下班在家的小娜估计没睡，很快发店名过来，说完很快又八卦了一句。

“易医生，你怎么问这个啦，难道有约？”后面还跟了个小表情，八卦意味满满。

易胭笑了下，没多说，回声“谢谢”后转头看苏岸：“徐德记，应该就在前面。”

绿灯正好亮起，苏岸往前开车。

“很久没出来吃饭，突然有点不习惯，”易胭说，“以前我们上高中很少有外卖，天天跑出去吃，你还记得吗？”

周围时不时鸣笛声起伏。

苏岸：“记得。”

易胭故意道：“那时候你经常不理我，都是我拖你去你才陪我一起去的，还记得吗？”

她又单方面说了几句后，车停在店前。

他们来得稍晚些，错开了午餐高峰期，但店里人还是不少。

苏岸停好车，两人一起下车进店。

找了一处靠墙位置坐下，苏岸递菜单给易胭，易胭也没问他什么，直接点菜。

以前也是这样，两人吃饭一般都是易胭点菜。

易胭想起前几次一起吃饭不是不欢而散就是话都不说几句。

等菜上来的间隙，对面的苏岸说：“餐具拿过来。”

易胭知道苏岸有洁癖，去外面吃饭都必须先将餐具冲洗干净，久而久之这习惯也留给了自己，在外面吃饭也必洗餐具。

她将自己的餐具推过去，然后撑着下巴看他动作。

黑色实木筷子衬得他五指越发白皙，举手投足间矜贵禁欲。

以前易胭就觉得气质是一种很奇怪的东西，苏岸站在人群里，即使不说话，也不会让人忽视他的存在。

看着看着，她忽然好奇，问了句："为什么当缉毒警？"

对面的苏岸正用热水烫两人的餐具，闻言他抬眸看她，半晌垂睑："不知道。"

回答出乎易胭意料。

苏岸是一个目标明确的人，日常琐事也是安排得秩序井然，对自己的选择迷茫这种事情在他身上不可能存在。

可现在他跟自己说不知道为什么做缉毒警。

易胭有点讶异，但苏岸亲口说不知道，她也没怀疑。

说到缉毒，易胭忽然想起一件事："还记得我高中有一次被人举报吸毒的事吗？"

对面苏岸的手一顿，这微小动作易胭没发现。

"警察直接把我抓走了，可是检验结果出来什么都没有，放我走了，"易胭叹了口气，"我高中是得罪过多少人啊，没做过的事也被举报。"

苏岸一言不发，只是抬眸看向她。

易胭说："不过这人的目的达到了，后来我名声的确更坏了，可惜我至今不知道举报我的人是谁。"

吸毒远比打架斗殴更容易搞坏名声。

即使易胭根本没沾染毒品，可谣言这种东西一传十十传百，大家都说易胭吸毒，后来检验结果出来，证明她没有，也没人在意了。大家都只关注谣言不好的一面。

况且那时通讯没有如今发达，不会有多少人后来知道她无辜。

忽然苏岸开口："不怪你。"

易胭还撑着下巴，转眸看向他，忽然弯了唇："我知道不怪我，我又没吸毒，为什么要怪自己，别人怎么看我不在意，反正我自己没做就行，"她看着苏岸，说，"不过还是谢谢你当时愿意相信我。"

当时很多人听风是雨，甚至连身边几个朋友都怀疑自己，而苏岸从头至尾站在她这边。

易胭出来的时候还是他接她回的家，即使那时他们两个人已经闹僵了。

后来易胭也没跟苏岸说声“谢谢”。

菜适时上来，苏岸移开眼眸：“没什么。”

吃完饭苏岸送易胭回医院后离开。

易胭白大褂上身后回诊室时遇到岑慧萍。

岑慧萍上次拉易胭去吃联谊饭没吃成，还在医院门口目睹易胭被一个帅哥拉走，后来一遇到易胭便要问上几句。

“出去吃饭了？”岑慧萍问。

“嗯。”

“真是太阳打西边出来了，”岑慧萍靠近易胭，问，“有戏？”

“得了啊，”易胭推开她的头，“干活了。”

急诊一向人多，易胭一整个下午不意外都在忙碌。

交班后她准备开车回家，岑慧萍也这个点下班，两人一起出急诊部。

刚出大门，易胭一眼看到踽踽独行的崔老太太，老人家佝偻着背，撑着拐杖，一步一步朝住院楼那边走去。

易胭登时心里一咯噔，猛地想起早上诊室里护士们议论的事。

平时如若崔老太太身体有问题来医院做检查看医生，崔依依一定会陪同，可今天崔依依没有跟着，这瞬间证实了易胭的猜测。

她眉心顿皱，匆匆跟岑慧萍说一声有事后便朝崔老太太跑过去。

老人家行动不便，易胭一下子便追上她：“奶奶。”

崔老太太听到熟悉声音，抬头便看到身前的易胭。

看到崔老太太的脸庞时，易胭一愣。

虽然崔老太太年纪大了，但平时心态不错，看着不至于苍老。可此时崔老太太肉眼可见比以前任何时刻都要苍老，眼皮浮肿，脸色苍白。

崔老太太慢了半拍才叫出她的名字：“易胭啊。”

自从崔环杰吸毒后，崔家没什么亲戚愿意搭理他们，终于有个熟悉的人出现在崔老太太面前，她嘴唇颤了颤，却说不出一句话：“依依，依依她……”

直至此刻，易胭已经确定了，护士们口中那位昨晚毁容断指的小姑娘，就是崔依依。

易胭回来这两年，崔老太太和崔依依算是她枯燥生活里为数不多来往的人，她们对她也好。

易胭也一直把崔依依当妹妹，她心里登时一阵刺痛。

不过一瞬之间，崔老太太的眼泪便掉了下来，话都说不利索："依依，依依一生都毁了。"

"奶奶，"易胭伸手去扶她，"我们去看依依。"

崔依依已经脱险，但依旧没醒。

病房雪白，病床上的人头缠纱布，露出一边安睡的眼睛。

几乎面目全非，一个正值青春花季的十六岁小妹妹。

易胭鼻子一酸。崔老太太看到崔依依，眼泪更是止不住。

刚才在路上，易胭才得知她是去找亲戚借钱了，崔依依需要一大笔医疗费。

不出意料，根本借不到什么钱。

崔老太太似乎已经用尽了所有力气，易胭扶她到椅子上坐的时候她几乎浑身瘫软，靠椅子才勉强支撑住。

崔老太太已经平静下来，脸上还有干涸泪迹，像是把眼泪都流干了，嘴唇干到起皮，应该是许久没喝水了。

易胭倒了杯水，在崔老太太面前蹲下。

崔老太太空茫的目光慢慢移到她脸上，易胭把水塞到她手里，握住她的手。

"依依是为了挡住我才会这样的，"崔老太太眼里满是凄凉，"如果当时刀是砍在我身上就好了，依依就没事了。"

崔老太太的声音平静又轻，带有一种跌入绝望的沉重："她还这么小，以后要怎么办啊？"

与其说崔老太太在倾诉，不如说是在自言自语。

易胭张张嘴，一句话都说不出来。

再多的安慰都是多余，易胭第一次感觉到语言的无力，极致悲伤时，语言起不到任何抚慰作用。

崔老太太目光已看向病床上的孙女，言语间已经没有了前后逻辑："我怎么就生了那样的畜生，怎么会连女儿都伤害，她是他女儿啊。"说着眼泪再次掉下来，“依依以后要怎么活啊？”

往后又过了半个小时，易胭才从崔老太太的话中清楚了事情的来龙去脉。

昨晚崔环杰毒瘾发作，逼崔依依拿钱给他，可崔依依这么一个小姑娘怎么可能有钱，即便有也早已经被他搜刮走。

要不到钱加上毒瘾发作，崔环杰在家里发疯，摔东西，怒吼狂骂。

崔老太太看不过说了他几句，崔环杰上手便要打，崔依依拿刀护在崔老太太面前。可她哪是崔环杰对手，挣扎中受了不少崔环杰拳脚，最后刀还被夺走。

崔环杰一向跟崔老太太不对付，要打她，崔依依拼死护在崔老太太面前。

崔环杰毫不心软，最后崔依依躺在一片血泊中，不省人事。

崔老太太许是从昨晚就没合过眼，再从外面折腾一趟回来，身体受不住，没一会儿便沉沉睡过去。

听完崔老太太口中昨晚发生的一切，易胭心里仿若巨石压着，再看病床上不省人事的崔依依，一阵喘不过气。

上次崔依依来医院找她，因为总是给她添麻烦而道歉，让她不要再理会她们这个家庭。

很懂事的小姑娘，却没有受到上天庇护。

父亲赌博吸毒，母亲自她懂事起就跑了，也没有带上她，剩下她和奶奶相依为命。

崔依依在人前虽是开朗模样，但实际上有些自卑，很多不经意间透露出来的言语和动作，都能看出崔依依很自卑，只不过不熟悉她的人不知道。

易胭起身到窗边透气。

今天没出太阳，天空一片灰蒙蒙，云层仿若灰雾。

因为不放心崔依依，崔老太太睡得并不安稳，一个小时后醒过来。

看到易胭还在病房里，崔老太太说：“明天不是还要上班吗？快回去休息，这里有我就够了，依依没醒来这里也没什么事。”

易胭看崔老太太醒来，拿手机给她点了个份外卖。她下单，抬眸看了一眼崔老太太：“过会儿有送外卖的过来，都是一些比较清淡的食物，多少吃点。”

不用说就知道崔老太太从昨晚到现在估计一口饭都没吃。

崔老太太也是听易胭这话才想起自己还没吃东西，再者这种心情如何吃得下饭。

不过崔老太太还是明事理的，知道崔依依现在躺医院里没醒，她不能倒下，孙女醒来还需要她照顾。

崔老太太应声：“好，你别担心，送来我会吃的。”

“嗯，会吃就好。”易胭收了手机，“那我先回去，明天再过来看依依。”

崔老太太摆摆手：“回去吧，明天还要上班，你赶紧回家吃一顿后睡觉。”

“嗯。”

易胭离开医院时天色已晚，去停车场开车出来，马路上鸣笛喧嚣。

苏岸估计在忙，没给她发短信。

不过也正常，毕竟两人现在关系虽然缓和了些，但远不像情侣间那般亲密。

易胭倒没放心上。

八年过去，她的心态要放松很多，没年轻时那般心急，以前那会儿心急也追了差不多两年才得手。

想到这儿易胭笑出了声。

苏岸果真是个难搞的人，而且还格外让人捉摸不透。

回家后易胭也给自己叫了份外卖。

等外卖间隙到浴室冲了个澡，半小时后从浴室出来，外卖电话还没进来。

她拿浴巾随便往身上一裹，头发也不吹干，发尾积聚水珠，一滴滴砸在地板上。

易胭到落地窗边坐下，窗外灯火千万家，车流灯河般蜿蜒，高楼大厦在黑夜里若隐若现。

她低头玩手机，某刻手机进来一条微信消息，是纪糖发过来的消息。

易胭点开看了一眼，一张图片截图，确切来说是一张聊天对话框截图。

纪糖：“你干吗一看见我就跑？”

小荆：“没有啊。”

纪糖：“还说没有，我好多天没喝星巴克了。”

小荆发了一串省略号。

小荆：“那个……小老板，之前不是你让我不要再送你咖啡的吗？”

纪糖："我有说过吗？"

小荆："有啊，我当时还录音了呢。"

这回换纪糖发了一串省略号过去。

易胭拎起浴巾一边擦头发，一边看着聊天记录乐，纪糖简直是她的百年开心果。

她直接给纪糖拨了电话过去。

两秒后纪糖便接起来了，易胭开口便说："纪少，又撞墙了啊。"

纪糖埋怨："我都快愁死了，你居然还笑我。"

易胭："我笑你了吗？我说的是事实。"

纪糖叹了口气："你说我是不是自带诅咒，我喜欢谁谁就不喜欢我。"

易胭逗他："你还挺有觉悟。"

"易胭，我跟你讲，别以为你是我朋友我就不打你，"说完纪糖又叹了口气，"算了，我也打不过你。"

易胭笑了一声："丧什么，拿出你以前高中追人的劲儿去追人家小姑娘。"

"那当然啊，"纪糖说，"我喜欢谁就追，不会把前一个人在我身上留下来的刺给刺她身上。"

不会因为以前经历过什么，或是以前喜欢的人给自己留下什么刺，就一辈子过不去，更不会拿这些刺刺伤下一个喜欢的人。

纪糖虽神经大条，但很多事上活得很透彻，而且天生身上有一股乐观劲儿，这是很多人都活不出的样子。

易胭"嗯"了一声："挺好。"

"你干吗呢？出来吃饭吗？"

易胭："点外卖了，来我家吗？"

"也行，"纪糖说，"反正我也还没吃晚饭，我买几瓶酒过去，顺便再买点吃的。"

"行，赶紧过来，吃完我还准备睡觉呢。"

"知道了。"纪糖说完挂了电话。

这边挂完电话不久，外卖电话进来，易胭起身到外面接外卖，回来东西放桌上。

等纪糖期间，她随手打开几篇学术论文看。

纪糖动作倒是很快，很快便到易胭小区外，他给易胭打电话：“你出来接我，保安大叔不让我进去。”

易胭放下平板电脑：“知道了，等着。”

她换了衣服，坐电梯下楼，跟保安大叔说了一声后才放纪糖车进来。

易胭拉开车门坐进副驾驶座，纪糖说：“你家小区管理真严格。”

易胭说：“一向挺严格的，这样也好，管理严点意外出得少。”

虽然她至今还想不明白崔环杰上次到底是怎么进他们小区的。

“不过论管理严，还是你家别墅管理比较严。”易胭说。

“那肯定，我爸就喜欢收藏那些老古董，家里放了不少，那些古董宝贝过我，他不管严点等小偷来偷呢，”又问，“车停哪儿啊？”

易胭：“右转，去停车场。”

纪糖车停好后，从车上拎了一袋啤酒和一袋食物下来，两人一起乘电梯上楼。

易胭靠在电梯壁上：“小姑娘还是不理你？”

纪糖看了她眼：“理的话我还会给你发聊天记录吗？”

纪糖这人虽然没心眼，但打小就没什么朋友，因为他家世显赫，很多人跟他交好不过冲着他的家世背景。

偏偏纪糖这人有话直说，学不会睁一只眼闭一只眼，跟小孩子一样，戳穿别人跟他交朋友的意图，到最后身边什么朋友都没有。

打高中起也不过就和易胭好，有什么话也都找她说。

他说：“现在我身边五米内都不会有她的身影，每天躲我跟躲鬼似的，发微信也半天才回。”

易胭说：“谁叫你不早点理人家，趁你们还是同事的时候就拿下。”

纪糖挠了下头：“别说了，我后悔死了。”

易胭笑出了声。

电梯到达她家所在楼层，电梯门打开，两人一同出了电梯。

纪糖话多，两个小时话不带停。

两人边喝酒边聊天，一顿饭两个多小时才吃完，最后一人手里一瓶酒，瘫沙发上说话。

“对了，”纪糖突然想起来问易胭，“你和苏岸怎么样了？”

因为苏岸是易胭的敏感话题，纪糖有时候都不太敢提起。

易胭陷进沙发里，单手把玩着酒瓶，闻言侧头看纪糖：“怎么这么问？”

纪糖盘着腿看易胭：“上次你吃烤肉吃一半人不见了，当时手包不是放在店里没拿走吗？”

易胭“嗯”了一声，那是她去夜店找崔依依那次。

纪糖：“我后来准备给你打电话，但电话还没打过去，反倒是苏岸先给我打了电话。”

易胭一愣：“什么？”

她记得苏岸说的是，纪糖打不通她的电话，把东西直接交给他了。

那时她正在为苏岸要带她去结婚这事生气，竟然也没想他这话不对劲。

纪糖没有苏岸电话，怎么可能联系得上苏岸，然后还把自己的东西交给他。

“他说你在他家，问我你的东西是不是在我这里，”纪糖说，“我当时还以为你俩好上了，你都睡人家家里去了。”

易胭沉默，的确是睡了，不仅如此，还结了婚。

纪糖喝了口酒后说：“我跟他说你东西在我这里，正准备给你送去，他说你睡了，交给他就好，然后就约了个地方把你的东西给他了。”

易胭笑：“纪糖，你知道吗？就你这种炮灰一集都活不过，第一集就死了。”

被人骗了还不知道，不过她也差不多。

在苏岸面前，他们几乎没有智商可言。

“我怎么就活不过一集了，人家都说了你在他家睡，你的电话也打不通。要是你俩郎有情妾有意，我还嚷嚷着要见到你人，这不是更不道德。况且你还那么喜欢他，得了吧，我一个朋友上赶着扮什么小三。”

纪糖噼里啪啦一大段，易胭被他逗笑。

终于知道整件事来龙去脉，她不仅没生气，反而觉得有点好笑。

苏岸为了骗她结婚，下了不少功夫，甚至还面不改色对她撒谎。

一切都在苏岸的掌控内，在易胭拒绝时早已切断她的后路，户口本什么的都在他手里。

而她这种天生谨慎的人竟然也没怀疑，苏岸虽是强迫她结婚，往后却没强迫过她做她不愿意的事，似乎只是为了那本证。

换作以前易胭会觉得苏岸只是想对她负责，因为跟她睡了一晚后就得对她负责。

可现在她不会这么想了，近些日子的相处，她能感觉到苏岸在逐渐主动。

突然，门铃响起。

易胭不想起来，踢踢纪糖："去开门。"

"怎么总使唤客人呢，"纪糖嘴上这么说，但很诚实地从沙发上起来朝玄关那边走去。

打开门，纪糖瞬间愣住。

外面站着苏岸。

刚才正说着苏岸，这会儿立马看到。

纪糖喝了酒脑子不清醒，嘴上没把关，脱口而出："易胭，你老相好来了！"

♥ 第十四章 ♥　　我以为你会跟我一起吃饭

纪糖话落后知后觉到自己说了什么，面对苏岸一向没什么表情的脸，他立马闭上嘴。

苏岸目光从纪糖脸上移开，看向他身后。

易胭正走向玄关。

纪糖转头看到易胭，小声问了她一句："你俩真好上了啊？"

严格意义上来说，还没有，易胭也诚实："没有。"

哪知她话刚落，门口的苏岸声音冷淡地响起："结婚了。"

"什么！结婚？"反应过来后纪糖脑里仿佛惊雷炸响，转头难以置信地看着苏岸，也顾不上平时不太敢跟苏岸说话了："你说什么？结婚？"

他看看苏岸，又看看易胭："结婚了？"

易胭有点哭笑不得，纪糖喝了酒便是这副咋咋呼呼的模样，话不仅多，意外行为还很多。

她正想把纪糖往屋里带，苏岸开口："嗯，结婚了。"

易胭一怔，看向苏岸。

苏岸字字肯定，但似乎有点不开心，不知是对于纪糖在她家不开心还是其他。

苏岸话落，纪糖沉默了一会儿，虽是喝得头有点晕，但脑筋转得很快，他赶忙说："那个，饭吃完了，酒也喝够了，我得回家了。"

说完纪糖便想从苏岸身边经过，易胭忽然伸手拽住他的手臂："等等。"

纪糖不解地回头看她。

易胭转身回屋里，过会儿拎了袋东西和他的外套出来。

"喏，你的衣服，"易胭将手里衣服扔还给他，然后又把手里那袋东西递过去，“顺便扔一下垃圾和酒瓶，谢谢。”

纪糖就知道叫住他准没好事，在苏岸背后朝易胭翻了个白眼。

易胭笑：“记得找代驾。”

纪糖也不跟易胭计较了，觉得易胭的婚姻大事还是比他这个朋友重要，他摆摆手：“知道了，我先回去了。”

纪糖很快坐电梯下去。

苏岸还站在门口，易胭看他：“怎么过来了？”

苏岸看着她，不说话。

易胭这才注意到苏岸没受伤那只手还拎着东西，乳白色半透明塑料袋，隐隐看到里面青菜和生肉的轮廓。

她的目光从袋上移开，抬头看向苏岸：“做饭来了？”

上次易胭说过想吃家里做的菜，即使她好像从小就没什么家，也没家的概念。

这次苏岸没沉默：“嗯。”

易胭笑：“苏警官，你很守信用啊。”她转身往屋里走，“进来吧。”

苏岸在她身后进屋，顺手将门带上。

客厅里摊桌上的食物已经冷了，剩的不多，大多被纪糖解决了，易胭倒是没吃多少。

好在剩的不多，易胭将东西收拾进垃圾袋里。

苏岸脱下身上大衣，搭在沙发背上。

易胭问他：“刚下班？”

苏岸：“嗯。”

“吃饭了没？怎么不先给我打个电话？”

易胭系上垃圾袋，没等到苏岸回答，几秒后抬头看他。

苏岸站着，目光沉静地看着她：“我以为你会跟我一起吃饭。”

可她没有，甚至还跟别人吃好了。

易胭一愣：“我……以为你工作忙。”

客厅陷入寂静。

如若是高中的时候，不用苏岸说，易胭便会主动找他等他，可现在不一样了。

互相沉默几秒，还是苏岸先开口：“饱了没？”

易胭也没吃多少，主要是喝酒，但她喝酒也不容易醉：“没，我吃得少，还饿着。”

她看向苏岸还缠着纱布的手：“你手还没好呢，可以吗？”

手伤对苏岸没什么影响，指节搭上袖扣，解开：“没事。”

易胭心里发暖，知道自己让他不做饭他大概也不会听。

这人现在正生闷气呢，叛逆得很。

易胭嘴角忍不住上扬。

苏岸瞥了易胭一眼。

她立马敛住笑，看苏岸边往厨房走边挽袖，跟上他：“我帮忙打下手。”

苏岸的声音冷淡：“不用。”

易胭盯着他背影腹诽。

还生气呢。

但她还是跟过去：“我不会给你添麻烦的。”

苏岸正想进吧台，停步。

易胭一时没刹住脚步，撞到他的背上，她抬手揉揉鼻子，抬头：“做什么？”

苏岸侧头，眼神冷冷地斜她。

他朝客厅沙发那边抬下下巴，声线清冷，命令：“回去。”

说完重新抬步进了吧台。

易胭当然当作没听到他的话，跟了进去，拉住他的手腕：“还生气呢？”

苏岸冷冷回了一声：“没有。”

易胭忽然觉得好笑，以前还没发现苏岸很擅长说谎，说谎的时候简直和他平时说话毫无二致。

“真没有啊，”易胭逗苏岸，“真没有我走了啊。”

她说着佯装转身，刚转身就被拎住衣领。

下一秒便被苏岸拎着往旁边一站，他眼睑低垂瞧她：“站着。”

虽生性不喜被禁锢，但易胭格外喜欢被苏岸管，从高中就喜欢苏岸管着她的感觉。

苏岸说完便转身朝料理台走去。

这次易胭没不听苏岸命令，站在他指定的位置：“知道了。”

她看着苏岸从袋里拿青菜出来，看着他洗菜。

易胭故意一动不动许久，然后找他说话：“苏警官，我可以动吗？”

背对易胭的苏岸没理她。

她又叫：“苏队，看看我。”

许是因为有酒精加持，易胭言语间比平时要放开点，就像年少时候两人在一起时那般肆无忌惮和幼稚。

“快，你看我一眼我才能动。”

“苏队。”

“苏警官。”

苏岸终于侧过头。

对上他的视线，易胭笑着歪了下头：“能动了。”

同时苏岸也察觉出易胭和平时有点不一样，他关掉水，拿旁边干净抹布擦干手后朝易胭走去。

走到她面前，他两手撑在她身侧：“喝多了？”

易胭其实不算醉，只不过喝酒后比较敢说话而已，但她说谎眼都不眨一个：“嗯，我喝了很多。”

说完还觉不够，补一句：“醉了。”

苏岸凉凉地睨了易胭一眼，喝醉的人一般不会说自己醉，但他也不拆穿她。

易胭问他：“高中没见过你做饭，你是后来才学的吗？”

苏岸：“不是。”

他不是苏家的亲生孩子，小时候被捡回去，小小年纪便学会做家务，经常帮忙，以防再次被扔成为孤儿。

“很早就会做饭了？”易胭有点诧异。

“嗯。”

“那你做饭好吃吗？”她问。

“不知道。”

苏岸说话时掀唇弧度不是很大，略显刻薄冷淡，唇色却意外是红的。

一个唇红齿白的漂亮警官。

易胭忽然被自己脑中的形容逗笑，嘴角再次忍不住弯起。

苏岸冷眼看她，一眼便知她脑子里又在想东西："又想什么？"

易胭回神，觉得自己大概是被纪糖传染了，喝酒后便口无遮拦，她脱口而出："想你啊。"

易胭一向脸皮厚，说了脸也不红。

倒是苏岸眼神直直地盯着她，半晌他直起身："站这别动。"

易胭："你去做饭吗？"

苏岸"嗯"了一声，但在转身之际，易胭拉住他的手："苏岸。"

苏岸回头看她。

易胭："腿酸，不想站着。"

说完她松开他的手，双手抬起："苏警官，可不可以抱我回沙发？"

灯光被他挡住，在他的脸侧氤氲上一层柔光。

易胭看苏岸沉沉的目光，以为他还在生气，手悻悻地收回来，无奈地叹了口气："算了，我自己回去。"

话音刚落，苏岸弯身抄过她腿弯。

下一秒易胭便被苏岸抱起，易胭愣了一下，回过神后忍俊不禁。

苏岸抱着她回客厅沙发，此时已是晚上十点，落地窗外夜色浓重。

易胭今晚心情其实不算好，崔依依的事压得她喘不过气。

不过酒精让她转移了些许注意力，见到苏岸的愉悦也帮她缓解了几分。

苏岸将她放下，想起身时，易胭圈着他的脖子不放手。

苏岸低头看她。

"苏岸，"易胭看着他，"能亲我一下吗？"

她不是不可以主动，只是想让苏岸主动。苏岸或许不会，易胭想。

可苏岸几乎没犹豫，扣住她的下巴，凑下去狠狠嘬了一口。

易胭怔住。

他松开她，面不改色："可以。"

晚上十一点两人才吃上饭。

饱腹后易胭搁下筷子，饭菜味道好，她吃了不少。

"原来你做饭这么好吃，"易胭单手撑下巴看苏岸，"高中就会做吗？"

苏岸正慢条斯理夹瓷盘上的食物吃，“嗯”了一声。

易胭说：“高中我们认识两年多，没见你做过一次饭。确切地说，是没给我做过饭。”

苏岸抬眸看了她一眼，但最终没说什么。

饭菜做的两人份，易胭虽然吃得多，但炒肉、炒菜多样，全部吃下来她一人份也没吃完。

习惯原因，苏岸不喜欢浪费，将易胭吃不下的那些都解决了。

易胭单脚踩高脚凳上，苏岸吃饭不喜欢说话，她也不打扰他，托着下巴看他吃东西。

苏岸吃东西不像其他男生狼吞虎咽，而是细嚼慢咽，举手投足间很矜贵。

但他吃得不少，易胭看吧台上摆放的饭菜快被他吃完：“苏警官，你不怕胖啊？现在都十一点多了，你这不是晚餐，是深夜犯罪。”

说完易胭才发觉自己说了也白说，苏岸一向吃不胖，他们两个都不是易胖体质。

苏岸等口中食物咽下去后才开口：“没影响。”

她笑了笑：“也是，光长身高不长肉。”

苏岸继续吃，易胭不知想到什么，叫了他一声：“苏岸。”

苏岸抬头看她。

她问：“你有腹肌吗？”

“不知道。”

易胭一阵无语。

她说：“睁眼说瞎话啊？你后背受伤来医院那次，我看到你的腹肌了。”

苏岸沉默，易胭看懂了他无声的眼神——看到了你还问我？

“你吃太饱的时候腹肌会不会就不见了？”

苏岸：“不会……”

易胭托着下巴看苏岸这副对她无语的样子，觉得有点好笑。

笑够了她指尖在吧台上敲了敲：“喝酒吗？”

酒是个助兴的好东西。

苏岸正好吃饭结束，放下筷子。

客厅白墙上装饰着一个黑色简约的指针挂钟，他扫了一眼：“不了，还得回去上班。”

易胭一直盯着苏岸，知道他在看什么，说：“视力挺好啊。”吧台离客厅可不近。

剩下时间刚好够洗碗，苏岸起身，将吧台上的碗碟叠起。

易胭坐着，微仰头看着收拾东西的苏岸：“碗我洗就行了，虽然我不会做饭，但洗碗还是会的。”

苏岸像没听到易胭说话似的，端碗转身放进洗碗台。

易胭也从高脚凳上起身，绕进吧台拉住苏岸，朝他微抬了下下巴示意：“需要换药了，你绷带沾水了。”

几秒后她又说：“伤口不能碰水，我说过的。”

两人对视几秒，苏岸先一步妥协，终是听她的：“走吧，到客厅给我换药。”

换药并不耽误时间，没花几分钟便完成，重新上药，包纱布。

苏岸上次给易胭包扎衬衫袖子没挽上去，今天由于做饭、吃饭，衬衫袖松散搭在臂间。

手臂内侧的痕迹一览无遗，一道道未消的浅痕，那些苏岸故意留下来的伤痕。

易胭目光停留在上头。

许是注意到她的目光，苏岸抬手，放下衣袖。

目光被遮挡，易胭没抬头，也没松开他的手腕。

“疼吗？”不知过多久，她问。

一个个难眠的心酸夜晚，苏岸不会独自承担，他就是要让她看到。

弱者会被可怜，她会可怜他。

在两人的情感里，他是强者，也是弱者，欲擒故纵诱她跌入陷阱。

他是易胭一个人的弱者。

他平静地开口：“不疼。”说完手腕从她手里抽出。

苏岸从沙发上起身：“我回去了。”

易胭也不再追问，只是心里有几丝发疼：“嗯。”

他起身，她也跟着起身。

苏岸穿上长外套，易胭跟着他到玄关，玄关壁灯灯光柔和。

苏岸瞥了她一眼，很平淡地问了一声："跟出来做什么？"

"我不可以跟出来啊？你不觉得你管得有点多吗，苏队？"

苏岸视线沉沉地看了易胭几秒，而后往屋里微扬了下头，语气不容拒绝："回去。"

仿佛用行动证明他就是管得多，易胭心里飘过一串省略号。

苏岸没再停留，很快离开。

车从易胭小区离开。

苏岸并不是往市局而去，而是开往自己小区，半路停在二十四小时便利店前。

崔童和陈宙正好从里面出来，崔童认出苏岸的车，跑过来："苏队？"

苏岸推车门下车。

"苏队，你怎么在这里？"陈宙也跟过来。

苏岸："买点东西。"

"今晚周队不是很早就给我们放假了吗？你怎么这么晚才回家？"崔童问。

陈宙打断崔童的话："哎，这是苏队私事，你瞎问什么？"

崔童知道苏岸和医院那个医生有猫腻，对队长的恋爱状况很好奇，但听陈宙这么说也觉得有道理。

他没再问："我和陈宙出来屯点泡面和零食。"

崔童的家就在附近，估计一大帮人都到他家玩了。

陈宙接着他话说："今晚好不容易歇一会儿，我们通宵打打游戏。"

除了工作，苏岸很少管他们，他点头："嗯。"

已近午夜，外面有点冷，崔童又只穿了一件单薄短T恤，他搓搓手臂："苏队，那我们先回去了啊，这外面太冷了，你进去买东西吧。"

苏岸也不多说，说声"走了"便进入便利店。

崔童和陈宙往家里走，走着走着崔童好奇地嘀咕一声："好不容易放个假，这大好夜晚的，苏队为什么不陪女朋友啊？"

陈宙："苏队哪来的女朋友？"

崔童："你戴眼镜的果然眼力不好使。"

陈宙："人身攻击，我看你是找揍。"

崔童嘿嘿笑："就医院那医生，我们后来还在烤肉店遇到的那个。"

这么说陈宙便知道是谁："上次苏队不还吃一半人就不见了，估计是找人去了。"

崔童也分析："中午也不在食堂吃饭了，一定是陪女朋友去了。"

两人就这样分析着走回家。

说着说着崔童又绕回去原来那个话题："所以苏队今晚为什么不陪女朋友过夜？"

陈宙打了个哈欠："我都跟你们说了，"他又再次跑调唱歌，"苏队的心思你别猜。"

崔童骂了一声："别唱了！"

陈宙和崔童离开不久后，苏岸从便利店里出来，手上空无一物。

与此同时易胭收拾好厨房便回卧室睡下，但或许因为喝了酒，今晚崔依依的事又压在心头，她有点睡不着。

在黑暗里躺了会儿，易胭手往旁边一伸捞过手机。

正习惯性打开短信，突然想起自己还没加苏岸微信，两人相处这么久，一直都是以古老的电话和短信方式交流。

有苏岸手机号码，易胭打开微信，直接给苏岸发去好友请求。

苏岸那边很快通过。

易胭没做什么铺垫，直接发第一条消息过去。

"你是不是知道昨晚崔环杰做的事？"

苏岸很快回。

"嗯。"

易胭也不意外，苏岸最近一直在注意崔环杰的动向，昨晚发生那种事苏岸不可能不知道，但他今晚没在她面前提过。

清楚她知道会不好受，只是陪她吃饭，任她索求。

易胭问："人抓住了？"

"没。"苏岸的消息紧接着进来。

看着苏岸发过来的消息，易胭叹了口气，没等她回消息，苏岸又一条消息进来。

“想让崔环杰死吗？”

易胭一愣。

六个字，易胭却盯着看了许久，如果是以前她肯定无所谓。

崔环杰活着不活着，对她来说根本不重要。

可苏岸问这句话，易胭脑子里想到的，只有崔依依。

半晌，她发了两个字过去。

“想吧。”

易胭以前从未想过崔环杰会伤害自己的亲人。

消息发过去，她闭上眼睛，呼了口气。

不过一秒，苏岸那边消息很快过来。

“早点睡。”

如果是高中那会儿，苏岸肯定不会这样对易胭说话，他甚至连多说一句都不愿。

易胭看着他发过来的“早点睡”，笑出了声。

“知道了，你工作做完后也早点睡啊，苏警官。”

以为他不会再回，易胭刚准备关机时，苏岸的消息发过来了。

“嗯。”

看着这一字，易胭都能想象到那边苏岸的神情，她弯弯唇，没再回，躺回去闭上眼。

前半夜睡不着，后半夜倒是睡得安稳。

相比往日上班时间，易胭今天要早起一些，开车去医院上班的时候路过早餐摊，易胭下车买了几个肉包和豆浆。

到医院时还未到换班时间，易胭没回急诊部，往住院楼那边走。

天色将明未明，暗蓝色的天幕笼罩着整座医院。

易胭坐电梯到三楼，天还没全亮，病人也在休息，周围格外安静。

她穿过走廊，找到崔依依的病房，推门而入。

崔老太太没睡，听到动静转过头来。

崔老太太是个讲究睡眠充足的人，以前必须睡眠时间足够才有精神。但现在崔依依出事，崔老太太睡不着也正常。

易胭进病房，轻带上门："没睡？"

崔老太太："睡了，刚醒不久。"

易胭"嗯"了一声，将路上买的早餐递过去："路上买了早餐，吃点。"

崔老太太虽胃口不太好，但还是接过来，老年人身体最禁不起折腾，该吃还是吃，不给身边人添麻烦。

易胭在崔老太太旁边坐下："依依醒过吗？"

崔老太太这才想起要跟易胭说这件事："醒了，昨晚醒过来一阵，但很快又睡过去了。"

易胭继续问："状态怎么样？"

"还算清醒。"崔老太太说完忽然沉默。

过了一会儿，声音又响起："你知道依依醒来说的第一句话是什么吗？"

易胭侧头看她。

崔老太太看着崔依依的病床，眼神似乎有点涣散："她问我，'奶奶你没事吧？'。"

被孙女时刻挂记着，却没有让崔老太太感觉到一丝开心，反而是愧疚。

"要是没有我，"崔老太太深吸一口气，老人干瘪的皮肤仿佛瘪气的气球，皱薄一层，"没有我，依依就不用留在这个家了，也不会被我拖着。"

说起来可能匪夷所思，但事实的确如此。

当初崔依依母亲不是没想过要带走她，但因为崔依依从小被奶奶带大，跟奶奶感情好，不想走。再加上崔依依母亲也怕带上她以后改嫁不顺利，后来崔依依便被留了下来。

但崔依依从来没什么怨言，那时候不过一个几岁大的孩子，后来便与崔老太太相依为命。小时候崔老太太养她，长大了她养崔老太太。

易胭从小没体验过什么家庭温暖，一向过得不安稳，很少有那种家人陪伴的感觉。

虽没办法感同身受，但还是感觉到一丝心酸。

"为什么这样的好孩子要跟着我受苦？"崔老太太的泪一下便落了下来。

易胭不擅长安慰人，最后只是说道："过去的就过去了，已经发生的事没办法改变。”

崔老太太抹抹泪：“是啊，你别说，依依其实很爱美，现在脸上留了疤，她心里肯定不好受。这还是个坎儿，她虽然不说，但肯定很难过。”

崔老太太又和易胭说了一些话，易胭很少回答，就那样听她说。

直到差不多快到上班时间，崔老太太提醒她：“你是不是要去上班了？”

易胭看了一眼时间，离上班还有十分钟：“嗯。”

崔老太太说：“没错吧，我记得依依跟我说过你的上班时间。”

现在气氛相较刚进来轻松了一些，易胭胭笑了一声：“你记性还挺好。”

“那是，”崔老太太说，“赶紧上班去吧，等下班有空再说。”

易胭“嗯”了一声，起身：“那我先走了。”

崔老太太摆摆手，能看出神色有几分疲惫。

走到病房门口时，易胭停住：“对了，依依的医疗费我付了，没钱的话先来跟我借吧。”

现在正是她们没钱的时候，四处借不到钱，亲戚也从不待见她们。

崔老太太知道自己家的情况，现在也只有易胭会借钱给她们了，她们都感激。可虽然易胭平时和她们关系好，但崔老太太还是觉得有点不妥，毕竟易胭没义务对她们好。

易胭似乎看出崔老太太在想什么：“不用想着不好意思。”她朝崔依依病床那边抬抬下巴，“她知道我借给你们这笔钱，肯定就会还，你自己知道你孙女有多倔。”

易胭的确不会安慰人，说话也直接，却正好消除了崔老太太心里所忧虑的那部分。

以崔依依的性格，多半以后会全部还给易胭。

崔老太太紧皱的眉心松开，释然笑了：“易胭，奶奶真的很谢谢你。”

易胭调侃：“反正钱是要还的，谢我干什么。”

崔老太太笑出了声。

易胭其实也不是很在意这笔钱还不还，还不还都行，只不过不想让她们有那么大负担。

她不是什么圣人，也只会对身边的人好。

易胭从住院楼离开，回到急诊部上班。

急诊部相比门诊要忙碌一些，节奏也快，一大清早也不显萧条。分诊台那里几位病人排队让护士测血压，走廊也有几张临时病床。

易胭换上白大褂，回到诊室。

刚在桌前坐下，口袋里的手机忽然振动起来，她掏出手机看了一眼，是苏岸发过来的消息。

“崔环杰死了。”

确切来说，崔环杰是被自己杀死的，命毁在自己手上。

那晚砍完崔依依逃跑之后崔环杰四处藏匿，不出来招摇，但还是会出现在一些混乱场所。

警方也一直在各点蹲守，最后找到的，是崔环杰的尸体。

经法医鉴定，崔环杰体内提取到一种新型化合物毒品。

崔环杰身无分文，吸毒花费又格外大，毒瘾发作时的折磨是暗无天日的，与其没钱买毒品受折磨，不如帮人试毒品。

拿自己身体帮人试毫无保障的新型化合物毒品，这种危险行为在这些瘾君子看来是一件百年遇不到的好事。

对他们来说，不用钱便能有毒品送到他们面前，这可不是一件好事吗？

崔环杰是被自己杀死的，吸毒而生，也吸毒而亡。

得知崔环杰死了那一刻易胭是诧异的。

昨晚还没找到人，这才几个小时便传来他死亡的消息。

况且昨晚苏岸才问过她，想不想崔环杰死。

可听完苏岸言简意赅的陈述，易胭似乎又不讶异了。

这的确是崔环杰会做出来的事，崔环杰以这种形式断送他自己，格外正常。

苏岸跟易胭讲明情况后便没再多说。

“工作了。”

易胭看苏岸发过来的消息，也回了几个字过去。

“我也工作了，下班聊。”

同一时间市局里，办公室内所有队员累趴在桌上。

崔童有气无力地说：“真的人算不如天算，我昨晚还没打几盘游戏呢，任务马上来了。”

陈宙也趴桌上：“我买的零食啊，我想我的零食了。”

旁边手搭椅背上的许骋踢了他一脚：“吃不死你。”

陈宙：“老子又吃不胖，怕啥？”

崔童接话：“吃得胖也被咱们这工作折腾瘦了，我好困。”

这时旁边其他队员说：“听说昨晚抓的那人，前天晚上还拿刀砍了他女儿。”

说到这个崔童便来气，他骂了一声：“什么畜生，连女儿都下得去手。”

许骋吊儿郎当来了一句：“吸毒的本来就不是人。”

陈宙：“嘿，真理。咱们都看过多少这种惨案了，家破人亡妻离子散的一大堆，吸了毒一个个都不是人，六亲不认。”

“不过给崔环杰药的这个人虽然抓到了，”崔童说，“但根本从他口中撬不出什么消息来。”

陈宙骂一句：“这年头怎么一个个这么难搞，这比咱们警察还团结。”

许骋哼笑一声：“现在很多都经过训练的，进那圈子就被洗脑了。”

其实作为缉毒警，他们都知道这个事实，但还是想埋怨。

崔童骂：“净给我们添麻烦。”

急诊早上有位病人紧急手术，易胭协助手术，从手术室出来时已是中午。

手术结束后打开手机，才发现崔老太太半个小时前用崔依依的手机给她发了消息。

崔老太太不会打字，发的语音：“中午不用带饭过来啦，太麻烦了，我刚下去打饭啦。”

估计是很少用手机，崔老太太后面人快松手，语音被截了个音节，明显不想过分麻烦易胭。她还给易胭发了另一条，说早上警察来过了，告知了她们崔环杰死亡的消息。

崔老太太最后说的几个字是，死了好，死了好，死了便不会再来折磨她的孙女了。但毕竟是从自己身上掉下来的肉，崔老太太还是有几分伤神，这是人之常情。

想来崔老太太已经知道崔环杰的死因，易胭也不多说，给她回了消息：“知道了。”

这个点已过午餐时间，大多数人已经吃完午饭，食堂估计没剩几样菜。

易胭也懒得点外卖了，外卖送来还得一段时间，她索性到医院附近的小餐馆吃了顿饭。

解决午餐后回到急诊部，易胭换了衣服后穿过急诊大厅回诊室。

正午时间，急诊大厅人流熙攘。

抽血室里传来小孩惧怕的哭喊声，分诊台很多病人询问护士的杂乱声，病床滚过地砖发出的急促声。

易胭刚来急诊部时还有几分不适应，不同于门诊，急诊实在太过无序忙碌。

但后来久而久之也习惯。

等后面职称评定下来，易胭从住院医师升为主治医师，就可以转去门诊。

易胭手插白大褂兜里，穿过人群。

然而半路却遇见了苏母，苏母从对面走来，脸色有点苍白。

苏母明显也看到了易胭，眼神很平静，却还是掩不住一丝冷。

易胭一向不受礼教束缚，这种时候她才不会和苏母打招呼。

她移开视线，直视前方，没再看苏母。

本来二人不会有交集，但在擦身而过之际，苏母忽然开口：“你就没想过，他是为了敷衍我总让他相亲才跟你结婚的吗？”

声音在急诊大厅嘈杂的环境里不显突兀，甚至有点小声，但还是一字不落地落进易胭的耳朵里。因为逃避父母给他安排的相亲，所以才跟她结婚。

苏母说完没再走，停在原地。

易胭也停了下来。

苏母知道易胭最怕的是什么，她一向能准确找到人的弱点。

可易胭的反应没有如她所愿，没有像她想的那样害怕这句话。

易胭沉默几秒后，只是转身看她，弯了下唇。

“即使这样，他愿意结婚的人还是我，”易胭嘴角微弯，“他宁愿跟我结婚，也不愿意跟别人相亲。”

苏母脸色霎时难看了不少。

易胭没再说什么攻击性的话，只是颔了下首："抱歉，先走了。"

苏母近些日子身体不太好，脆弱多病，今天还是因为高烧才来医院看医生。

本来她来医院不需挂号不需排队，就有医生会帮她看病，可她还是去了急诊科，也偏偏让她遇上了易胭。

原本苏母以为过了这么多年易胭的性格会变，不会像十几岁时那般无畏。

可她似乎错了，见过易胭两次，她言语态度还是十几岁时那个的易胭。

那时的易胭在苏母看来，是个不折不扣的流氓少女。

苏母自大儿子不顾她的反对当了消防员，后来在一场火灾中丧生，她的控制欲便发展到难以控制的地步。

易胭和苏岸毕业那会儿不过刚在一起，她就被苏母叫出来见面，谈论的话不外乎就是让她离苏岸远点，让她跟苏岸分手。

现实中干涉儿女感情的父母不在少数，苏母便是其中之一，当时她对十几岁的易胭态度格外强硬，任谁都会招架不住，可易胭没有。

她喝着苏母给她点的饮料当面拒绝了苏母，很不正经，那时候的易胭虽只有十几岁，但已经出落得格外漂亮。

苏母至今都清清楚楚记得易胭当时说的话，还有比今天在急诊部遇到时更无畏百倍的笑容："别想让我跟他分手，不可能的，你劝我还不如劝你儿子，或许他还比我容易下手些。"

当时的苏母听到这句话，脸瞬间黑了大半，她何尝不了解自己儿子，偏执又会伪装。

看起来比较容易下手的苏岸，实际上要比面前的小姑娘更难上百倍。

易胭难，苏岸更难。

后来也的确如此，不管从哪个人下手，他们都不为所动，但好在几天后易胭便说了分手。

苏母那时候觉得果然易胭不过空有坚持的外壳，几天丧失了兴趣便不要苏岸了。

直至今天，她还是这样认为，可即便如此她还是被易胭气得不轻。

她先回的车上，苏教授帮她领药，慢一步上车。

副驾驶座上的苏母脸色难看，苏父坐进驾驶座，发觉她情绪不对劲："怎么了？”

不问还好，一问苏母胸口剧烈起伏：“都是你教的好儿子！”

苏母最近情绪不稳定，苏父也早已习惯，他叹了口气，试图讲道理：“孩子也大了，有自己的想法，他想做的事情我们……”

苏母不赞同他的话，立马打断：“你在说什么？”

她转头看着他：“我的儿子，我有权利让他做什么，更何况他是收养的。”

“你……”苏父无奈扶额，“算了，但收养这种话别在苏岸面前说，我们还没带他回家的时候他还是黑户，是被父母扔掉的，后来被我们接回家身上还有伤。你别在他面前提这些事，免得他觉得自己是外人。”

苏母心里压抑着怒气，但听了苏父的话后，终是没再说什么。

易胭下午六点多下班，今天她没像昨晚一样不给苏岸发消息。

昨天苏岸因为她跟纪糖吃饭而没跟他吃饭这件事生闷气生了两个小时，还是后来一起吃饭他才消气。

易胭在停车场自己车上，想到这个忽然觉得有点好笑，她给苏岸发消息过去。

“下班了。”

苏岸那边没回。

易胭也没等，启动车子离开医院。

半路苏岸直接打电话过来，易胭将手机捞过来接听。

苏岸：“在哪？”

易胭：“路上。”

“开车？”

易胭“嗯”了一声。

紧接着苏岸又问了一句：“自己车上？”

“要不然呢，”易胭听苏岸这样问，笑着调侃他，“苏警官，你警惕心很强啊，不让我坐别人的车？”

电话那边沉默几秒，紧接着传来通话被挂断的声音。

易胭一阵无解，刚想问什么，苏岸的消息进来。

“开车别接电话。”

易胭一阵无语，她发现苏岸跳过了她的问题。

就在她目光快从屏幕上移开时，苏岸消息再次进来。

“也不准坐别人的车。”

♥ 第十五章 ♥ 你喜欢我好不好

收到苏岸后面发过来的消息，易胭没再回，中途也没再看手机。

他说的开车别接电话也别发短信。

车停在负一层停车场，易胭推门下车。

一路开车回家，苏岸没再给她发消息，倒是收到了纪糖的微信消息。

今天星期天，纪糖不用上班，他喝了酒特别能睡，昨晚回家睡到现在才醒，醒来第一件事便是找易胭算账，对易胭的消息框狂轰滥炸。

“我还记得昨天晚上的事！”

“你结婚了居然没告诉我！”

“你怎么和苏岸结婚了？你们都结婚多久了啊？什么时候发生的事啊？”

“易胭，我跟你说你最好坦白从宽！”

纪糖属于那种你不用跟他说话，他能自言自语一百多条微信消息的人。

易胭看着消息笑。

她不是没想过跟纪糖说，纪糖毕竟是她最好的朋友，但因为平时工作忙，也时不时昼夜颠倒，她后来便给忘了。

进电梯前易胭给纪糖回消息。

“说到这个我还没找你算账，你倒自己找上来了。”

纪糖发了三个问号过来。

易胭进电梯，按了楼层，顺手给纪糖回消息。

“还记得你什么时候把我身份证和户口本交给苏岸的吗？”

下一秒整个对话框被纪糖的感叹号刷屏。

“天啊！”

“不会吧？”

“我？是我把你卖了？”

“我不相信！不可能！”

易胭看纪糖气不带喘地刷屏，靠在电梯壁上看着屏幕无声笑。

很快电梯到达所在楼层，易胭出电梯，手机放到嘴边给纪糖发语音：“你才知道啊，你把我身份证和户口本给他的时候就已经把我卖了。”

纪糖立马打了电话过来，易胭接听。

纪糖的声音倒是没刚才发微信时那么震惊了，反而有点底气不足：“真的是我啊？”

易胭听他这仿佛自己做错什么大事的语气，被逗笑，但嘴上还是说：“是啊。”

纪糖：“我，唉，那个。”

“我没想到他会带你去结婚，早知道我就不给他了，”他说，“不过你们为什么结婚啊，结婚总要有个理由吧？”

纪糖这个问题问得有些不是时机，下午在急诊部遇见苏母时她说的话易胭还记得。

虽然易胭现在不会认为苏岸是对她负责才跟她结婚，但她也的确弄不清苏岸跟她结婚的目的。

好似苏岸跟她结婚只是为了个夫妻名义。

夫妻会在同一个屋檐下生活，可她和苏岸没有，甚至他们之间不似情侣，总差了点什么。

易胭听完纪糖问的话，有一瞬不知该如何回答。

好在纪糖下一秒立马问：“你们是不是……那个了？”

纪糖这别扭的问法再次引得易胭发笑，暂时将刚才脑子里想的东西搁置：“你说你一大老爷们问得这么隐晦做什么？不知道的还以为你没开过荤。”

易胭说着顿住，然后继续说：“不对，你的确没开过荤。”

纪糖这人看着爱玩又闹腾，但其实有些事他比任何人都本分，就像以前追求大他两届的学姐，追人过程中老实本分。不是没有女孩子喜欢他，只是他不拈花惹草，这么多年来从没亲身实践过男女欢爱，没开过荤。

纪糖说：“我看你不是我朋友，是我宿敌。”

易朋笑："那拔刀？"

纪糖："滚。"

骂完易朋他又问："哎，所以你们到底……"

易朋格外坦荡："当然。"

纪糖说："苏岸简直闷声干大事啊，而且我看你也没有不乐意，别人醒来的反应估计都是完蛋，失身了，我估计你醒来是无济于事，甚至还试图回想当时的感觉。"

易朋无语。

不得不承认，易朋的确如纪糖所说，那天从苏岸家醒来的时候，她第一件事就是试图想起昨晚的事，即使什么都没想起。

纪糖这么说她，易朋也不觉得不好意思，她大方承认："是啊，我想着呢。"

纪糖"啧啧"两声，对易朋这般厚脸皮习以为常。

两人又说了几句才挂断电话。

易朋进屋后去浴室冲了个澡，出来也没点外卖，等苏岸回来做饭。

她到吧台那边看了一眼，才发现苏岸把她家厨房缺的东西都买齐了。

油盐酱醋，甚至还给她买了黑胡椒粉。

易朋在吧台里面捣鼓，看到黑胡椒粉笑了。

她以前吃面的时候，最喜欢在青葱油汤面上洒黑胡椒粉，一洒便是好几勺。

易朋一开始不知道苏岸不会吃辣，往他汤里洒了很多，跟他说这样吃才好吃。

苏岸不会吃辣也不跟她说，就那样把她给他调的面都吃完了，全程不吭一声。

只是吃完后唇瓣红得似滴血，耳朵也红了。

自那之后易朋才知道苏岸不会吃辣。

易朋想起以前的事，嘴角的笑越发明朗。她将黑胡椒粉放回，洗手后从吧台里出来。

过了一会儿拿起手机才看到崔老太太拿崔依依手机给她发的语音："依依中午醒啦，不用担心，状态挺好。"

易朋回了消息过去。

苏岸估计在忙，还没回来。

易胭干脆放下手机，到墙边倒立，双脚刚往墙上一靠，门铃响起。

响了一下又响一下，易胭从墙上下来，走到玄关那边开门。

外面是苏岸。

“来了？”易胭看他手上提的东西，侧身让他进来，“今天买了什么？”

苏岸：“吃的。”

易胭：“呃……”

苏岸已经往屋里走，易胭跟在他身后：“苏岸，你不觉得你有时候很无聊吗？”

说完她改口：“不对，是一直很无聊。”

苏岸脚步停住。

易胭跟上次一样没防备，再次撞到他背上，她手搭额头，抬头瞪苏岸：“你看，无不无聊？”

苏岸却是回身，低头看她：“你讨厌无聊吗？”

虽然苏岸的眼神还是和平常一贯的冷淡，易胭却窥出了他话语里的几分认真。

她怔愣半秒，很快答道：“不讨厌。”

果然，易胭话落，苏岸似乎很满意这个答案，不再追究，提着东西到吧台那边去了。

今天苏岸做饭时易胭没过去捣乱，坐客厅一小圈地毯上忙自己的事，昨晚她去吧台骚扰苏岸是喝了酒的缘故。

所谓酒壮尿人胆，易胭其实性格不尿，可面对苏岸是个例外，她从高中那会儿就有点忌惮他，可又忍不住总是想撩拨他。

等易胭邮件处理得差不多的时候，苏岸那边饭菜也刚好做好。

易胭闻到香味放下手里的平板电脑，起身去吧台那边。

苏岸正给面条淋酱。

她绕进里面，洗手后才往高脚凳上一坐，拿过筷子：“你到底背着我偷偷学会做多少种菜了？”

苏岸把易胭那盘推至她面前。

后面陆陆续续又端了几样菜上来，两人对坐吃饭。

易胭吃了几口，问：“崔环杰什么时候被找到的？”

苏岸回答：“午夜一点半。”

“几点死的？”

苏岸：“晚上十一点。”

易胭忽然说：“昨晚你问我想不想要崔环杰死。”

对面苏岸抬头看她。

易胭说：“挺巧的，刚说了崔环杰就死了。”

她夹起一筷子面，调侃他：“不知道的还以为是你做了手脚。”

苏岸面无表情，几秒后说：“我是警察。”

易胭被苏岸这副正经模样逗笑：“知道呢，苏警官，我再傻也知道你昨晚十一点还在我家。你们缉毒警是不是要比我们更痛恨吸毒的人啊。”

这可以说是易胭第一次跟苏岸谈起关于他职业的事。

苏岸看了她一眼，顺便回答她“是”。

虽然还是那副冷淡模样，但易胭一下便看出他眼中的意思。

“你这什么眼神呢？”她说，“每次都用这种看智障的眼神看我。”

苏岸这次没沉默，冷漠地吐出二字：“无聊。”

自己半个多小时前刚说过他无聊，现在就被呛回来了，易胭说：“我发现你是真记仇。”

苏岸慢条斯理地吃饭，易胭没想到他不反驳，还肯定地“嗯”了一声。

紧接着他掀起眼皮，命令她：“不要说话，吃饭。”

易胭：“你这是嫌我话多？”

苏岸面不改色：“嗯。”

她啧了声：“行行行，我不说话了。”

易胭跟苏岸说话时喜欢盯着他的脸看，等不说话时她才注意到苏岸缠着绷带的那只手。

纱布圈圈缠住手背手心，露出修长指节。

易胭看到苏岸手上的新纱布时，拿筷子的手一顿。

苏岸受伤后一直是她帮忙换的药，前晚和昨晚都是她换的药。

可今天他手上的纱布已经换过了，他不想让她换？

给苏岸包扎伤口的人手法很熟练，不是医院医生，也是细心的人。

易胭看向苏岸。

苏岸似乎没察觉到她的视线，如常吃饭。

今天在医院见到苏母，易胭虽态度强硬，但要说一点都不介意也不是。

她和苏岸之间，不似夫妻也不似情侣。

这些日子来她能感觉到苏岸在靠近，但同时她也能感觉到苏岸的不过分亲近，与她若即若离。

易胭不再问什么，低头吃饭。

接下来的吃饭时间，两人都没再说话。

这次易胭饭量跟上次差不多，她自己那份没吃完，后来苏岸照旧帮她吃了。

易胭高中便发现苏岸有不浪费粮食的习惯，当了警察后估计更甚。

她吃完坐在苏岸对面，也不离开。

对面苏岸沉默吃完。

他吃完后易胭从高脚凳上下来，没说什么径直回客厅，没跟昨晚一样帮他洗碗。

今天他手上的纱布换了新的，沾湿了就沾湿了，易胭不管。

苏岸也没想让她洗，眼风扫了一眼她的背影。

易胭回到客厅地板，继续做自己的事情。

苏岸那边忙完已经是半个小时后。

回客厅时易胭正坐在地板上，背靠身后沙发，一双长腿交叠着，长指悠闲地划拉屏幕，看都不看苏岸一眼。

一般易胭不说话，苏岸更不会说话。

客厅里格外安静。

几秒后到底还是苏岸先开口："我回去了。"

易胭划拉平板电脑屏幕的手指微不可察地顿了下。

苏岸沉默地瞥了一眼。

这点微动作自然瞒不过苏岸，但他没说什么，只是淡淡移开目光，拿起搭在沙发背上的大衣："先走了。"

易胭已恢复如常，仿佛刚才没发生什么似的，继续看屏幕："嗯。"

直到苏岸离开，门板阖上。

易胭悬空屏幕上方的手指停了下来，她侧头看了一眼关上的门，盯了几秒后又转回头。

即使戴了防水手套，但摘除手套后苏岸受伤的手肯定还是会沾到水。

可他没让她帮忙换药。

苏岸和她之间总是如此，每当她以为两人在逐渐靠近，却在更进一步时总发现他们之间有多别扭。

哪里都别扭，说不清为什么。

一会儿过后，易胭起身，关了客厅的电，黑暗顷刻侵袭，只剩地板上的平板电脑幽幽发光。

她径直回了卧室。

距离上次跟苏岸吃饭已经是几天前。

两人从那天吃饭后便莫名陷入了僵局，无声沉入泥沼。

谁都没对谁先开口，原本还消息往来的对话框记录也停在了几天前。

就这样别扭地僵着。

最近易胭又开始上夜班。

深夜的急诊相较白天安静，来看病的人说话也都不自觉压低声音。

易胭凌晨完成一台手术后回诊室，没病人进来看病的诊室过于安静。

白色的墙，白色的病床，白色的拉帘，还有易胭身上的白大褂，满屋雪白刺眼，格外冷淡。

易胭在桌后坐下，靠椅背上揉了揉眉心。

年轻时熬夜什么都不是事，年纪上来了熬夜身体便有点吃不消。

门口有护士经过，敲了下门："易医生，我刚从陈主任那边过来，陈主任让你拿上病历过去找他一下。"

易胭点了下头："好。"

陈主任跟易胭说了几件正事，跟她讨论了一下今天那台手术。

几分钟后易胭从办公室出来回到诊室。

中途有病人进来，那人估计是第一次来急诊，坐下来便跟易胭说："医生，我最近一直腹泻，想开点药吃。"

"挂号了没？"

"挂号了。"

易胭看向对面包得严严实实的男人，眼睛都看不真切："腹泻看内科，这里是外科，内科的话出门左转就能看到。"

那人很快起身："啊，好的，谢谢医生。"

易胭点头算是应答，低头继续忙自己的事情。在那男人出诊室门的时候，她不动声色地抬头。

男人并没有按照易胭所说的左转去内科，而是右转，估计是离开医院了。

易胭方才表现得没戒心，男人也没回头看一眼她发现没有。

易胭很快收回目光，目光落在病历本上，实际上一个字都没看进去。

手里那页很久没翻，也不知她在想什么。

过了一会儿，易胭合上手中病历，无声叹气。

但愿是她想多了。

最近易胭下班一般不直接回家，会去住院楼看崔依依。

相比前几日总是睡觉，崔依依近些日子好了很多，但毕竟一道疤痕横贯左脸，女孩子天生爱漂亮，任谁都接受不了，崔依依有时也因此状态有些消沉。

易胭买了早餐上楼，进病房时崔老太太和崔依依都醒着。

崔老太太是老人家起得早，崔依依则是上学时早起给奶奶做饭形成习惯。

进去时崔依依叫了她一声："易胭姐。"

易胭应了声，将早餐搁桌上："起来吃点。"

崔老太太看易胭又买了很多早餐："又买这么多，吃不完浪费了。"

易胭宁愿早餐买多也不买少："那你要多吃点，就不浪费了。"

崔老太太摆摆手："吃不下啊。"

崔依依脸上还缠着纱布，右手也是，无名指和小指已经不见，原本齐整的五指，那处突兀地消失。但行动上没什么妨碍，下午就能出院。

她从床上坐起来，易胭顺手递给她一个纸袋装着的蒸包。

崔依依下意识用右手去接，十多年来的习惯一时改不过来，三指没有五指灵活，等到碰到纸袋她才想起自己的右手不便。

易胭沉默地看着她。

崔依依脸色有点黯然，但不过一瞬她便恢复自然，右手放下，用左手接过：“谢谢。易胭姐，你自己也快吃。”

易胭“嗯”了一声，在旁边椅子上坐下，她拿了杯石磨豆浆，慢慢咬吸管喝着。

她话不多，病房里崔老太太和崔依依时不时地说一句。

易胭吃了不少，吃完后她看了眼时间，从椅子上起身：“先回去补觉了，下午出院过来接你们回去。”

崔老太太问：“今晚还是上夜班？”

易胭：“是。”

崔依依说：“不用，易胭姐，不用麻烦了，我和奶奶坐出租车回去就好，也不是不能走，你六点多就要上班，别忙活了。”

易胭笑：“你倒是把我上班时间记得挺清。”

崔依依也笑。

崔老太太也说：“对，你不用来接我们，我们自己回去。”

易胭也不推拒：“行，那我多睡会儿，先回去了。”

“慢点开车。”崔老太太说。

“知道了。”易胭说着离开了病房。

易胭回家直接睡觉，睡了四个小时后，正午醒了，被饿醒的。

平时吃得少没饿的感觉，今天早上明明吃得不少，反倒很快饿了。

她躺了会儿从床上起来，掀被下床。

落地窗外高楼大厦，车流如行蚁，窗帘没拉，屋里一片亮堂。

易胭在家睡觉不喜欢穿衣服，裸身在屋里晃荡。

她走去吧台那边，从顶上橱柜拿了盒泡面出来。

家里有屯泡面的习惯，但因为易胭买了也不常吃，经常过段时间便要扔掉一些过期的。

她从没跟苏岸说过自己这习惯，但上次苏岸过来便帮她扔掉了几包，也不知怎么发现她这坏习惯的，回头还帮她买了些新的添上。

易胭拿出来这盒便是苏岸买的。

如若不是屋里还有他留下的痕迹，易胭恍惚都觉得前几天两个人一起吃饭是幻觉。

易胭的目光从泡面盒上移开，转身去烧水。

即使苏岸在这里做过两次饭，但厨房还是依旧新得没有烟火气，过会儿安静的房子里响起水煮沸的声音，不断冒热气。

易胭中途到卧室穿了件睡袍。

回来后水已经烧好，易胭很快冲好泡面，坐高脚凳上慢慢吃着。

吃完后到浴室洗干净脸才回卧室，她脱了睡袍重新窝进被子，顺便捞过旁边手机看了一眼。

易胭吃饭不喜欢看手机，手机扔在卧室里，前几分钟有消息进来她也不知道。

看到几天没联系的苏岸发过来的消息，易胭恍了下神。

“晚上一起吃饭。”

易胭其实有点生苏岸气。

任谁被喜欢的人撂下几天不理，心里都不好受。

但这会儿苏岸给她发消息，她还是没矫情再别扭下去，回了消息。

“今天上夜班，明天晚上吧。”

易胭发完消息，叹了口气，她对他就是这么不争气。

苏岸直接打电话过来。

易胭躺在被里，接通电话。

“上夜班？”苏岸问。

易胭：“嗯”

苏岸似乎听出她声音的异样：“在睡觉吗？”

“没，”易胭故意说，“吃了泡面，要睡了。”

苏岸那边沉默几秒，过会儿开口：“晚上别再吃泡面。”

易胭虽接了苏岸的电话，但心里那股气还是压着未消，她说：“你凭什么管我？”

话落，两边都陷入寂静。

这种寂静让易胭感到心闷，她没再说什么呛他的话：“挂了。”说完挂了电话。

一通电话过来，易胭片刻前的睡意跑了些，她将手机扔到一旁，拉起被子盖住头。

但终归家里安静，她很快还是睡了过去。

隔天易胭临下班前收到苏岸的消息。

“在医院外面。”

下班后她收拾东西离开急诊科。

正是傍晚，路灯通亮，交通忙碌。

易胭朝苏岸的车走过去，临近，视线透过挡风玻璃和苏岸对上。

她收回目光，到副驾驶座边拉开车门上车：“不回家吃饭，去吃烤肉。”她知道苏岸肯定买好了饭菜。

而苏岸也的确如此，蔬菜禽肉都买了。

不过她想吃什么苏岸一向没有异议，除了不让她连续吃两顿泡面。

他没拒绝易胭，启动车子离开。

两人去了那家上次在里面见过面的烤肉店。

易胭找了靠墙一桌坐下。

苏岸去停车，慢她一步进来。

他推门而入淡淡扫了一眼，看到易胭，走过去在她对面落座。

易胭已经拿着夹子往烤炉上摊肉。

室内灯光暖黄，烤肉冒着气，热乎乎的。

易胭烤肉卷着生菜吃，对面苏岸慢条斯理摊肉，两人一如既往没说话。

周围不少桌气氛热闹，他们这一桌显得格外另类，但谁都没有先开口。

这种沉默压抑的僵局压得易胭喘不过气。

吃着吃着，她额上冒出细汗。

旁边有服务员经过，易胭叫住服务员：“你好，请问能上几瓶啤酒吗？”

服务员态度很好：“可以。”

但话没说完对面的苏岸开口：“别喝酒。”

旁边的服务员有几分尴尬，这种情况下她也拿捏不准是要给顾客上酒，还是不上。

易胭没看苏岸，而是继续看服务员：“上吧，谢谢。”

服务员听到易胭这么说，想是情侣吵架了，她应声，离开去给易胭拿酒。

易胭转回头继续若无其事地吃东西。

苏岸目光中带了冷意。

很快服务员把啤酒上来。

易胭拿桌上的开瓶器开了酒，瓶盖清脆一声掉在桌面上，她抬手，正要喝酒。

下一秒对面苏岸手臂越过桌面，易胭手腕被扣住。

她看向苏岸："松手，我想喝酒。"

苏岸也看着她，两人对视。

无声对峙几秒后，易胭感觉手腕一松。

她收回目光没再看苏岸，嘴对瓶口慢喝一口，冰凉的酒液滑入喉咙。

苏岸没再管她。

易胭每次喝酒都不少，这次也不例外，几瓶酒不眨眼下肚。

不管她再怎么喝，对面的苏岸也没再管她了。

易胭忽然很挫败，对自己的一腔孤勇感到可怜又茫然。

酒精最容易麻痹人神经，勾出人那些晦暗心事。

每喝一口，心里积聚的情绪放大一分，却没发现对面苏岸的脸色也随着她酒喝越多越冰冷。

周围吵嚷的环境在易胭耳里仿佛被蒙上一层幻影。

她平时在外面喝酒有度，今天却仿佛怎么喝都不够，一瓶接一瓶，超过她能承受的酒量。

酒量再好的人，没命喝也会醉。

她不想被禁锢在这种别扭的关系里。

在苏岸面前，易胭永远不争气、不理智，甚至是幼稚。

苏岸是王，而她是寇。

易胭很清楚自己用喝酒来气苏岸有多幼稚，甚至是矫情，可她偏偏故意如此。

她想让他知道她在发脾气，在不开心，可对面的苏岸没再理过她，也不管她，任由她喝酒。

易胭鼻头发酸，到最后也不知自己喝了多少。

苏岸看着对面易胭一瓶接一瓶喝下，没有阻止。

他看出她需要发泄，他其实知道前几天易胭看到他手上新换的纱布，也知道她在想什么。

可易胭从不开口问他，只要她问，他什么都会说。

若即若离也是他故意的。

苏岸起身结账，回来后他没再让她喝，走到对面。

易胭手里还握着酒瓶，苏岸抽走她手里的酒瓶，而后手扶着她将她抱起来。

易胭整个人歪在苏岸怀里，熟悉苏岸身上的味道和感觉，她不自觉靠近。

苏岸几乎是半拖半抱带她离开烤肉店。

夜里起风，推开门刮过一阵风。

许是觉得冷，易胭往苏岸怀里缩，苏岸低头看着她的眼，搂着她的手紧了一分。

到车边苏岸没让易胭坐副驾驶座，他打开后座车门，将她放进去。

易胭一进后座，整个身子往车座上一歪躺在上面。

苏岸正想起身，易胭察觉到人要离开，手上一拽，苏岸被她猛地拽向她。

担心撞到她，苏岸手很快撑在她身侧。

不远处路灯光照亮车厢一隅，易胭睁眼看着苏岸。

苏岸两手撑在她身侧，也低头看她。

易胭看着看着手上用力，还是想把苏岸拽向自己，拽不动便努力昂起身，想去亲他。

可苏岸就是不让她得逞。

即使是醉着，易胭也明白苏岸这是在拒绝她，她鼻头发酸，眉心皱起，终是松开苏岸的衣领，力气泄尽般后背轻砸在车座上。

她侧过头，不再看苏岸，侧脸对着他。

沉寂几秒，苏岸低下身子，手覆在她脸侧，滚烫的唇在她脸上游离。

柔软热烫的吻，伴着他音色低沉的嗓音："那天的纱布是我自己换的。"

苏岸的薄唇描摹着易胭侧脸轮廓，易胭感觉到他热息喷薄在自己脸上。

"不是别人换的，"他的唇来到她唇边，轻啄她的嘴角，"纱布是在便利店买的，第一家没卖，换了另一家。"

像一个汇报行踪的小孩，事无巨细，琐碎又认真。

他是故意的，故意让她看到，想让她在意他，问他。

某一刻，苏岸忽然顿住。

覆在易胭脸上的那只手传来湿润的触感。

易胭哭了，细细几滴泪从眼角滑下，她没说话，也没动。

苏岸停在她脸上的唇没再动作，手上传来濡湿温热，灼热得烫手。

易胭仿若没听见苏岸说话。

闭塞的车厢里，易胭薄唇动了动，微弱音节从她嘴里发出。

“苏岸，”她整张脸皱成一团，“为什么，为什么你就是不喜欢我？”

爱与被爱从来不对等，易胭懂，可她还是难过，也无法不介怀：“为什么我那么喜欢你，你就是不喜欢我？”

即使苏岸平时再冷淡镇静，听到易胭这般质问，心脏也静止了一瞬。

易胭终于不再侧着脸，慢慢转过头，视线对上了苏岸，眼睛似是蒙了一层轻雾，涣散又重聚。

她薄唇张合半晌：“我最喜欢的就是你啊。”

苏岸怔住。

“你看看我，好不好？”易胭皱了鼻子，“你喜欢我好不好？”

“你为什么不要我？”易胭像个小孩子一样哭起来。

苏岸不动声色的脸终于有一丝裂缝，眉心皱了下，下一秒将她整个人压进怀里。

易胭情绪不稳定，整张脸埋在苏岸颈窝：“你不要不理我。”

喝醉的易胭会哭会闹，整个人缩在苏岸怀里。

苏岸狠狠地闭上眼睛。

再怎样精心算计的若即若离，也抵不过她一滴泪。

这世界上最见不得易胭疼的，就是苏岸。

苏岸侧过头，亲吻易胭的鬓角。许久苏岸的唇贴着她的鬓角，轻声道：“对不起。”

再也不会了。

夜深人静，整座城市在沉睡，灯火寥寥。

易胭歪在苏岸怀里睡觉，苏岸打横抱起她进卧室。

她喝醉之后哭了一通，回来的路上便睡了。

到床边，苏岸稍弯身，将易胭放在床上。

白色床单顿起些微褶皱，苏岸帮她脱了身上外衣后才直起身，拉过床尾叠成豆腐块的被子。

他弯身，被子盖在她身上。

苏岸单手撑在易胭身侧，看了她一会儿，帮她掖了掖被角。

易胭虽睡了，但也不是很沉。

苏岸不过去浴室拿湿毛巾回来这段时间，易胭已经翻了个身，帮她盖上的被子也掀到腰际，身上的紧身毛衣由于她的动作缩上去几厘米。

门口苏岸眼风扫了眼易胭光裸的那块肌肤，收回目光。

他带上卧室门，手里拿着湿毛巾朝床边走去，热水打湿的毛巾泛着温热。

易胭没再哭了，但脸上留有干涸的泪痕。

苏岸单脚支地，手里的湿毛巾一时没动作。他盯着易胭的脸，沉默几秒后抬手，拇指轻擦了擦她的脸颊。

似乎觉得不够，他伏低身子，唇吻在易胭干涸的泪迹上，轻舔了下。

睡梦中的易胭似乎觉得脸上有一瞬温热，侧过头。

苏岸单手强势将她的脸掰回来，神色还是依旧淡漠，居高临下地看着她。

易胭死都不能拒绝他，他不让。

苏岸手扣着易胭下巴，眼神冷冽危险，是将人拆吞入腹那种危险。

易胭眼睛紧闭着，眉心紧皱。

半晌，苏岸还是收敛，脸上的阴冷收了些。

终只是俯身，唇狠狠压在她唇上，亲了一口。

手则顺着她腰际往下走，将她缩起一截的毛衣扯下，盖住了裸露肌肤。

一瞬过后他便起身，拿湿毛巾帮易胭擦干净脸，易胭最受不了不干净。

帮她擦完脸后苏岸才下床离开卧室，再次回到卧室的苏岸已经冲了个澡，身上穿着深色浴袍。

这次易胭没掀被，保持着苏岸出去时侧躺的姿势，明显熟睡了。

苏岸掀被上床靠在床头，单臂穿过她后颈将她搂进了怀里。

他刚洗完澡，进被窝身上尚带冷气。

易胭在被窝里温暖，苏岸一进来她感觉到冷凉湿气，下意识往旁边缩。

她有逃脱意图，苏岸瞥了她一眼。

神色虽还是冷静淡漠，动作却是格外粗暴，手臂把易胭收回来，用力到她无法逃脱一寸。

腰肢被环住，男人用力又不小，易胭唔了一声，她的叫不清醒时带着一丝女人的软。

苏岸目光垂下，落在她脸上，几秒后他侧头，狠狠堵住她的唇。

易胭完全处于被动方。

苏岸依旧没闭眼，睁眼欣赏她的神色，动作毫无收敛。

猝不及防被人侵袭，易胭眉心皱起，呻吟出声。

男人攻城略地，丝毫不给她喘息机会。

直到最后快呼吸不过来，弱吟声越来越反抗，苏岸才放过了她。即使被这样亲吻，易胭也完全没醒过来。

壁灯小小一盏，灯光柔和。

苏岸气息无紊乱，又看了她许久，眉眼鼻唇，一处都没放过。

不知过了多久他才收回目光，抬手关灯躺回床上，将臂弯里的易胭抱进怀里。

管她走不走，厌不厌倦，都不重要了。

他爱她。

死也不会让她走。

易胭隔天需早起上班，她有生物钟，不上夜班的时候一般早上五点多就会自然醒。

现在的天亮得不早。

易胭醒来时屋里不太明亮，睁眼便发现环境陌生。

她有点茫然，目光所及是男人的下巴。

光线半明半暗，但即使如此易胭还是一眼便认出了苏岸，她抬眼，苏岸还睡着。

眼睛阖着，睫毛很长，薄唇抿着，气息若有似无落在她脸上。

苏岸真的长得很漂亮。

易胭一开始还茫然地看着，下一秒她猛地一怔，才发现自己被苏岸抱在怀里。

意识到此瞬间清醒，片刻前起床时的茫然全不见了。

苏岸近在咫尺，稍微仰头便能两唇相贴。

不过几秒易胭便冷静下来，试图回想昨晚的事，她的目光再次回到苏岸脸上。

易胭酒量不差，不会一喝便醉，但一醉了便会断片得厉害。

昨晚吃完烤肉后的事情她忘得一干二净，一点都想不起来，昨晚明明还是剑拔弩张的两人，一个晚上而已，便共枕一张床。

易胭还是枕在苏岸手臂上，两人体温相连。

易胭想不通之间发生了什么，但觉得大概是昨晚自己喝醉后做了什么。

她还得上班，再不起来快迟到了。

易胭试图起身从苏岸怀里离开，只不过刚有动作，环在腰上那双手瞬间一紧，她被压回他怀里。

易胭下意识想挣脱开苏岸怀抱，可苏岸力气格外大，禁锢着她，她想使力都找不着地方，动弹不得。

易胭抬头，苏岸不知什么时候已经醒了，正垂眸看着她。

易胭目光移开，试了几次还是没法让苏岸松开她。

她最终放弃，重新抬眸看向了苏岸："我怎么会在这里？"

苏岸："昨晚你喝醉了。"

"我喝醉了你不应该把我送回家吗？"易胭说。

易胭不知道昨晚发生了什么，态度隐隐还是昨晚两人对峙时那般。

苏岸不为所动，不会被她任何一句话一个眼神激怒："我们结婚了。"

未等易胭说话，苏岸继续道："就应该住一起。"

苏岸话落易胭一愣，这话是从苏岸嘴里说出的，不是别人，是苏岸。

她脸色有些凝滞："你说什么？"

苏岸看着她。

易胭再开口，底气有些不足："是我昨晚……喝醉了说的，还是你说的。"

苏岸沉默。

易胭以为他不会再回答了，原本不怎么作声的苏岸却意外开口："我说的。"

苏岸看她脸上有几丝迷茫的神情，补了一句："我没醉。"

易胭彻底愣住。

早晨天色几分钟一变，此刻天比易胭刚醒时亮了不少。

苏岸眉眼与神情，易胭看得一清二楚，她和苏岸对视着。

苏岸眼神镇静又直接，易胭看着看着有点招架不住，垂眸，眼睫微颤了下。

她终于找到话，开口："我得去上班了，你先松开我。"这不是能耽误的事，虽然现在时间不紧迫。

苏岸松开了她。

他甫一松开，易胭想从床上起来，身子不过刚起来半边，再次被苏岸拉回去。

易胭重心骤降，摔在床上，转眼被苏岸压在床上。

易胭警惕性也不输苏岸，但被他压回床上时知道自己两手被禁锢，索性没有反抗，任由他动作。

并且可能她反抗也没用，苏岸有的是办法折腾她。

易胭两手被苏岸压在头顶，他在她上方，这次她没有移开眼，看向他。

不过对视半秒，眼前一暗，苏岸迅速俯身吻住了她。

两人近些日子接吻次数不少，对彼此毫不生疏，苏岸和往常一样，丝毫不温柔。

易胭被迫承受他亲吻，可她没反抗。

苏岸似乎对此很满意，单手覆在她脸侧，指腹轻轻摩挲她的脸颊。

易胭能感觉到苏岸在对她妥协，他在打破昨晚两人别扭的氛围。

她不是会抓着这些说事的人，感情谁还讲理，早点行乐还来不及。

易胭迎合他的吻，近几日的不愉快消失在两人的唇齿交融间。

苏岸到底放开了她，易胭胸口微微起伏。

苏岸气息声微重，从她身上离开下床，易胭也坐起身。

她坐了会儿才下床。

上次在苏岸家她醒来便匆匆忙忙走，没仔细看他的房子。出卧室后易胭找到浴室，苏岸家淋浴和洗漱台一体，磨砂门开着。

苏岸在里面洗漱，他已经换好衣服，宽肩窄腰，西裤熨烫整洁。

苏岸正弯身捧水往脸上泼。

易胭站在门口看着他，没进去。

几秒后苏岸关水，单手抹了把脸："进来。"

易胭一怔，不知道自己怎么被发现的，苏岸明明没有回过头。

苏岸已经直起身子，随手拿过旁边未拆封的牙刷，撕开包装后递给易胭："新的，没用过。"

易胭接过："牙膏呢？"

苏岸转头看了眼洗漱台，示意她："那个。"

易胭看了眼苏岸收拾得整洁的洗漱台，零星几样必备品，没有其他。

易胭嘀咕："上次来你家没刷牙。"

苏岸沉默。

易胭到洗漱台那边刷牙，苏岸出了浴室。

牙还没刷好苏岸再次进来，易胭通过面前大片镜子看他，苏岸走近放了一个东西在她旁边。

易胭低头一看，一瓶洗面奶，而且是她常用的那种。

她转头看苏岸："你买的？"

以往这种不问就明显知道答案的问题苏岸不爱回答，但这次他"嗯"了一声。

易胭弯身漱口，刷好牙后直起身看着苏岸，语气带着几分调侃："你家怎么刚好有这款洗面奶？"

苏岸越是正经，易胭就越想逗他。

哪知苏岸这次没冷眼看她，而是认真回答了她的问题："上次在你浴室有看到。"

易胭一怔。

苏岸这样她反倒不习惯，不过她转瞬便恢复自然："所以你就买了？"

苏岸："嗯。"

说完苏岸准备出去。

易胭转身准备洗脸，调侃他："苏警官，你暗恋我呢？连我用什么东西都摸得透透的。"

易胭早就习惯自己对苏岸单方面撩拨，也没想他回答。

门口苏岸却停下。

他背对她，侧过头："是。"

易胭一顿，这一次没很快反应过来，她通过镜子看苏岸，脸上的怔愣一览无遗。

苏岸则还是一如既往的镇定，看着她眼睛道："洗完出来，送你去上班。"

♥ 第十六章 ♥ 你会不会多想我

易胭洗漱后从浴室出来，苏岸已经穿好衣服在客厅等她。

她接过苏岸递过来的外套，穿上："你今天不用上班？"

"嗯，一天假期。"

易胭："那你今天做什么？"

苏岸："去市局。"

易胭无语："工作在市局，不工作也在市局。"

苏岸没多说，走到玄关开门："晚上到医院接你。"

易胭跟苏岸出门："行。"

近几日降温，天不晴朗，灰蒙蒙的一片，高楼大厦都似蒙了层灰，这座城市早晨六点多车流已稍许忙碌。

易胭坐在车里，侧头看窗外。

半路到一处街道，苏岸停车，易胭看他："怎么了？"

苏岸眼风瞥她一眼，然后移开眼神，挂挡："买早餐。"

易胭原本还不知道苏岸的眼神意味，他一说早餐，她才知道自己刚才一句话他便知道自己平时大概不怎么吃早餐。

易胭："这么贴心？"

苏岸没再跟她说话，推门下车，路边有一家西式面包店。

易胭坐车里没跟着下去，目光透过车窗落在苏岸背上。

多年的认知没办法一时扭转，从早上起来易胭还是有些不真切感，但要说不开心也不可能。

苏岸很少表露自己心迹，能从他口中听到一丝情绪已是难得。

易胭很清楚苏岸的性格，所以当早上一切发生后还是抑制不住自己心情，饶是她平时遇事再怎么镇静，还不是完全被他绑得死死的。

易胭从来不逼苏岸说什么，他性格如此，她喜欢的也是这样的他，如果他不是这样，他也就不是苏岸了。

不多时苏岸便回车上，将手里的袋子递过去。

易胭接过，透明塑料袋上印着面包坊店名，里头装着两种口味的面包或蛋糕，沙拉和巧克力。

苏岸每款和这两个口味搭边的都随手拿了一个，估计是不知道哪个好吃，干脆都买了。

易胭侧眸看他："买这么多做什么，我吃不完。"

苏岸已经重新启动车子："吃不完分同事。"

易胭闻言挑眉："担心我和同事关系啊。"

苏岸倒不是因为这个："不是。"

易胭也的确如此，她这性格去哪儿都不会让人担心，跟人合得来，跟苏岸性子不同。

易胭也不逗他了，拿一个蛋糕拆开，一层薄奶油上洒了巧克力碎片，蛋糕软绵，很有卖相。

她舀了一小块，小蛋糕缺一角，其实一大早吃奶油有些发腻，但易胭就是故意的。

吃奶油似无心般微抿唇，奶油沾在唇上。

她一路吃，时不时跟苏岸说话："你跟同事关系怎样？"

相比自己，易胭觉得苏岸这种性格的人在同事关系上才是需要担心的那个。

苏岸从后视镜看她一眼："还好。"

苏岸跟底下那帮小伙子关系的确还行，大家都是男生，没女生那么多细腻心思，苏岸不爱说话他们清楚，不会跟女生一样多想。

况且大家平时都待一起，一帮大男生还挺喜欢苏岸这个队长，智商高又是行动派，做得永远比说得多。

易胭："还好能受得了你这性格。"

苏岸听了这话只看了她一眼，没说什么。

易胭自顾自吃蛋糕，唇上微微沾着奶油。

苏岸家比易胭家离医院近，到医院时还没到易胭上班时间。

易胭也不急，慢吞吞吃着手上的蛋糕，苏岸也不催她。

易胭最后吃完，盒子一盖，她看向苏岸："吃完了，我去上班了。"

两人对视，苏岸仿若没看到她唇上异样似的，易胭感觉他目光就没往自己唇上看一眼。

苏岸目光从她脸上移开："嗯。"

易胭心里一阵无语，苏岸估计只有七秒记忆，方才在家和路上还对她好好的，现在又似变了个人。

她敢肯定苏岸看到了，可苏岸没顺着她给的台阶下。

易胭脸上不动声色："走了。"

她也不擦唇上奶油，推门下车，做戏便要做全套，仿佛根本不知道自己唇上沾着的一点奶油。

易胭绕过车头，走到一半，身后一声鸣笛响。

她回头，挡风玻璃那边苏岸拎袋面包朝她晃了下，她刚才下车忘记带下来了。

苏岸真不可爱。

易胭恨得牙痒痒，但脸上还是没显露情绪，回到苏岸车边，苏岸驾驶车窗玻璃降下。

易胭："忘拿了。"

苏岸递给她。

易胭接过那袋面包："走了。"

她转身欲走，身后苏岸忽然出声："过来。"

易胭下意识以为自己又有东西没拿，转回身："我又掉什么……"

话未说完戛然而止，苏岸抬手扣住她的后颈压了下来，吻住她的唇。

唇瓣相贴，苏岸完全不给易胭反应机会，舔走她唇上的奶油。

易胭心跳漏了一拍。

只不过一个吻，甚至没有其他时候来得激烈，可她还是怔住了。

她鲜少一次接吻没闭眼，怔怔地看着苏岸。

苏岸似乎看出易胭的惊讶，又在她唇上轻啜一口，很轻的一口，蜻蜓点水般。

易胭却顷刻间从头麻到脚心。

苏岸已经退开，相比易胭没来得及收回的情绪，苏岸则镇静得多。

他不是不会做，反而这些是他压抑了许多年的本性，这些都是他想对她做的。

而他想对她做的，远远不止这些。

他看着车外的易胭，微抬下巴："进去了。"

易胭这才回过神，她清楚苏岸其实一早便知道她是故意的，故意把奶油蹭唇上。

她也不介意自己的小心机被苏岸识破，微弯唇，对他笑："知道了。"

眉眼间喜悦显出，只不过没有年少时那般肆无忌惮，说完易胭转身离开。

苏岸侧头看她背影，想到她笑，某一刻苏岸嘴角微不可察地扬了一下，稍纵即逝。

等易胭进去了，苏岸启动车子离开。

早上一晃而过。

中午易胭意外在急诊大厅遇到纪糖，纪糖中午忽然高烧，驱车直接来了急诊。易胭看到纪糖时他已经挂好号，正排队等护士叫号。

"怎么在这里？"易胭手插白大褂兜里，到纪糖面前。

纪糖坐在靠墙的椅子上，抬头看易胭："还以为你上夜班呢。"

易胭看他脸色："发烧了？"

纪糖点头："不碍事，就头有点晕，也没其他症状。"

纪糖这人就是这样，平时看着娇气又暴躁，但当他真有事了反倒一声不吭，还反过来安慰别人。

易胭笑："得，脑子估计烧坏了。"

纪糖有气无力抬眼白她一眼："去你的。"

这时正好护士叫到纪糖的号，纪糖从椅子上起身："我先进去看病了，看完病过去找你，中午一起吃个饭。"

"行，进去吧。"

易胭回到诊室，临近正午急诊病人也不少，陆续有病人进来，正给第二个病人处理伤口的时候纪糖来找易胭。

有护士以为纪糖是来看病的，阻止道："先生，你好，请先去挂号。"

纪糖："我找人。"

易胭听到纪糖的声音转头，脸上还戴着口罩，对护士说："是我朋友，来找我的。"

"啊，好的。"

纪糖到易胭身边："我得去输液，先去趟输液室，估计得挂一个多小时的水，午饭没办法跟你吃了，你自己去吃。"

易胭正低头给病人处理伤口，也没抬头，笑了一声："这种事发个微信不就好了？"

纪糖难以置："我不是发烧是脑子被驴踢了吧？"

"赶紧挂水去，别待会儿脑子烧傻了。"

纪糖叹了口气："那我先过去了。"

易胭"嗯"了一声。

中午易胭在食堂吃，吃完给纪糖带了份饭菜过去，还顺手带了个面包。

上班上到一半饿的人不少，早上苏岸买的那袋面包放办公室里没一会儿便被瓜分到只剩一个。

易胭上楼去输液室。

输液室并不比忙乱的急诊大厅好多少，人很多，小孩的哭声，大人的呵斥声和安抚声，还有护士扯着嗓子以防病人听不到的叫号声。

易胭进去时有一位护士认识她，跟她打了声招呼，她点头回应，拎着纪糖的午饭进去。

输液室一排排对坐的座位，易胭一眼看到坐角落的纪糖，挺有精力，发烧头疼输着液还能单手玩手机。

"你怎么过来了？"纪糖抬头看面前易胭。

易胭在旁边空位坐下："送饭。"

纪糖："挺温暖。"

易胭："食堂剩菜。"

纪糖接过塑料袋："滚。"

一次性饭盒上还放着个面包，纪糖把面包拿出来："怎么还有面包啊？"

易胭：“怕你没胃口，带了一个。”

“你还别说，你这么一说我是真的不想吃饭，想到油盐腻得慌。”

易胭：“那吃面包吧。”

纪糖“嗯”一声：“我吃面包好了。”

他撕开面包包装，边吃边快速在屏幕上按着：“我真的愁死了。”

易胭来找纪糖就当休息了，头微靠墙上闭目养神：“怎么了？”

“我爸！这个老头子，让我去相亲，”纪糖眉头快挤一起去了，“说看我还没个对象心里着急！着急什么啊，我又不是找不到女朋友。”

易胭笑了声：“找得到吗？”

纪糖：“我说你是谁的朋友，你是我爸友军吧？”

易胭再次忍不住笑，就算刚才有困意这会儿也没了。

纪糖还在低头打字：“我只不过不想随便谈恋爱，想找个喜欢的人。”

易胭睁眼：“你和那小姑娘怎么样了？”

纪糖：“辞职了。”

易胭看纪糖。

纪糖按着屏幕：“她辞职了，还把我拉黑了。”

原本易胭以为纪糖以前喜欢那个学姐已经够惨了，没想到还有更惨的，毕竟学姐不会拉黑他。

纪糖这人追人也挺有度的，不会死缠烂打，女生不让他做的事他绝对不会做，很尊重人家。

“算了，”纪糖说，“不说她了。”

他将手机扔在一边，侧头看易胭：“你和苏岸怎样了？”

易胭：“昨天吵了一架。”

纪糖不以为意：“是不是吵一架隔天就和好了啊？”

易胭看他：“你怎么知道？”

纪糖打了个哈欠：“你俩哪次不是这样啊，高中的时候就是这样，吵吵吵，隔天就和好了。”

他们高中的确经常吵，无非苏岸的冷淡总让易胭不高兴，她单方面跟他吵，冷战，苏岸从来任她发泄。

可这种放任最让易胭受不了，仿佛他从来不在意，不介意她做了什么，到底还是不够喜欢她。

易胭很少从别人口中听说他们的事，她来了兴致，侧头听纪糖说。

纪糖说：“每次和好还都是苏岸主动。”

纪糖话落，易胭这个当事人却不觉得如此：“你说什么？”

她记得清清楚楚，她和苏岸之间，冷战后一般都是她先开口。

纪糖说：“谁看不出一直是苏岸先理你啊，跟你吵架了他去找你，虽然没说话。你就只是开口跟他说句话，又没去找他。”

“每次都是他来找你啊，”纪糖转头看她，“你自己不记得了？”

易胭一愣，作为当事人，看到的与旁观者不同。

纪糖说：“我当时高一，你俩高三，每次看到你俩这样都想跟你说，但总给忘了。我当时就在想，如果苏岸不去找你，你们还会有后来吗？”

这个问题，易胭毫不犹豫地回答：“会。”

那时他们两个，就算苏岸没去找她，她也会去找他，他们之间的羁绊本来就是双方系上的。

纪糖发烧有点犯困，整个人也不太舒服，又打了哈欠，他说：“可是那时你没有找他，都是他来找你。”

易胭现在回想，不再是当年那个每天不满苏岸的角度，也不是站在苏岸不喜欢她的角度。

纪糖说的这些是事实，只不过当时的她没觉得苏岸在主动。

纪糖：“我不是跟你说过，苏岸多喜欢你我不知道，但我总觉得他是喜欢你的，虽然我记得当时身边很多人都说苏岸一点都不喜欢你。”

他耸了下肩：“不过我当时说这话你也不认同。”

纪糖一瓶药液快滴完，有护士过来给他换了一瓶。

易胭听完纪糖一番话，想到以往那些，半晌她只是按了按眉心。

过会儿她抬手拍了下纪糖肩膀：“我先回去工作。”

“嗯，知道了，我也睡会儿，有点困。”

“嗯。”易胭起身离开。

易胭工作结束后已是傍晚。

苏岸打电话过来说在外面，易胭跟同事交班后才离开急诊。

上车后易胭问：“今晚吃什么？”

苏岸等她系安全带：“自己做饭，先去超市买菜。”

易胭系上：“一起去？”

“嗯。”

易胭慢悠悠地唤了苏岸一声：“苏警官。”

每次易胭一叫这三字准没正经话，苏岸明显也清楚，瞥了她一眼，没说话。

易胭说：“你知不知道逛超市是情侣才一起做的事啊？”

华灯初上，车流拥挤，鸣笛声此起彼伏。

苏岸眼睛直视前方，车稳稳往前，那张冷冰的脸看起来似乎对这个问题丝毫不上心。

可他却开口：“我们是夫妻。”

易胭原本是看着车外，苏岸话落她转头，对上苏岸冷硬侧脸。

夫妻关系是二人既定的事实，可这两个字从苏岸口中说出来的时候易胭还是难免心脏一动。

苏岸不仅做事认真，话出口也认真，虽然每句言简意赅，但每次都很认真。

这最让易胭招架不住，从心到身都抗拒不了。

易胭弯了弯唇，她又贪心地问了一遍：“夫妻吗？”

苏岸：“嗯。”

超市灯火通明，手扶电梯旁边贴着一张张巨幅广告，广播里模式化的女声一遍遍广播打折消息。

易胭和苏岸乘扶梯上楼，超市商场二楼是食品区，晚上人并不少。

苏岸在入口处取了辆手推车，两人一同往里面走去，正走到蔬菜区，苏岸问易胭一句：“想吃什么？”

易胭稍伸长脖子看那些归类有序的蔬菜，问苏岸：“这些菜都是早上剩下来的吧？”

苏岸顺着她的目光瞥了一眼：“一般是。”

易胭的目光还没收回来：“不新鲜吧？”虽然摆放着的那些菜看起来很新鲜。

苏岸单手推手推车，易胭没看路，苏岸帮她注意路况，以防被人撞到。

他回答易胭："早上买也一样，也是放到晚上再吃，没区别。"

旁边的易胭无言以对。

易胭从小就没买过几次菜，不知道怎么挑菜，就站旁边看苏岸挑菜。

苏岸指节白皙骨感，拿了一丛习惯在手上掂下，放进手推车里。

易胭注意到苏岸这习惯性的小动作，好奇问他一句："你拿东西能猜出它大概几斤？"

苏岸推车往前走："差不多，会有偏差。"

易胭跟在他身侧，还是很好奇："你吃饭是以斤衡量的？以前可没发现。"

苏岸："嗯，习惯。"

易胭手插外衣兜里，跟着苏岸往另一个食物区走去："的确，职业习惯对吧，完全不浪费粮食。"

这的确是苏岸的习惯，从小便有的习惯，当警察后更严格。

易胭偏了下头，勾起嘴角："你不浪费粮食，可我经常吃不下，浪费了你会不会教训我？"

两人正好来到肉类区，生肉、卤肉皆有。

苏岸没看易胭："不会，我帮你吃。"

易胭没想到苏岸会这么回答，但也不至于惊讶，毕竟今天苏岸说出令她意外的话不少。

况且这种事苏岸也的确做过，在她家做饭那两次，她吃不下那份一直是苏岸帮她解决。

易胭心里有一丝暖，转回头，目光从苏岸脸上移开："那你要一直帮我吃。"

一语双关，易胭知道苏岸肯定知道她这话里的意思。

几秒后苏岸"嗯"了一声。

她扬唇笑了笑。

易胭很喜欢吃鸡肉，鸡胸肉和炸鸡都买了些。

两人跟平常逛超市买东西的情侣没什么区别，拿齐想要买的东西后一起推车去结账。

每个收银台前都排着队，晚上的超市人流量并不比白天少。

易胭和苏岸就近排了一队，易胭问苏岸："你今晚几点上班？"

"没固定时间，接到任务就得上班。"

苏岸随时可能有任务，易胭今天上班时还在想会不会两人约好吃饭，苏岸又会临时有任务，好在今天没有。

队伍渐渐缩短，很快排到苏岸和易胭。

东西都搬到收银台上，收银员拿着消磁器一个个消磁。

易胭插兜站旁边，瞥了眼收银台旁边显眼的东西，一盒盒码得很整齐的安全套。

安全套对成年人来说是司空见惯的东西，放在这么显眼的地方估计也是需求量大。

易胭站这个位置正好伸手就能拿到，她伸手，指尖抽出一盒放在他们那堆东西里。

收银员估计早就对这种事习以为常，继续给他们结账。

苏岸目光不动声色扫了她一眼。

易胭也不回避，对上他的视线。

苏岸眼睛里看不出情绪，无波无澜，不知道态度如何。

两人没对视多久，苏岸移开眼眸。

结账后易胭也不帮苏岸拎东西，跟苏岸一起去停车场取车。

离开超市后易胭没问苏岸去谁家，上他车后任由他带自己去哪儿。

苏岸也没询问她意见，径直带她回家。

到达苏岸住所后，苏岸去做晚饭，易胭没去添乱，坐沙发上玩手游。

玩乐的时间总是过得很快，玩到半路易胭便闻到饭菜香，肉类和蒜头爆炒出的香味。

易胭平时其实也不怎么玩游戏，她工作忙，游戏也只是想起来才当消遣，一个月有时还没玩一次。一局结束后易胭也没了再玩的兴致，她放下手机，从沙发上下来去厨房。

苏岸这边厨房是半封闭式厨房，连着餐厅，和易胭家不同。

推拉式玻璃门开着，易胭倚在门边，站这里闻到的饭菜香要比客厅那边浓得多。

她已经脱了身上的大衣，在屋里就穿着件米色毛衣和紧身牛仔裤，一双腿又长又直。

油汤滋啦，易胭鼻翼微动："我饿了。"

苏岸早就知道易胭在身后，他没回头，只是应道："快好了。"

易胭走过去洗手："没什么能帮得上你的，我去收拾碗筷吧？"

苏岸随她去了。

菜很快上桌，易胭也盛好了饭，两人一起在桌前坐下，面对面。

仿佛一起生活多年的一对。

吃饭期间苏岸依旧话少，易胭时不时跟他说一句，他也会回，但就是不太爱说。

一顿饭两人吃了半个多小时才结束，易胭吃完挽起毛衣袖子："我想洗碗。"宛如她是这个家的女主人。

并不是她多勤劳，只是她享受这种感觉，在苏岸家做些很有生活气息的小事情会让她感到愉悦。

苏岸明显也知道她在想什么，也没阻止她，好在只有两人份的碗筷。

易胭刚走到洗碗台那边，苏岸的手机有人打电话进来，他拿出手机接听，易胭看了他一眼。

那边不知说了什么，苏岸回了声，然后很快便挂断电话。

易胭一下便猜出是有任务了，好在没在刚才吃饭的时候打来，好歹是吃饭后打的。

苏岸："我得去市局一趟。"

易胭也理解，点头："去吧，记得喝水，别忙起来就忘了。"

苏岸："你睡我卧室。"

易胭双手撑在料理台边缘上，歪头笑道："我当然睡你卧室，即使你不说我也是要睡你卧室的。"她才不睡客房。

苏岸点头："先走了。"

"等等。"易胭朝他走去。

苏岸停下脚步等她。

易胭走到苏岸身前："你不觉得少了点什么吗？苏警官。"

她似笑非笑，语气玩味，意图露骨。

苏岸明白她的意思，几乎没有任何犹豫，单手扣住她的下巴迫使她仰头，低头狠狠在她唇上亲了一口。

易胭在苏岸吻上她唇的时候嘴角忍不住上扬。

苏岸放开易胭后，她朝他笑："苏警官，你好粗暴啊，我好疼。"

苏岸眼风稍凉，扫了她一眼。

易胭胜就胜在比苏岸会说撩人的话，什么都敢说。苏岸则是吃了不爱说话的亏。

易胭就喜欢逗这样一本正经的苏岸，看他的样子忍不住乐。

苏岸还有事要忙，没跟她算账："走了。"

易胭也不耽误他，嘴角的笑还没压下去："嗯。"

苏岸很快离开。

易胭收拾好厨房后到浴室冲了个澡，洗好后光身从浴室出来，到苏岸卧室衣柜里拿了件浴袍。

男人骨架要比女人大，也高十几厘米，易胭穿上后笑了半天，宽袖盖住了整双手，像个唱戏的。

睡前苏岸还没回来，易胭拿手机给他发了条"晚安"，然后脱下睡袍光身钻进被窝里。

后半夜苏岸也没回来。

易胭早上起床身边位置空荡，没人回来过，旁边的位置还是她睡前的样子。

她拿过床头的手机，昨晚的消息苏岸也没回。

缉毒警这一行危险又忙碌，易胭也能理解，她从床上爬起来洗漱后打车去医院。

直到中午，苏岸还是没给她发一条消息，易胭倒不会觉得苏岸又在疏远她，而是担心他的安危。

苏岸昨晚走得匆忙，任务大概很紧急，至今一个电话也没有，是不是出了什么事。

易胭微皱眉心，又给苏岸发了条消息。

"看到消息给我回个电话。"

这时诊室有病人进来，易胭收起手机，给人看诊。

在医院食堂吃完午饭后，易胭又回到岗位上，急诊不比门诊，二十四小时都是上班状态，医生也没有午休，经常需要日夜颠倒值班。

易胭到更衣室换上白大褂后穿过急诊大厅回诊室，走到半路身后忽然响起一阵嘈杂声，救护车鸣笛声尖锐地划破空气。

她转头，救护车在急诊前停下，几乎同时救护车门打开，人被转移到移动床上，迅速推进来。

在看到随后从救护车上下来的人，易胭霎时间心里一紧。

崔童和许骋紧跟着从救护车上下来，许骋手还受伤了，抬手捂住伤口，眉心紧拧。

易胭认出是苏岸手下的队员，她几乎来不及思考便看向担架床。

担架上的人不省人事，上身血肉模糊。

在看清那人不是苏岸的时候易胭松了口气，但她还是转身朝那边跑去。

“让一让！”医生和护士推着担架床穿过急诊大厅。

人群往旁边散开，担架上的人被送去手术室，受伤的崔童和许骋则是准备挂号去急诊外科。

易胭跑向他们，拦住崔童：“你去挂号，伤口我先帮他处理。”

崔童和许骋都认得易胭，崔童连忙点头，转身跑开去挂号。

许骋跟着易胭一起进诊室，易胭让他坐旁边病床上，戴上口罩准备器具。

许骋手臂一条十厘米长的血口子，血源源不断往外涌，衣袖被染红，格外触目惊心，一看便是被锋利刀器所伤。

许骋的衣袖撕开了个大口子，方便医生处理。

易胭低头给他处理，没问他职业上的隐私，只是问了句：“你们苏队呢？”

既然易胭这么问，许骋也不打算瞒她，伤口剧痛使得他眉心紧皱：“苏队也受伤了。”

打麻药后许骋伤口麻痹，痛觉渐消。

“苏队还没过来，在后边。”他松了一口气。

即使听说苏岸受伤，易胭还是保持着镇定，有条不紊地给许骋处理伤口。

她的声音从口罩后传来，有点闷：“哪里受伤？”

许骋也没看易胭，目光看着诊室门口：“后背。”

“不过也不是特别严重，”许骋既是阐述事实，也有安慰成分，毕竟这是苏队的女人，“伤口处理了好得很快。”

易胭清楚这群人对受伤的概念不比寻常人，她眼皮都没掀一下，只是道：“干你们这行不都这样？”

易胭从头至尾言语都很淡定，不像平常女生知道男朋友受伤便乱了阵脚。

许骋目光收回来，抬眼皮看了她一眼，然后移开眼眸：“嗯。”

他瞥了眼自己的手，看易胭熟练给他的手处理伤口。

很多病人在医生处理伤口时都不敢看伤口一眼，许骋却跟观赏一般，好似医生刀针不是落在他的肉上。

易胭也没再问什么，手戴着塑胶手套，沉默地缝合伤口。

没过一会儿崔童便从诊室门口进来。

进来他便跟许骋说：“小李也受伤了，还好没伤到要害，这都是些什么人。”但他埋怨了这一句后就没再骂什么了，毕竟这是在外边，任务的事不能张口便说。

他站在许骋旁边，看着他的手臂：“易医生，他这手多久能恢复？”

易胭手上没停，回答：“十几天能恢复。”

许骋看向崔童，吊儿郎当地说一句：“小屁孩儿，这十几天外卖你拿了啊。”

崔童暗骂了许骋一声：“还把自己当爷啊。”

许骋还是笑：“谁叫受伤的是我。”

崔童笑骂了一句。

许骋“啧”了一声：“注意文明。”

崔童：“我不知道这俩字咋写。”

许骋伤口处理好后，易胭开了消炎药让他们到取药窗口取药。

许骋和崔童前脚刚离开诊室，苏岸后脚便进来。

诊室里只有易胭一位医生。

易胭坐在办公桌后，苏岸进来，她抬头，目光看向他身后，即使什么都看不到。

伤在后背，这一眼根本看不到。

她合上手中病历本，从椅子上起身，问：“挂号了？”

苏岸背对她正脱外衣：“嗯。”

苏岸估计过来时换了外衣，跟他们第一次在医院见面一样，完好外衣穿上，旁人根本看不出他后背受伤。

易胭一分也不敢耽搁，开始准备东西，没跟苏岸说话。

苏岸已经脱了外衣，后背白色衬衫沾血，衬衫也被割破。

易胭从他身后看，无声地深吸口气。

苏岸左手微抬，右手骨节明晰的指节解了袖扣，似是安慰她：“不严重。”

易胭手一顿，而后继续戴塑胶手套，侧头往旁边椅子微抬了下下巴：“坐椅子上。”

苏岸已经将身上衬衫除去，在椅子上坐下。

东西准备好，她开始给他处理伤口。

苏岸旧伤痕迹未消又添了新伤，刀口狰狞，血不断漫出。

易胭站苏岸身后，看着这伤口心里忽然生出一丝埋怨，为什么苏岸要做这么危险的职业，可苏岸做什么她又能说什么？

作为医生，看到自己亲近的人的伤口，痛感要比看到陌生人的放大几倍，她微闭上眼睛，又深吸口气。

口罩后的吸气声即使微小，但苏岸还是听得到。

易胭睁开眼眸，稳了下心神后才给他打麻醉。

给他处理伤口期间易胭一直很安静，但即使她不说什么，苏岸也能感觉到她的不开心。

气氛这种东西不需言语就能感觉到。

“怎么弄的？”在缝合伤口时易胭忽然问。

苏岸：“执行任务。”

易胭没再问了，也没有勇气问下去，作为医生，她能看出苏岸的伤口大概怎么回事。

犯罪分子袭警，要不然他们受伤人数也不会这么多。

易胭继续手上动作：“袭警的人抓到了吗？”

袭警是犯罪行为，她原本以为苏岸会是肯定回答，没想他否认：“没有。”

易胭瞬间抬眼，一瞬便又重新低头，塑胶手套按压在男人皮肤上继续处理：“都袭警了怎么还没抓到？”她的询问很平静。

苏岸也没想瞒她：“运送毒品的人是职业杀手，货截住了，人跑了。”

听到职业杀手四个字，不知为何易胭手上忽然一顿。

皮肉连针，她动作稍微停顿苏岸一下子便感觉到，背对她的苏岸原本低垂的眼睑微动了下，眼底神色深不可测。

易胭一瞬便恢复自然，但没再问下去，直至最后伤口处理完毕两人都没再说过一句话，诊室里一片安静。

易胭收拾好东西后到洗手台边洗手，苏岸已经将衣服穿好。

窗外日光照进来，一室雪白有些刺眼。

易胭的手放在水龙头下冲了许久，搓到手背发红都没停下。

苏岸不知何时已经站在她身后，左手从她身侧伸出扣住她双手手腕，另一只手关了水流。

这姿势无疑把易胭拥在怀里，两人前胸贴后背。

苏岸的手从水龙头上收回，从背后两手环住她。

易胭整个人被苏岸压进怀里，没有挣扎抗拒，就这样静静任他抱着。

苏岸俯身，下巴轻微摩挲她的脸侧，男人一夜没睡的嗓音些微沙哑：“担心了？”

易胭后背贴着苏岸，能感觉到他话出口时胸口轻微震动。

一句话而已，她忽然就心软了，心尖一阵酥麻。

苏岸又跟她说了一声：“以后会小心。”

易胭要的不过是这句保证，她想要的便是苏岸对她承诺会小心点，他不是一个独立体，他的生命还牵连着她，莽撞一分都不行。

她终于开口：“你知道我在想什么，对吗？”不然也不会一语说中她的担忧，他这人一向能看透她想什么。

苏岸：“嗯。”

“你出事了我要怎么办？”即使易胭平时再怎么处事淡定，可面对苏岸这个职业，她一向镇定不下来。

吸毒的人猖狂，贩毒的人更是丧心病狂，而缉毒警在缉毒这件事上永远处于危险第一位。

刚才在急诊大厅看到他的队员从救护车上下来，那一瞬，她的心情是高度紧张与绝望的，就怕看到担架上的人是他。

“苏岸，”易胭唤了他一声，“我没有很大的情怀，你对我来说不仅仅只是缉毒警，你还是我丈夫，你出事了永远抛不开我。”

“我知道你这些年肯定遇到了很多事，一路到这个职位，你肯定受过伤也有过很多不容易，我不需要你把我放在第一位，也不干涉你想做的事，可是至少你在面对危险的时候，”易胭顿了一下，“你想想我。”

苏岸全程未打断易胭。

两人脸侧还相贴着，不知过了多久，苏岸终于轻蹭了下易胭，只说了一个字：“好。”

易胭原本一直僵硬的脊背瞬间放松下来，她闭上眼睛，松了口气：“其实我很紧张。”

“紧张什么。”

易胭笑了声：“我知道你做了缉毒这行，肯定把缉毒看得很重，可要是我对你没那么重要，你拒绝我了怎么办？不会因为我多注意些安全。”

苏岸许是累了，下巴靠在她肩颈上，圈着她的手紧了紧：“不会。”

“那你会不会多想我？”易胭问他。

苏岸以前遇到这种问题最擅长的就是沉默，易胭因此吃了不少苦头，可最近她尝到了甜头，苏岸几乎对她有求必应，她开始为所欲为。

这次也不例外，他回答“嗯”。

易胭笑了，心里一阵发暖。

♥ 后记 ♥

去年初冬，我打开文档写下这篇发生在冬天的故事。

苏岸的生日是11月13日，《月升迢迢》第一次和大家见面的时间是2018年11月13日，算是送给他和易胭的礼物。

也是我给自己最好的礼物。

熟悉我的老读者应该知道从这本书开始，我的文章风格和文笔开始大变，连写文心态也变了不少。简单来说，就是从一个写读者想看的转变成写自己想写的过程。

那段时间有过焦虑，却从未动摇。

最后坚持写下苏岸和易胭，虽然过程中出现过不少消极的声音，所幸也有喜欢它的声音。

那些日子算不上轻松，一边生活一边更新，身体不好，每天吃药。第一次写正剧，大纲和情节细化，前前后后写了好几个文档。

但也不算痛苦，因为这个故事是我想写的，我很爱他们。

一个城府深到几乎病态，一个聪颖勾人，两个都不是容易对付的角色。

苏岸心里想什么谁都不清楚，易胭是最能看懂他情绪的人，或者说他的情绪只愿意让易胭看到。他不愿意让人看到的谁也猜不出，毕竟他的另一重身份连易胭也察觉不出。

分开的那八年，易胭也想不到有这样一个人找了她很久，身边的女人形形色色，以他的条件找什么的都有，他却不要。

知道易胭可能不会回来，还是非她不可。

他对易胭的感情近乎病态，想折断她的羽翼将她困在囚笼里。而易胭压根从没想飞出去过，她甚至离不开苏岸，哪怕一天。

这个故事算不上温暖，基调偏正，现在每次想起苏岸和易胭都会觉得很温暖，会很想他们。

每个作者都是一座孤岛，有时候孤单地讲完一个故事，最后只有作者一个人没走出来，一直在那个世界里。

但感恩你们路过时愿意稍作驻足，让这座孤岛绿意盎然过。

没想过这个故事会出版，谢谢当时找上我的编辑，让这个故事变成纸质文字。

也感恩喜欢这个故事的你。

我曾经收到过读者的一条私信，说在路上遇到气质很像他们两个的情侣，冷淡的、有距离感的。

看吧，他们存在过。

舒虞

2019 年 11 月 12 日